四月飛雪

往事記憶三部曲 續篇

王繼

Reappearance HR056

南方家園

目次

　　　　黃自華
4　　**序**

20　　**開篇**

42　　**上篇**

134　**中篇**

260　**下篇**

　　　　任嵩樂
274　**跋／最是百年這一夢**

288　**後記**

292　**附〈櫻花誄〉全詞**

黃自華

序

一、國家記憶個人表述

斑駁的歲月，如一地燭影，搖搖曳曳地晃蕩在風雨裡，送走了容顏春華，留下了流年滄桑。多年之後，彼此相互憶起，不料都已銀髮滿頭。心底的柔軟被觸動了，蕩開層層往事的漣漪，王繼提筆想要定格那些被無情歲月浸蝕的鏡像，讓自己，也讓朋友，都能在發黃的影像中，看見各自的影子。回望人生、人心及流年歲月生命的原形，以及人間曲折迷離的短程長途與悲歡愛恨。那些早已定格在生命畫頁上的「故事」，雖然距離額前爬

滿皺紋的今天太過久遠，然而，在深情地回望中，鮮活的記憶，依舊活躍在王繼的腦海裡，乃至最後形成尖礪悽愴的文字。王繼把大家可能熟視無睹的那些往事一一數落在紙上，他試圖從中找出一種強大的命運感，以文字的形式，建造一座人人都可以看到的、自己的靈魂紀念碑。

對於王繼來說，《四月飛雪》中的故事，不是過眼雲煙、稍縱即逝的人生遊戲，而是刻骨銘心的現場紀實。它記述的那個時代過去了，但作為記憶，它卻曾經伴隨著王繼走過了漫長的人生歲月，而且還將與他結伴終老。因為在那段永遠難以忘懷的劫難的記憶裡，矗立著他的理想和追求，收藏著他當年的激情和執著、友誼和愛情。《四月飛雪》只是他一個人的歷史言說，但作者不是旁觀者，而是親歷者，四十年後重新進入歷史現場，實際上是他靈魂的一次遠行。於是，《四月飛雪》便為我們創造了一個獨立於國家敘事之外的「另類歷史」文本，展現了一個個貌似熟悉，但又比較陌生的生活場景。當這些具有個人特質的生活場景，突然栩栩如生地展現在面前時，也讓我們對於歷史真相的瞭解，有了更多向度的考量。

「六四」不是一次詩意與浪漫的喧嘩與躁動，而是一場為了理想和信念的生死拚搏。是一九四九年以後，由青年學生和市民自發組織參與的、規模空前的和平請願；是上世紀二十年代發生

在中國這塊苦難土地上的學生運動的延續。聚集的標誌性建築是紅牆前的廣場，它凝聚著帝制與共和、專制與民主相互撕咬和對抗的沉重歷史。所謂往事如煙，往事又並不如煙。王繼肩負還原歷史的使命，將真真切切、點點滴滴的個人情感，落實在一個個具體的人身上，他的情感沒有任何誇張、虛偽和做作。所以他的小說能夠帶給我們一種真實觸摸歷史的親密感受。作者不因為離歷史太近而產生褻玩之意，也不因為離歷史太遠而藐視歷史。在這種境界中，作者以黃雙林及其同道者作為歷史真相的載體，身邊的人物也從文本中復活，於是，他讓被覆蓋的真容終於音容宛在，令人過目難忘。

王繼以獨到的眼光，獨特的視角，獨立的思考和獨特的敘事方式，修復並還原了武漢這個中部城市爆裂興起、又慘烈熄滅的「六四」真相。於是《四月飛雪》便在我們面前展開了一個城市的血性記憶。血性的故事，在記憶的光線裡，沒有我們這個時代矯揉造作的任何印痕；珞珈山（註1）徹夜通明的燈光，是這個城市的血性、靈魂、性格和尊嚴。那些並非偉大的普通人豪邁而悲壯的激情，在王繼的敘說中，閃爍著冷峻的光芒。王繼將這個城市最具有價值的歷史記憶串聯起來，理性的辯析，深情的表達，讓這一段歷史在濃厚的「民間」色彩中，煥發出了生命的鮮活。

王繼對時間和虛無有著驚人的敏感，對悲劇和苦難有著切膚

的體驗，小說中的每一個角色都帶有濃重的符號意味。於是我們可以看到，在《四月飛雪》文本中，他大量動用了許多銘心刻骨的記憶的資源，記述了許多當年身邊的人和事，並將它們放大到整個世界。穿過浮世煙雲，洞察人類的本性；於芸芸眾生中，窺視靈魂的真相，殘酷卻又真實。對人生本體困境與悲情的冷靜揭示，始終是王繼全部文字的靈魂。

《四月飛雪》中積澱著大量的傲岸氣質，在精神向度上，王繼的小說超拔、堅忍。多年以來，王繼始終與體制和權力保持著明顯的距離，他思想活躍，不畏權勢，既沒有中國傳統知識分子的臣妾心態與招安情結，更沒有體制內失意文人的爭寵欲望和怨婦心理。他不被主流認同，但是，他那種毫不妥協的批判精神和對人類整體命運、人的普遍利益及普通人性的終極關懷所構築的價值體系，一定會在漫長的中國文化史上，留下赫然的歷史遺存。

在小說中，王繼以親歷者的身分返回到自己的那個特定的現場，立足於沉實的大地和茂盛的人間，從藝術出發，以激情和才情，激發更多，更為豐沛、激越的想像力和創造力。他以沙漠烽燧一樣的定力和傲骨，進行自我的、與眾不同和卓有成效的小說寫作，讓作品真正成為個人化的精神舞蹈和個體靈魂的盛宴。因此，在書寫和解讀方式上便少卻了許多大而空的感悟，乃至衛

道主義和太監意識的呼喚和歎息。他的姿勢和態度趨向平等和對視，思想更為現代和深刻，發現和表達獨到而尖銳，使得他的小說文本意外地獲得了一種思想自由、精神自由和形式自由的品質和氣象。

尤其令我們感到敬佩的是王繼的誠懇與坦率，他在書中什麼都不隱瞞，所有的東西都是敞開的，他的情感、他的尷尬、他的艱辛、他的幸福，他的憤懣、他的沮喪、他的思考……他向讀者提供的文本，是一種原汁原味的「裸現」。王繼的作品沒有氣勢如虹的宏大敘事，沒有高大豐滿的主題雕塑，沒有無懈可擊的情節設計，但是它有追問、透視靈魂的自覺和力度，有對個體靈魂細緻入微的關懷。面對巨大的災難和困境，王繼書寫「六四」的理由，歸根結柢只有一個，那就是為了讓個人靈魂的尊嚴浮現出來，投以光線，敲響警鐘，以免我們的靈魂被人性的醜惡糾纏和貶損。

二、身分政治與愛情倫理

被某種強大的力量吸取、旋轉、拋擲，「六四」遺留下的碎片成為切割人性的利器。社會的動盪，參與者的逃亡和罹難，所有這些，都不是個人的選擇，也不是歷史的選擇，歷史和個人都

無法掙脫被裹挾的命運。聚散無常,生死有命,人的生與死往往只在瞬間,在命中註定卻又在突如其來的悲劇面前,人們只能哀歎命運的不濟,詛咒命運的猙獰。如今,「六四」成為了歷史,歷史黑暗的一頁被輕輕翻過,但是,對於那段歷史的經歷者黃雙林、秦雲潮、江湖、簡單以及珞珈山上那群莘莘學子來說,「六四」是他們的命運,是他們一生的疼痛。他們在「六四」中身經死亡的威脅,感受追殺的恐懼、經歷了友誼珍貴,並結下了影響平生的各種因緣——其中包括酷美而哀傷的愛情故事。

《四月飛雪》不是一本歷史傳奇,而是一部敘說人生際遇、生死劫難的現實小說,宏大的歷史隱匿在敘事現場的背後。四十年前,所有的轟轟烈烈,已經被時間的塵埃淹沒;當年所有的生離死別,成了他們一生的傷痛。追逃不僅製造了無數的生離死別,而且製造了文化的變遷、社會的改觀。小說直接切割歷史年輪中最敏感的剖面,似乎是隨手抖落的卷宗殘頁重如磐石。我們分明看到了那已經漸行漸遠的歷史清晰而龐大的身軀,那些「一九八九」被民主大潮席捲到風暴中心的逃亡者,都是別家棄友、顛沛流離的年輕人。

政治倫理與愛情倫理緊密糾纏,秦雲潮、黎含章最終以在自己謀劃的死亡遊戲中飲恨離世,從而完成了一部荒誕而又具有深刻歷史意義的人間悲劇。書中的很多地方、很多場景,讓我們感

動,也讓我們歎息。感動並不完全是因為生離死別,因為在那個特殊時期,生離死別太多太多。歎息是因為這原本是一場不應該發生的悲劇,這原本也不應該是他們的命運!秦雲潮、黎含章的愛情竟然是「原來如此」的命運,竟然有著曲折迷離的短程長途與生死悲歡。所謂的人,不過是某種「大動力」之下的小石子和細草芥。理想與夢想始終是用來被擊碎的,「真理」和「歷史」始終是經不起事實推敲的。因此,所有的感歎都毫無意義,人間必定如此,也只能如此。

悲劇的意義是將那些最美好的東西毀滅給人看。不管陰差陽錯的偶然,是不是愛情對於歷史的嘲弄,我們終究是從秦雲潮、黎含章毀滅的愛情廢墟上,澈悟出了許多命運與時事的深奧道理;悟到人始終是漂浮在無涯大海之上的一葉浮萍。不過,生命的過程中仍然有一種難得的驚喜,一種生命與生命的相遇和相知的時刻,一種「緣分」賦予我們的超越和克服我們在趨赴死亡的行程中的平淡,賦予了我們的生命以不平凡的意義和價值,讓我們獲得了超越的激情和靈感,也讓我們獲得了一種在必死的宿命中,苦難的靈魂得到昇華的可能性。這就是人類仍然對未來心存希望的理由,希望只要沒有被碾碎,前面就有未來,就有摸著石頭過河 (註2) 的惶然和無奈,就有知命的渴望。

王繼用他自己的話語方式來講述在這段歷史中的朋輩。他成

功地以幾個人的小歷史來解讀國家的大歷史。一點一點把這個世界剝開，讓讀者一點一點看向深處，再看向深處⋯⋯作家用人性的視角來透視歷史的沉重，讀起來讓人感覺到一種穿心透骨的震撼。王繼沒有更多的筆墨詳細描寫「六四」全貌，他寫的是人，是對人的尊重！穿越歷史文化的語境，他為的是與不堪回首的歷史做一個沉重的告別。

　　黃雙林的記憶裡，倍受嚴寒虐待的青春，在柔媚的山野上無序地狂奔。似乎所有的苦痛，都具有了一種異乎尋常的溫柔和甜蜜；所有被忽視、被踐踏的心靈，因為愛和正義的渴望而可以被忽略。黃雙林與卓嫣的愛情在壓迫與磨難中成長，這一切都像一首甜軟的歌謠，使所有回望的悲憤變得如同隔世，它們穿過時空的隧道，慢慢展現出來⋯⋯這種基調貫穿了整個文本。王繼就這樣讓我們穿過漫長而黑暗的長廊，來叩啟那扇虛掩的門，於是，我們在小說中看見了靈魂深處散亂的影子，如同伸向天空的枝杈，連續不斷地騷擾著無法平靜的愛情。時斷時續的記敘和回憶連綴了起來，聚集成無數個春天裡的那幾片薄雲，讓看不見的雨絲，以溫潤和陰冷相間的方式，浸漬著每一個靠近它的思緒。小說中黃雙林與卓嫣的愛情之路，雖然沾滿了太多的眼淚、憂傷和困惑⋯⋯但是，這裡面有著令人難以置信的、穿越時間的深刻。

　　每個人的生命軌跡和人生追求是不一樣的，在某個時期某

種機緣相聚，又在某個瞬間以某種方式離散。吳天芒與江湖的故事，是一則既現代又古老的故事。無論古今，生死關頭，有至死不屈的忠勇之士，就有苟且偷生、出賣靈魂、構陷朋友的無恥之徒。吳天芒的賣身投靠，是急功近利的怯懦、惶恐和人性與道德之間一種不可啟齒的矛盾，然而，無論有千萬種理由，都不能成為吳天芒用謊言編織圈套，欺騙兄弟，陷害戰友，人性的墮落的理由。後來的事實證明，吳天芒以出賣江湖為代價，果然得到了他想得到的榮華厚祿，而良心上的罪惡感卻要伴隨著他走完恥辱的一生，假如他還有恥辱感的話。

從某種意義上說，也正是吳天芒與江湖的纏繞與糾葛，讓我們知道了「六四」的血腥和殘酷，知道了什麼才是真正值得珍重的價值。難道吳天芒前進的車輪，一定要從朋友的身上碾過？難道吳天芒一定要在別人血肉四濺的疼痛中，才能得到私慾的滿足？王繼以靈魂和良知的追問，昭示了做人的真諦，讓我們知道了應該追求什麼，放棄什麼；應該崇尚什麼，唾棄什麼。面對吳天芒墮落的靈魂，王繼流露出了他的驚悚、輕蔑與厭惡，卻又能夠以痛苦、冷峻而無奈地態度在文本中「放縱」吳天芒沿著骯髒的方向滑落，而且王繼自己還不得不成為這種齟齬失範的人間醜行的講述者和見證者。於是小說便有了怵目驚心的人性荒涼的意味。

三、另類文本與多維敘述

心中有大愛、肩上有擔當,王繼以堅定的信念,一直站在主流的邊緣,以獨立的人格,拒絕各種世俗的誘惑。所以我們總是能夠從他的小說中,感覺到一股強烈的生命流注、生命關懷以及生命表達的真誠。從長篇小說《四月飛雪》中,我們可以看到王繼所承受的精神痙攣和痛苦,以及他在痛苦中對自己精神疆域的執拗堅守,可以看到一個心地寬闊、意志堅強、精神豐富,具有完整獨立思想的作家,在深刻地自我認定之上,對痛苦宿命的自覺擔當。當然,就王繼的人生理念和精神境界而言,他不可能局限於一己的命運悲哀,從他的作品中自然映照出來的,必然是高標於世俗之上的,一個大寫的人的雄宏身影。

儘管王繼經常被意識形態顛簸的浪尖壓迫得遍體鱗傷,但王繼的小說卻仍然沒有放棄對真相的追問,對真理的追尋;他總是越過主流意識的迷霧,穿越人性的隧道,走出生命的困惑。王繼將感人而豐富的畫面並置,在混亂的現實中尋找源頭,將人物心理的細膩變化淋漓盡致地描繪出來;他希望文學是沉默中的聲響,是悲戚時的訴說、是憤怒中的發洩、是麻木時的振奮、是困境中的慰藉、是冷落時的感動、是刺激中的快樂、是喪失時的疼痛;他認為文學天生就應該是一種為最普通人群表達心聲的話語

方式。

　　王繼的小說，由於具有「一九八九」那個特殊時空的體驗性、親歷性、原生性，深刻揭示了當年那個深邃歷史時段的諸多矛盾、焦慮和困惑，觸摸到時代經驗中的某個痛點和敏感點，其所敘述的故事，便更具有一種值得信賴的真實品格和力量。在人們的記憶中，當年那個充滿「精神神話」的時代，連同質樸堅韌卻又不乏烈性的人們都已遠去，對於一個希望用言說向社會傳達自己獨特聲音的作家來說，王繼常常也會感覺到了一種語言的蒼白，好像自己變成了一個在荒野上喃喃自語的怪物。

　　王繼小說話語理論的核心，是在語言中解析文化，闡述遮蔽於語言背後的歷史密碼，把語言與文學結合起來，在隱喻深處儲聚文化的張力。《四月飛雪》的特徵在於鋪敘，這是一種屬古楚國文化人的歷史性聒噪。從一個細小的詞根起始，語詞及其意義開始按照一定的節奏向四處蔓延，展開迅速而大量的自我繁殖，最後拓展成為一部規模可觀的個人敘事。王繼很本土地發揮了楚人的書寫天性，用質樸的鋪敘手法，舉輕若重地重構了珞珈山文化的現場，獲得了很好的敘事效果。

　　《四月飛雪》給人一種強烈感受，便是小說敘事的斷續、反復、雙線索、多頭緒。他敘述故事時，並不嚴格按照故事發生的

自然時間順序,而是將原來的順序打亂,造成時間的變形,敘述環境與人的關係時,所用手法是突顯環境的荒誕滑稽,真實與凝重並置,營造一種陌生化的效果。另外,王繼是一位擅長「苦難書寫」的作家,「苦難書寫」不僅僅是批判現實的武器,而且是一種深遠的精神追問,因為深遠的精神追問將使得文學的批判性更為恆久。也許「苦難書寫」的精神追問會把我們帶到一個精神烏托邦中,讓我們感受到一種宗教般的虛幻,但重要的是,王繼的追問姿態一定會激發讀者繼續追問,它會讓人們的精神追問像大霧一樣瀰漫開去,並使我們的精神空間隨之無限擴張。

王繼渴望在自己的小說中,帶著意味深長的粗線條和英雄般的桀驁,在古道熱腸的文字中浸潤堅韌,讓那些逝去歲月裡的榮耀,在鏗鏘有力的敲擊聲中,雕鑿出一幅幅輪廓堅硬的塑像。不論在現實書寫中,還是在他的語境夢魘裡,這類堅硬的形象,都會天然地帶著一種回歸根部的夢想。是的,王繼沒有力量給我們一個「六四」歷史的全貌,中國幅員這麼大,武漢離北京這麼遠,歷史這麼複雜,而且又有這麼分化的歷史詮釋,這麼多撲朔迷離的真相和快速流失無法復原的記憶。因此,王繼獻給讀者的,只能是他所知道的、發現的、感受的、記得的,只能是非常個人的承受,也是絕對個人的傳輸。

人生原本是由某種宿命和未知的力量推動的,蒼涼而無奈。

閱讀《四月飛雪》，我們的人生會變得坦蕩如原野，有時似乎聽到原野上那若有若無的馬蹄聲漸漸遠去，最後成了虛無。一輪蒼涼的老月懸掛中天，照耀著蒼茫天地。一群懷抱夢想仰望世界的人，還佇立在白霧茫茫的海邊，眼睜睜地看著時光老去。人生中所有的燦爛與灰暗，都如海市蜃樓般退隱；所有的語言都變得稀渺似無。生者唯一能夠做的事情，是想像那奔騰的河流入海，想像它暫時完成歸宿，還要在海洋中醞釀另一次升騰。

在精神升降浮沉與語言的躍進中，在身與心的聯袂漂泊過程中，不斷地張望與回首，王繼將此稱為「朝聖」。這不就是海德格爾 (註3) 所說的「追尋遠逝的諸神」嗎？這既是作家的天職，也是神的召喚。當然，王繼並非一開始就有對於神的追尋自覺，他不是基督徒，也不是任何宗教的信徒，他的朝聖心願的蘇醒，乃是萌芽於歷史的啟示、道義的呼喚。紀念亡魂、緬懷朋輩，王繼唯一能夠做到的，是用小說為記憶點燃一炷清香，用文字為罹難者豎立一座豐碑。在夕陽的餘輝中，他只能是以一個親歷者的虔誠，向那個漸行漸遠的歷史背影肅然致敬，然後說一聲，珍重！

註1　位於武漢大學校園內，因此常被代稱為武漢大學。

註2　中國民間歇後語，一九八〇年代變為改革開放的著名口號。

註3　Martin Heidegger，臺灣譯為馬丁‧海德格。

四月飛雪

往事記憶三部曲　續篇

王繼

开篇

黃河邊的風馬旗

一九九五年的五月三十日,重慶市中區文聯(註1)組織的「重慶作家重走長征路採訪團」從重慶出發了。當初,我拒絕了這個團的邀約。革命史非我所長、也沒有興趣。組織者對我說,就是開一臺車去若爾蓋大草原、馬爾康、九寨溝……轉一圈、耍一耍。不以這個名義,很難申請到經費的嘛。並拿出受邀作家的名單給我看。名單上均是熟人,有幾個還是朋友。我決定參團。當我們到達依傍在黃河第一灣裡的若爾蓋縣的唐克鎮時,正是六月四日的上午。我撇下眾人,快步走過青青的草地、走向黃河邊,高喊著阿來(註2)教我的那句「呀那索(神戰勝)!」然後把印刷成四公分見方的紙片「風馬旗」撒向了空中,霎時,五顏六色的風馬旗飄飛在藍得不見一絲雲彩的天幕上。六年前的今天,六月四日的北京,難以計數的學生亡於機槍、坦克之下。悲哀的是,我只能用這小小的紙片、私下裡祭奠英靈們。

六月三日下午,我在若爾蓋縣城購買了好多這種紙片的風馬旗。藏人的風馬旗有很多種,各種材質和各種形態的都有,也有多種含義。詩人阿來告訴我,這小紙片似的風馬旗主要用於祭祀。認識藏族詩人阿來,是我們到達成都後,省作協(註3)招待我們的宴會上。我們此行主要是阿壩地區,阿來就是阿壩人。眾人極力邀請之下,阿來決定與我們同行,和我們一起去他的家鄉

看看。途中,阿來告訴我,他去年完成了一部長篇小說《塵埃落定》,寄給了重慶的大型文學季刊,但給退了回來。

我眼前這條河究竟是不是黃河,我根本無法斷定,在我的印象和殘存的地理知識中,黃河並沒有從四川境內流過。高原上的風,很犀利也很有力量,紅、綠、黃、白、藍五色的「風馬旗」掠過河面,在空中久久飛舞,我仰頭凝視著,看著它們飄飛進藍得深邃藍得近乎無情的天的深處……

黑上衣、白上衣

二〇〇八年的六月四日上午,我小小的文化公司空空蕩蕩,除了我和另一個生病的員工在家外,全公司九位員工們身著黑上衣,上街行走去了。我們這個微小的文化公司,連我這個老總在內,也只有十一個人,員工基本都是八〇後。當我與他們閒聊時,會告訴他們一些被遮蔽被歪曲的歷史真相。所謂文化,所謂文化公司,真善美應該是基本的守則。在很多事和問題上,我的腦袋經常會短路,顯得很愚蠢,像一個天真迂腐的理想主義者。當我的員工們從我嘴裡聽到一九八九年六四事件時,他們驚訝得合不攏嘴,不相信我說的是真的。我沒強迫他們相信,只是淡淡地說了句:「你們都有梯子(註4),會翻牆,你們翻出去看看。」

說完，撇下他們走了。幾天前，高牆外向牆內發出了呼籲，號召六月四日這一天，大家身著黑上衣上街，以紀念「六四」。我的九個員工，翻牆後知道這件事後，決定響應號召。九男女身著定製的黑襯衣，大街上魚貫而行，有點行為藝術的意思，引人注目、令人好奇。他們翻牆才知道著黑衣上街紀念的號召，有關方面和警方，不用翻牆就知道這一切、掌控著一切。九個員工預先商定的巡遊線路圖：出公司進入過街通道，進入三峽廣場，三峽廣場巡遊兩圈後，再去新世紀百貨商場轉轉，最後坐扶梯去設在地表之下的永輝超市和家樂福超市溜達溜達⋯⋯中午進必勝客吃披薩前，應該先在星巴克室外的遮陽棚下喝一杯咖啡。他們一致認為，這餐披薩應該由我請客。我沒反對，但建議他們去吃麥當勞。必勝客的披薩比麥當勞的漢堡貴太多。而這一切都沒有發生，九個員工穿過地下通道，在進入三峽廣場出口通道的最後一級臺階上，被警察帶領的一群人所攔截。九個人，被分別帶進了設在廣場上的兩個警亭中，然後分成兩批送回了公司。三個女員工先回來，六個男員工後回來，男員工的黑襯衣被沒收了，用重慶話說，他們是打著光巴童（胴）回來的。我還沒來得及安慰安慰幾個裸著上身的男員工，隨他們而來的一個警服齊整、警帽堅挺的警察，目光嚴厲、口氣生硬地命令我道：「你，下午兩點鐘，到三角碑派出所找雷警官報到⋯⋯」

二〇〇九年六月四日，海外呼籲大陸民眾著白上衣上街行走

紀念，這一天我沒出門，也不知道有多少人響應號召上街了。我小小的文化公司半年前就破產倒閉了。就是公司沒倒閉，我會勸阻而不會鼓勵員工們上街。鼓動別人處於危險中，自己卻不去親歷危險，這是不道德的。我也知道，即使我的公司沒倒閉，那些員工依然在，他們也不會再上街。恐懼比勇氣更有力量。我沒出門，沒想到師大的雲樹教授找上門了。他已搬到遠郊的大學城，只要見著我，就喊我趕快搬到大學城師大苑，和他家做鄰居。師大苑裡也有我太太的一套集資房。他上身一白T恤，下身一白長褲，我驚詫地問他：「難不成你是來城裡遊走紀念的？街上穿白上衣的多不多？」他很嚴肅回答說：「就是。今天我沒開車，坐輕軌來的。通道、出站口、街上、三峽廣場⋯⋯哪兒哪兒都是警察。穿白衣的人不少。這個天氣，本來就是穿淺色衣服的時候嘛。但沒得人打堆，個個挖（低）著腦殼走路，大氣都不敢出的樣子。」見我突然沉默不語，雲樹又說：「到今天，整整二十周年了⋯⋯我的一個好朋友好兄弟，就死在二十年前的今天，死在北京這一天的槍聲裡。來的路上，我寫了首詩，我讀給你聽聽。」他說他這位兄弟，是他川師大的同學，最要好的朋友。後來，他考到復旦讀研究生，去了上海，他的同學考到北師大讀研究生，去了北京。說著，他掏出手機，看著手機屏，聲音低回地朗讀起來：

〈兄弟　我是你欲哭無淚的哥哥〉

休看我

白衣白袍　不過

是想和你一起過一個生日

鬚鬚蒼老了二十年

每天精心修飾　等待

你的歸來

我的兄弟啊

你不走夜路

不敢看魚們在乾涸的岸上

呼吸　那些鱗片

紛揚的天空

從廢墟中顯影

滿河眼淚

淚流成河　在洪水季節

淹沒那尊冰冷的石頭

這是一個人間　不曾

預料的劫數

……

……

白衣白袍地

我數著紀念的香燭

點燃一些沉睡的靈魂

歡迎你們光臨我的生日

有些樹木的根

朝天空長去

樹枝在地下沿裂縫而行

泥土堆砌成積雨雲

褐色的閃電　以及

沙塵暴

逼迫我學會用腳思考

我白衣白袍

顛倒著步履蹣跚的頭顱

──奔跑

你不知道

我一直害怕這個生日

我白衣白袍邀約眾神

或者信使

感應你離開時的笑靨
以及那些無盡長夜的吶喊
……

渡不完的苦海啊
我白衣白袍
……

猛拍鐵門久不開

　　二〇一五年六月四日,與往年的六月並沒有什麼不同。重慶依然是曖昧混沌滯重壓抑的,猶如人在攝氏三十度上下的溫度裡,裹上了一層有些溼潤的棉被,燠熱潮溼。我沒開空調,電風扇在旯旮裡搖著,掃遍書房每一個角落,我汗膩膩地坐在電腦前,思緒變得和身體一樣油膩,有一搭無一搭的胡思亂想著:我應該出門走走了,我應該回武大去看看。不知為什麼,每年到了六月,我都想回武大去看看,這幾年這想法愈加強烈。奇怪的是,二十多年來,即使回了武漢,我都有意無意間避開了武大。

　　「嘭嘭嘭……」樓下急促而響亮、極不禮貌的拍門聲傳上了樓,我很生氣,幾步就奔下了樓。妻子若見此情形,必然又是一

頓碎碎念。好在她不在，她出差去了韓國。妻子一直要裝一個電門鈴，我堅決反對，我討厭電門鈴，電門鈴一響，就沒了我所喜歡的「小扣柴扉久不開」的感覺了。當然，這種「嘭嘭嘭」的拍門聲不僅不是我喜歡的，而且令我極度反感。我猛地拉開防盜門，對著門外就是一聲咆哮：「瘋了嗎？有這樣敲門的嗎！」我怔住了，門外立著一婀娜的年輕女子，黑色緊身長袖Ｔ恤讓她的身材凹凸有致，我怒氣已然去了一半。她張開厚實也因厚實而性感的嘴唇說話時，我的怒氣全沒了。「黃老師，我是大學城派出所的小王，是負責這一片小區的民警。剛才我輕聲敲了好久門，你沒理。我們曉得你就在屋裡……」怒氣沒了，我的警惕性還在，雖然她身後站著三個雖身著警服，卻一眼能看出是臨時警察，所謂的輔警。我問她：「妳警察？警服呢？妳的警官證呢？」我朝她伸出手。然後故意伸頭向前，查看她飽滿挺拔的胸部上，是否別著警徽、警號。她略微退了退，有些不好意思地說：「黃老師，昨晚上，你們小區十四棟發生盜竊案，小偷順著裝空調的格柵，從一樓爬到七樓……我幾乎忙到天亮，剛洗了澡準備睡個覺，所裡就來了電話，說是請你去所裡一趟，你把電話掛了，後來又不接電話。所裡命令我，務必請你到所裡。我連警服也來不及穿，匆匆忙忙就趕過來了。」

　　警車停在樓下，不顧小王的勸阻，我順手對著警車拍了幾張照片，又順手把照片發到網上、朋友圈去了。四小時前，上午

九點鐘左右，我發了張「六四」中拒絕執行軍令，被軍事法庭判了五年刑的徐將軍的照片，寫了句「今日，永誌不忘！」配了幾支蠟燭圖，發在微信朋友圈裡。三小時後，中午十二點，派出所打來電話，命令我去派出所。大學城派出所離我家有三、四公里路，沒車我去不了。對方還在電話裡聒噪，我掛斷了電話。四小時後，下午一點，美女警察帶著警車來請我去喝茶，對美女我沒理由拒絕。上了警車後，我問小王：「妳知道重慶東方之星旅遊船翻覆的事嗎？」她很警惕地朝我點了點頭。六月一號，三天前才發生的這起死亡四百多人、震驚了全世界的船難，她應該知道。我又問她，船的沉沒點幾時才找到的？她搖了搖頭。我說，「今天。今天宣布找到了。動用了全國力量，用了三天半的時間，終於找到了。我發了張照片、一句話，你們找到我，只用了一、兩個小時，效率真高。」我從沙坪壩市區搬到遠郊的大學城，不到兩年，和大學城派出所還沒有過任何直接的交集。小王低聲咕噥了一句：「我就是個被差遣的兵……」其實我知道，強請我去大學城派出所的並非大學城派出所，而是在派出所等待我的市公安局國保大隊……

無從告別

二〇二一年六月五日，鄂西的吉總給我打電話說，約了方方

(註5) 和幾個朋友要去貴州的石門坎走走，順便再去宜賓的李莊轉轉，希望我和雲樹，六日下午在威寧縣他定下的一個賓館和他們會合。吉總做事很周全很有心，避開了敏感的「六四」，選了個六六順的日子出行。我早已退休，本閒雲野鶴，隨時都可以走。武漢時，我和方方就是朋友，方方因《方方日記》被汙蔑被圍攻，難得有此機會當面向她表示支持和慰問。雲樹被革除教職、趕下講臺，從教授淪為了圖書管理員。對落水狗，勝利者一般都會表現出勝利者的寬容，不再嚴厲追打。所以，降職降薪的雲樹在圖書館比較自由，與館長打了聲招呼，六日清晨，他駕著他的越野車，載著我，從重慶直奔貴州威寧，去完成我們早就約好了的一場聚會。

年歲比小我一輪的雲樹好飆車，我在副駕駛座上不斷提醒他，慢點、慢點。進入貴州後，我不用提醒雲樹了，山越來越大、路在盤旋中不斷升高，車飛馳不起來。放眼望去，周遭全是山，重重疊疊的大山、無窮無盡的峰巒。重慶到威寧大約七百公里，幾乎全高速，我們也走了十餘個小時，而百多年前，傳教士柏格理 (註6) 又是怎樣走進藏在雲貴高原旮旯裡的石門坎的？我們抵達威寧縣城，已是晚上八點了，我們從海拔兩百多米的山城重慶，來到了海拔兩千二百多米的威寧縣城。而石門坎離威寧縣還有百多公里路，在更大更高更陡的山上。

第二天上午我們到達石門坎時，吉總通過朋友請好的導遊，一個當地的清秀文靜的苗族姑娘，迎接了我們。我直覺她信教，便問她，妳是基督徒？她微微點了點頭，然後告訴我，她的爺爺奶奶爸爸媽媽……總之，一家人都是教徒。我們大家正和導遊寒暄間，突然圍過來幾個警察和保安，詢問了幾句後，檢查了我們的身分證……

　　站在山腰上的一個觀景臺上，望著周邊無處不在的柏格理的遺存，由衷感歎柏格理，他在烏蒙山脈深處的窮山惡水中呈現了神跡。一九〇四年，英國衛理公會傳教士柏格理來石門坎傳教，興建了教堂，建立了醫院、學校和農業試驗場，為當地苗民引進了馬鈴薯、玉米，他還細微到為當地苗民改進了土灶和紡織機。甚至為苗語創立了書寫系統：滇東北老苗文（又稱石門坎苗文）……短短時間內，石門坎一躍成為中國西南地區經濟、文化最為發達的地區之一，該地區十萬苗民受教育的程度甚至超過了同時代的許多漢族地區……

　　上午參觀以學校為中心輻射的各種遺存遺跡後，下午我們將去拜謁柏格理的墓。去吃午飯，穿行在石門坎蜿蜒破敗的街道上時，雲樹忽然碰了碰我的胳膊，指指一面牆上已從紅色褪成淡白色的標語：控輟保學 (註7)，利國利民，人人有責。然後對眾人說道：「柏格理時期這裡出過兩個真正的博士、二十幾個真正的大

學生。百年後,要『控輟保學』了,不是失學嚴重,這種口號絕不會上牆。」雲樹聲音很大,我故意「噓」了一聲,讓他說話聲音小點。我們參觀瀏覽時,有人一直遠遠地尾隨著我們。或許是我多疑,石門坎雖小但感覺警車很多,走到哪兒都能見到路邊停著警車,加上小導遊時不時微笑著指指犄角旯旮裡隱蔽著的攝像頭,又覺得並非我多疑。來石門坎之前,我多少還是查閱了些相關資料,一九四六年抗戰結束以後,國民政府對全國的文化普查中,石門坎苗族區,每十萬個人就有二點九個大學生。一九八九年,石門坎鄉調查的數據是,文盲率八十八%,輟學的兒童占七十八%。如今官方文件把石門坎退化成威寧失學率極高的最貧窮的地區,歸結於三年大饑荒和文化大革命的雙重打擊。但是,沒有共產黨就沒有新中國,沒有新中國,會有三年饑荒和文化大革命嗎?這話,我頂多在肚皮裡嘀咕嘀咕,絕不敢說出來。距離柏格理墓地大約還有百多米,並不寬綽的道路,被密密匝匝的鐵柵欄封鎖了。望著吊在鐵柵欄門上的鐵鍊和大鎖,我們瞠目結舌。小導遊沒說話,默默掉頭,領著我們走向一條小路。從兩戶人家的後院穿過,爬上稍有些陡峭的斜坡,穿過一片雜草叢生的樹林,我們終於來到了柏格理的墓前。墓園裡有兩座墓,另一座是被土匪殺害的英國牧師高志華的墓。兩座墓都已是衣冠塚。一九六六年,石門鄉政府組織紅衛兵砸了柏格理的墓,拋灑了柏格理、高志華的屍骸……

按照行程，下午我們將從石門坎返回威寧縣，第二天早晨前往李莊。昨天晚上，我已經跟李莊的老胡聯繫好了，老胡是我和雲樹的共同好友，他把自家在李莊街上的四合院，改做了民宿。回威寧前，我們去參觀距石門坎有幾公里的一座教堂，但這座教堂所有的門都緊閉著。更蹊蹺的是，偌大的教堂的裡裡外外，不僅連個人影見不著，而且悄無聲息，連樹上的鳥都不啁啾幾聲。教堂院壩中高高旗杆上的五星紅旗在風中寂寞招展。我坐在教堂外的石階上休息，我的手機響了。朋友老胡打來的。

——老胡說：「雙林，我著了，高血壓急性發作。醫生說，我必須住院，不住院有生命危險。抱歉，我這裡接待不了你們了。」

——昨夜我和他還通了電話，討論一行人的食宿，怎麼就住院了？我安慰他幾句後，說：「你安心住院。讓小唐開門接待一下就行，吃，我們自行解決。」

——老胡回答說：「小唐昨天就辭職了。」

——我來不及細想，為什麼小唐會在此時辭職。又忙對老胡說：「那你把鑰匙放到街上周小面的鋪子或別的店，我們到後，自己取就是。」

——老胡好像被我逼進了死胡同，有些發急了，在電話裡大聲吼道：「黃雙林，你咋個就不明白我的話的意思喲。」

我終於明白，老胡身邊有人，他像提線木偶一樣，看似他在開嘴說話，實際上是別人在說話。我剛通完話，吉總已經在網上找了幾家李莊賓館和民宿，電話一聯繫，對方不是客滿就是正在裝修，無法接待。雲樹的電話不停地響著，圖書館通知他，學校明上午九點召開教師大會，傳達重要文件，任何人不得請假。他太太告訴他，他必須今晚趕回重慶，圖書館長幾乎是跪地哀求她了，雲老師明天不參會，校方要拿他是問。他這個館長當不成是小事，換個館長雲老師就沒得那麼自由自在了……我的手機也響了，我單位退休辦的小陳打來的，她說單位幾位領導，明天要到我家裡慰問我。剛掛斷手機，它又迫不及待響了。是老胡打來的，他抱怨雲樹和我的電話一直占線。他說市公安局來的幾個人剛走，他們逼他打的電話，而且放下狠話，不歡迎你們來宜賓來李莊。特別不歡迎寫了武漢封城《方方日記》的方方。他們已經周密布署，你們要是硬來，在高速路口就把你們截下來趕回去。

　　何去何從？再去李莊除了去觸動已布下的鐵網，引發一場可能的公共事件外，好像沒有任何意義。方方很不了然，再三追問，這是為什麼、為什麼？我這次出來，是跟有關方面打了招呼，他們也是首肯了的。雲樹決定回去，他不忍心他的館長被罷黜。他很清楚，學校一個處級幹部的月收入，比普通老師要高三分之二甚至一倍。我不想回去，我討厭領導們來看我。但雲樹回去，我只有跟著回去。此時接近六點，七百公里路程幾乎全在黑

暗的夜中。僅僅兩天，雲樹開車近一千五百公里。我們不回威寧了，從石門坎直奔雲南昭通回重慶，暗合了柏格理來中國時的線路圖：重慶—昭通—石門坎。方方和吉總一行，先回威寧，第二天，方方和她的朋友從威寧退回貴陽，吉總帶著他的朋友先去四川瀘州轉轉。

坐在副駕駛位上，我低著頭，久久沒說一句話。「你在想什麼？」作為話癆，我這麼長的時間不說話，雲樹覺得很詫異，他問我。我抬起頭，說：「我決定了，走！」輪到雲樹不說話，他知道我一個「走」字意味著什麼。江湖已在泰國清邁養老，邀我們過去養老，連辦簽證的中介都為我找好了。雲樹走不了，他沒到退休年齡。我可以走，卻一直猶豫著。回想石門坎、李莊這一幕幕，我的喉嚨彷彿被緊緊扼住，只有出的氣沒有進的氣，窒息感讓人絕望。當我說出那個「走」字時，不由得下意識坐直身體，長長、長長地舒了一口氣。

回到重慶已是凌晨兩點，我並沒有躺下休息，開始準備辦簽證需要的各種文件，八點半鐘找來順豐快遞，快遞給了中介。九點鐘，我聯繫了中介，只提了一個要求：越快越好。中介倒也爽快，回答只幾個字：加急件，加錢。十六天後，六月二十四日，中介通知我，簽證辦下來了。出境時間有兩個選擇，七月二十八號的飛機或七月七號的飛機。當然，也可延後，簽證三個月內有

效。我選擇了七月七日的飛機。六月七日這一天,我和雲樹星夜兼程被逼回了重慶,一個月後的同一天,我將離開中國。這是巧合,還是天意?

為防節外生枝,我當即停止微信朋友圈的更新。我所有可以發帖的公眾平臺,如微博、QQ早就被永久屏蔽了,唯剩下這個剛申請不久的微信號;也沒有張揚,不通知任何人,我將悄悄咪咪離開。知道我走的,除了我太太,可能也只有雲樹了。雲樹好飆車,每年因超速扣分,他的十二分根本不夠扣。我要走,駕照上的分沒用了,就送給雲樹吧。我們一起到車管所(註8)待了三個小時,排著隊聊天、聊天,一直到我被喊進去詢問、罰分⋯⋯七月六日,雲樹以這種方式為我送行。深夜,他夜不能寐,便為我寫了一首詩。七月七日晚,我從成都抵達曼谷,新冠疫情仍在全球燃燒,我剛下飛機就被一人一車送入一賓館進行十四天的隔離。進了房間,我開了手機,手機「嘟嘟」聲不絕,但我最先看到的就是雲樹那首〈無從告別〉的詩。他在詩中吟道:

　　這不是想像中的浪漫離去
　　關山迢遙
　　肉生沉重的穿越　心
　　滴著六月的血──
　　這或是此生最後的告別

和一片土地到底有什麼關係
你真誠地灑下汗水
它生長出賤種和茅刺
你拿著最後一棵棺釘躍躍欲試
看著它掙扎喘息
並且　惡聲惡氣
你決然
不管不顧地轉身離去

我不能送你
我守著這片沉落的大地
埋下你曾經的伏筆
喝最後一壺美酒
遙祝你隔山相望的欣喜
重新理解
這蕭蕭易水的寒意

我以最奇特的形式
為七十老軀送行
讓你在酷暑裡排隊
和那些最真實的氣息

相互對視
好讓這故園的記憶
能夠一直在夢裡

請帶上我們共同的歎息
帶上
病魔肆虐的全世界
和鐵索告別
和暗黑的伎倆告別
和那些夜半巡遊的耳目告別
和所有妒你恨你吃你的魔鬼
告別
……

總有一天
我也要離去
請你記得接我
在新大陸一般的山水間
我們繼續談論有關漢語的問題
和他鄉妖嬈的女子調情
回看曾經的惡世
我們定然長歎唏噓

但我們

早已心無所繫

註1　文學藝術界聯合會的簡稱。
註2　男，藏族嘉絨人，中國大陸作家，以《塵埃落定》一書獲得第五屆茅盾文學獎。曾任《科幻世界》雜誌社長。取自維基百科。
註3　省作家協會的簡稱。
註4　突破網路審查或突破網路封鎖，在中國俗稱翻牆、科學上網、破網、爬梯子等，是指通過技術方式繞過網路審查的措施。而能實現此類功能的軟體，通常稱作翻牆軟體、破網軟體或梯子。取自維基百科。
註5　本名汪芳，女，祖籍江西彭澤，生於江蘇南京，成長於湖北武漢中國當代作家，知名公共知識分子，曾任《今日名流》雜誌社長兼主編、《長江文藝》主編、湖北省作家協會主席、中國作家協會全國委員會委員。取自維基百科。
註6　柏格理（Samuel Pollard），英國衛理公會傳教士，滇東北老苗文的創建者之一，著名社會改良實踐者。取自維基百科。
註7　控制學生失學、輟學，保證所有適齡兒童、少年入學就讀，接受義務教育。
註8　車輛管理所的簡稱，功能類似臺灣的監理所。

上篇

0

　　拿到畢業證、派遣單後的第三天,我被警察深夜喊到中文系訊問後的第十六天,一九八九年八月二日,我和妻子卓娉離開氣溫已高達攝氏三十九度,酷熱難當的江城武漢,終於回到了氣溫同樣高達攝氏三十九度,與武漢同樣酷熱的山城重慶。去年的同一天,一九八八年的八月二日,我和卓娉趁著天氣稍微涼爽些的清晨,趕到重慶渝中區民政局大門口候著。於是,我和卓娉,成為當天在這個民政局登記結婚、領了結婚證的第一對新人——這是民政局頒發我們結婚證,祝福我們時用了「新人」二字。如果結了婚就是新人,我是二婚,就是新新人了,卓娉是新人。如果不是秦雲潮、黎含章在最後時刻給了我們一個驚喜、或者說驚嚇更準確,我們就在燠熱的充盈著餿臭氣味的火車車廂裡,狼狽不堪地度過了我們的結婚週年紀念日。

　　「六四」過去快兩個月了,武昌火車南站對旅客的翻箱搜包檢查,依然細密嚴苛,每個人都要和身分證照片進行比對。這雖讓我感到一陣強烈的噁心,但整體心境仍沉浸在脫離一個多月審查盤索後的輕鬆中。設立在候車大廳外的關卡和嚴格嚴密的搜檢盤查,應該是在六月十三日以後,這一天公安部轉發北京市公安局通緝北京二十一名學生領袖的通緝令,繼而,各省市公安局也

頒發了通緝當地學生領袖的通緝令。候車廳外的關卡兩側立著的兩排佈告欄，形成了一個狹長的甬道。佈告欄裡，貼著許多已現陳舊了的各種通緝令。走在佈告欄形成的甬道裡，我的目光不由自主地掠過各種通緝令，最終停留在鄂省公安廳的通緝令上，停留在秦雲潮和顏和平的照片上。我知道他們還未被抓到，仍在逃亡中，我只能希望他們永遠不會被抓獲。但我也知道，我的希望很渺茫，武大「六四」十日公祭大會祭詞的執筆和朗讀者魯勇，已經在他回家途中的火車上被抓捕，而作為武大學生運動的領導者、十日祭的組織、主持者的秦雲潮和顏和平仍未被捕，只是僥倖。我們一直生活在天羅地網的嚴控中。國之為獄，逃無所逃。通緝令上的大頭照雖然有些模糊，但我一眼就認出了戴著近視眼鏡、瘦削的秦雲潮。雖然我和顏和平並不熟悉，公祭追悼大會前，我帶著張瀚找秦雲潮時，僅在武大醫院裡和他見過一面，但從照片上，我也一眼就認出了他，因在武大「六四」十日祭的公祭大會上，他給我留下了深刻的記憶。顏和平是「六四」當天從北京飛回武大的。武漢大學十日公祭的追悼大會上，他痛哭著講述了六月三號深夜至六月四號凌晨，他騎車在北京東西長安街上的親身經歷，說著說著，他突然「撲通」一聲，雙膝跪在臺上，朝著臺下哭喊著說：「同學們啦，我求你們不要再上街了，求你們了，他們是真用機槍掃射、坦克碾壓學生啊……」

我拎著大包小包和卓娉登上如蒸籠一樣的火車時，腦袋裡突

然蹦出薩賓娜（米蘭・昆德拉《生命不能承受其輕》裡的人物）的一句話：「我喜歡坐火車，火車意味著情慾。」酷熱時節，擠滿人的火車裡沒有空調，只有車廂兩頭有兩把小磨盤似的電扇時，火車就不意味著情慾，只意味著烤箱裡的高溫烘烤。綠皮火車「哐啷哐啷」著駛出了武昌南站，今天，我將離開生於斯長於斯的武漢，近四十而不惑的年歲，去落根於另一個城市，重慶。心中的人生況味，竟然覺得不能道不可道不足道……

火車經過大東門、貼著蛇山腳下，「哐啷哐啷」駛上了長江大橋。長江大橋是雙層橋，上層公路橋，二層是鐵路橋。而武漢學生們的大遊行，長江大橋自始至終都是最大的匯聚點。五、六月間，我曾多次和同學們舉著旗呼著口號，遊行上了公路橋。火車過了長江大橋，如果朝西南方向重慶走，是所謂的漢渝線，若向北，就是京廣線。北京「六四」開槍以後，憤怒的學生，從公路橋湧到了鐵路橋，把南北運輸大動脈的京廣線，軋斷了，軋斷了很多天。不知為什麼，我很想再看一眼黃鶴樓，而從我們這一側的車窗是看不到的，於是，我起身走向另一側的車窗，依然也看不到，因為角度，也因為橋上密集的各種鋼鐵構件，遮住了視線。對這座仿清代被焚毀的黃鶴樓所建的黃鶴樓，因陪各地朋友無數次遊覽，原有那點喜歡中，不由生出了些厭煩。對它重新認識，是五月的一天，我們遊行到長江大橋上，見漫天的傳單，如雪片一樣在空中飛舞。沒有直升機、沒有熱氣球，這些傳單怎麼

會從天而降呢？站在長江大橋上觀察，傳單是從高聳在蛇山上的黃鶴樓飄落下來。憑藉風力，傳單像鳥兒一樣在空中飛翔，然後像雪花一樣灑落在長江大橋上、灑落在鬧市區的司門口，甚至飄落到浩淼的長江江面上，付之東流了……

長江大橋、黃鶴樓……它們還會記得這發生過的一切嗎？綠皮火車駛過長江大橋，離開武昌進入了漢陽。我在心中也問自己，這一切，我能忘懷嗎？當我從一種半麻木的狀態中，逐漸醒轉過來，在這座大橋上熱血沸騰搖旗吶喊振臂狂呼，然後，重壓之下，我會再進入半麻木甚至麻木的狀態嗎？

這個由襄樊開到武昌，再由武昌始發重慶的 XXX 次普快列車，沒掛臥鋪車廂，只有硬座。「硬座」這詞太準確了，綠皮火車的卡座很結實很堅硬，我和妻子硬是硬坐在堅硬狹窄的座位上，度過了二十七個小時。如果準點的話，我們只需要在火車上硬坐二十四小時。我往返武漢、重慶，坐這趟火車，已有很多次了，從沒見它準點過。火車也是有等級的，作為普快列車，一路上它常常要停下來，卑微地恭候著特快列車從身邊呼嘯著掠過。下午六點，趔趄著的綠皮火車終於抵達了重慶菜園壩火車站。我和妻子抹一把落在臉上細細的煤煙灰，挺起似要折斷了的腰，抬起浮腫著的雙腳雙腿，下了火車。走在很踏實的大地上，身體仍然與行進中的火車一樣搖晃著。我們回到沙坪壩的重師大時，天

已黑淨了。走進踞於校園角落裡的三十一棟宿舍，穿過昏暗的甬道，走到一樓三號的家門口時，人已經幾近虛脫。不由分說，我們把肩背的手提的大小包包，甩在門前的地上。甩包低頭那一瞬間，我看見門內的燈光，透過門縫，細線一樣橫在門下，恍惚間感覺到門內有輕微的響動。緊張感頓時讓我的腎上腺素暴增，虛脫癱軟恍惚感沒了，倏忽間，人變得敏銳而輕捷。我把鑰匙鏈上折疊的小水果刀展開，輕輕打開鎖然後猛地拉開了門，接著的一幕，讓我、卓嫋驚呆了，驚得我手一鬆，小小水果刀和串在一起的鑰匙，落在了地上。我面前站立著的竟然是秦雲潮，而他身後則站著我重慶的朋友黎含章。黎含章搶前一步，幫我們把門掩上。我看見秦雲潮眼鏡後的眼睛閃著淚光，我感覺我的眼角也有些酸楚，秦雲潮衝著我，輕輕喊了一聲：「黃雙林……」我努力不讓眼淚流出眼眶，努力從驚愕中拔出腿來，上前一步，我和秦雲潮緊緊地擁抱在了一起。

一九九〇年十月二十一日是個星期天，這一天的下午，江湖被捕了。江湖走出黃鶴樓腳下的仿古街，穿過閱馬場，步行著從湖北劇場大門口經過，然後向右拐，走進了彭劉楊路，他要去司門口的新華書店逛逛。江湖走到十字路口又一個右拐，出了彭劉楊路，就進入到武昌最繁華的商業區司門口了。江湖走路時，上身略微有些前傾，有點像馬拉松運動員起跑前的架式，或更像是登山時的身姿。江湖出生於鄂西南武陵山脈深處的營盤

鎮，還沒有出娘胎，就已在血肉中刻下了大山的痕跡。司門口人流熙攘，擁擠到甚至可以形容為摩肩接踵了。或許就在江湖後悔不該選在這個時間段來司門口的時候，他身前身後突然衝出四、五個漢子，將毫無防備的江湖惡狠狠撲翻在地，周邊被驚著的人們，發出各種尖叫聲，紛紛閃避。被七、八隻手強壓著匍匐在地的江湖，掙扎著倔強地伸直頸子側著漲得黑紅的臉問：「你們是什麼人，這是做什麼？」摁著江湖的幾個人，把他的手臂反剪到背後，用手銬銬住江湖兩隻手，拉江湖站起來時，有人低聲對他喝道：「你被捕了，我們是警察。」這些抓捕江湖的警察肯定知道，一年多前，江湖也曾是個警察。

　　三十三年以後，二〇二二年六月的一個下午，倏忽而至的大雨又倏忽而去，雨雲散去，沒有雲彩的天空就如沒有任何雜質的一塊無限大的淡藍色棉綢，陽光透過高高的椰子樹稀闊的樹葉，斑斑駁駁灑了下來。這就是清邁的雨季，陽光回來了、蔚藍蔚藍的天空回來了。我和江湖從屋內走出來，又坐在小區游泳池邊的椰子樹下喝茶。我毫無來由地問江湖：「他們為什麼不在黃鶴樓腳下你租的房間裡抓你、甚至不在稍僻靜的彭劉楊路上段抓你，為什麼非要選在鬧市區人群擁擠的司門口下手抓你？」我的發問連我自己都覺得很莫名其妙，無法解釋。我和江湖飲茶聊天雖海闊天空，卻根本沒涉及到這些往事。彷彿這問題「嗖」一下，天外飛仙似地鑽進我的腦袋裡，然後脫口而出。江湖一怔，旋即就

明白我的意思。他望望游泳池波光閃爍的藍色水面，稍沉吟，目光轉向我說：「故意在大庭廣眾中抓人，營造緊張感恐懼感。人人自危的恐懼感，是暴政統治的必然手段。於我個人而言，可能等於古時衙門對犯人那殺威棒吧。」

一九九一年初，被判了六年刑期的江湖和也被判了五年刑期的秦雲潮，在武昌某個監獄裡相逢了。他們雖同在一個監獄，卻不在同一個中隊，不准講話、不准溝通，遠遠遇見了，只能深情地相互點點頭，熾熱的目光碰在一起，撞出了「卟卟」響的火花。一九九二年春，甄國光教授在武大醫院去世，作為外甥的江湖，向獄方提出申請：請求和舅舅的遺體告別、請求參加舅舅追悼會；作為甄教授學生的秦雲潮，向獄方提出了和江湖幾乎一模一樣的申請，請求和恩師的遺體告別、請求參加恩師的追悼會。獄方斷然拒絕了他們的申請。於是，江湖和秦雲潮又幾乎同時，在各自的牢房裡放聲號啕大哭。沒有人來干涉、沒有人來勸阻，兩個男人放肆的痛哭聲，極富穿透力，獄區裡所有的響聲，在那一剎那都被這哭聲或震懾或殺死了，獄區顯得很靜寂，每一個角落都激蕩著江湖和秦雲潮的哭嚎聲。事後，有獄警悄悄告訴江湖，甄教授去世後，沒有任何形式的追悼會，火化後，才通知了一些親友。江湖的母親領走了她哥哥甄教授的骨灰。

多年以後，江湖告訴我，當他痛哭後跪著朝武大方向叩頭遙

祭舅舅後,站起身來時發現他身前身後跪滿了獄友……

1

一九八九年四月十九號上午，妻子送我上了東方紅十九號輪。氣候非常反常，仲春時節，重慶的氣溫突然從攝氏二十度左右拉升到了攝氏三十五、六度，狹小的四等艙室裡，如同一個大蒸鍋。我早已汗流夾背，卓嫇也不停用手絹擦拭從額上面頰上滲出的顆粒飽滿的汗珠。許多年後我才發現，這種氣溫陡然拉升十幾度的天氣，並非偶發現象，重慶每年這個時節，就一定會有幾天是這樣的。雖然，輪船還有半小時才開動，但我仍催促著卓嫇趕快下船，船上實在太熱了。她點點頭，對我說：「那你送我一下嘛。」我把她送到登船舷梯口，她往下走了幾步，回頭對我嫣然一笑，說：「過幾天，我找個理由就去武大。」畢業回到重慶後，我和卓嫇稍微統計一下，刨去寒暑假我回重慶的次數，兩年間，卓嫇以出差、請假等各種理由到武大探親，不下十五次。船長魯勇曾笑我：「你們這哪兒是蜜月，是他娘的蜜年。」黎含章也笑我：「師父，你和師母那點錢，都為中國的交通事業做了貢獻。」撤跳板撤舷梯解纜起錨鳴笛⋯⋯碼頭和輪船一通合力的手忙腳亂後，東方紅十九號輪緩緩調頭駛離了朝天門碼頭。我特別喜歡輪船的鳴笛聲，低沉寬厚，很親切。我倚在船舷上，望著岸邊的卓嫇，逐漸逐漸變成了一個小小的驚嘆號、一個小小的黑點⋯⋯

令人沒想到的是，正因為蜜年，正因為為中國的交通事業做了貢獻，卓嫣的頻繁探親武大，無意間讓我免去了一次完全可能的牢獄之災。

一九八九年三月中旬，開學僅一個多月，我又從武漢回到了重慶，蜷在重慶師範大學分給妻子的一間十幾平米的宿舍裡，準備把手上的一部長篇小說完成。重慶和武漢的氣候很相似，冬天陰冷綿長、夏天的酷熱似乎總也沒有盡頭，而春天和秋天都極其短暫，眼一眨就過去了。一年中的四月，應該是重慶氣候最安逸最美好的日子，我計劃在這重慶最美好的季節裡，依偎著妻子，爭取在一個多月的時間裡完成小說，五月初返校。一九八九年四月十五日，中共前總書記胡耀邦突然離世，不僅北京，全國各地大學的大學生們幾乎同時都上街遊行了。我妻子所在的師範大學的學生們，在大操場集合後，呼嘯著奔向市中區的人民大禮堂。人民大禮堂是重慶的標誌性建築，高聳著仿祈年殿（註1）式的人民大禮堂腳下，是個大廣場，適合人群聚合。重慶市委、市政府也都在人民大禮堂附近，這裡自然是重慶的政治中心地區。妻子從重慶醫學院研究生畢業，分配到重慶師範大學任教還不到一年，學校就布置他們這些青年教師去教室、去學生宿舍勸阻學生不要去遊行，勸不住，就到學校大門口組成人牆攔阻。妻子說，她沒說大道理，只說些實在的話：「你們這麼多人上街，重慶的

交通一下就癱瘓了，大家都不方便。實在想要遊行，就在校園裡大操場上轉一轉嘛。」我問妻子，「勸住了嗎、攔住了嗎？」妻子捂著嘴很歡快地笑了：「革命的激情，哪勸得住嘛，革命的洪流也擋不住，一下子就把我們組成的人牆，沖得稀裡嘩啦……」我也跟著卓嫃一起笑。

歷史弔詭，誰曾想到，兩年多前的那場規模並不算小的學潮，導致胡耀邦被免職中共總書記，而如今這場迅猛席捲全國的規模史無前例的學生運動，又始於胡耀邦之死。我從不認可黑手說，黑手說認為這場學生運動的興起，是黑手在幕後操縱的結果，這太陰謀論。全國各大城市的大學生遊行，和北京各高校大學生上街遊行，幾乎同步，是同一時間爆發的。即使行政當局自己出面組織，恐怕也做不到這一點，祕密的隱形的黑手又怎麼可能做到呢？「六四」的起點，或許是共情，大學生對胡耀邦被免職、去世有強烈的負疚和同情心……於是就又有了另一種共同的情緒：義憤難平。

學潮已席捲全國，重慶如此、武漢也必如此，我的心已飛回了武漢大學。小說是寫不下去了，雖然離開體制後，稿費是我唯一的收入來源。我敢於翹課躲在重慶寫小說，也因為武漢大學是全國大學中最先實行學分制的大學，只要我能集到足夠的學分，就能順利畢業。我離婚淨身出戶，已分文無有，和卓嫃結

婚時沒送她任何東西，這部寫了大半年的長篇小說也算是我獻給新婚妻子卓嫟的禮物吧。這部很有些曲折離奇、甚至有些驚世駭俗的愛情長篇小說《我就是第三者》就是我和卓嫟戀愛過程的真實寫照。我和姐姐鬧了場戀愛，最終卻娶了她妹妹卓嫟。所以，我小說扉頁上的題字是：「僅以此書獻給卓嫟，如果小說中的這個人物確實存在的話。」許多年以後，江湖對我說，如果不是卓嫟，恐怕你和我一樣，坐牢了。江湖的意思是，因為我新婚燕爾，依然繾綣在熱戀中，沒有更深入更熱烈捲入到這場學生運動中，不然不會僅僅被審查幾個月就了事了。而實際上，我能躲過一劫，完全因了卓嫟。一九八九年六月十日，武漢高校自治聯合會副主席秦雲潮把「六四」十日祭的公祭大會悼詞，委託給作家班寫作，作家班推舉我執筆時，卓嫟在事先並沒有通知我的情形下，突然從重慶來到了武大，說是要給我個意外驚喜。她來時，已是傍晚，正在一起討論公祭文稿的同學們就笑我，你前腳剛回來，太太後腳就追來了。新婚加小別，今夜你的床恐怕要塌。還是船長魯勇比較厚道，他對我說：「你去陪太太，悼詞執筆，我來。」這篇曾轟動了世界的祭文，雖是作家班集體創作，船長卻因掛名執筆，又因是公祭大會上這篇祭文的朗讀者，被逮捕判刑。如果這祭文這悼詞是我執筆呢？

一九八九年四月十七日，下班的卓嫟給我帶回了一封四個字的電報：速回革命。電報發給卓嫟註明由她轉我。我想立即返

校，躊躇著如何向妻子解釋時，這份電報給了我走的充分理由。有點蹊蹺的是，這份電報沒署名，更蹊蹺的是，回校後我問了作家班的每一個人，都說沒給我發過電報。如果是校方或某位老師發給我的，絕不會在電報中使用「革命」二字。所以，雖然作家班的黨支部書記齊百川否認給我發過電報，我仍認定是他，但他卻賭咒發誓說不是他。兩、三個月後，我被留置學校審查時，收拾好行裝，第二天早上就要離開武漢回廣東的齊百川，突然跑到我的房間裡告訴我，他去文學月刊長江文藝和編輯談他一篇小說的修改意見，在湖北作協院子裡遇見了我的好朋友吳天芒，吳天芒問起我的情況，齊百川告訴吳天芒，我在重慶。吳天芒對齊百川說：「喊他趕快回武漢。錯過這樣一場革命，他會後悔一輩子。」於是，齊百川給我發了封四個字的電報。我雖曾和吳天芒是最要好的朋友，但已中斷聯繫、中斷來往兩年了。吳天芒請齊百川喊我回漢是個謎、這個廣州軍區的部隊作家齊百川先否認後承認給我發了電報，也是個謎。至今未解的謎。其實，有沒有這份電報，我都已經決定回學校了。追尋這個電報的來源，除了好奇外，更在於電報上的「革命」二字，這二字特別容易搔到中國人的癢處，自然也搔到我的癢處。我立即收拾行裝啟程，雖然恨不能即刻投身革命，但我仍選擇乘輪船順長江而下，不僅因為船票比火車票便宜，也因火車票如果不找票販子，就要去排幾公里長的長隊購票。四月二十二日我返回了武漢大學。

回到武漢大學，親身參加了幾場遊行後才發現，革命，對我們而言，好像就是上街遊行喊喊口號。從我們宿舍楓園，走到民國間就聳立著「國立武漢大學」牌坊的武大校門口，約有兩、三公里路，而走出校門走向武珞路走到閱馬場走上長江大橋⋯⋯這樣往返一趟，少說也有一、二十公里。遊行歸來，船長「轟」一聲癱倒在床上，笑道：「操，真沒想到，革命還他媽的是個力氣活。」船長是魯勇的筆名，他說他做海員時，最偉大的理想就是做個遠洋船的船長。後來做了膠東話劇院的編劇，發表了不少中短篇小說後，成了作家，「船長」不再是理想，只是個筆名了。革命真如船長所言，只是一個力氣活？

2

　　當東方紅十九號輪,抵達宜昌葛洲壩翻壩時,已是八九年的四月二十一日上午十點鐘。壩堤阻隔,順水而下的大量塑料泡沫塑料袋,就漂浮在這一片江面上,長江由黃而白了。幾組排隊等待翻壩的輪船,被江水拍打得輕輕搖晃著,像一群鳧水的野鴨子在白色垃圾中蕩漾。輪船翻壩很繁瑣也很冗長,輪船駛離宜昌,已是下午兩、三點鐘。我從船艙裡出來,望著漸成剪影的宜昌,我突然想起了一個人,靳非常,江湖的小兄弟、郁江詩社的成員。因為三年前在都亭那場鬥酒,他給我留下較深的印象,他說過他就在宜昌的一個工廠工作,這個由「五六七」或「七八九」等數字組成的廠名,就意味著這是家保密的軍工企業。雖然在這一瞬間我想起了他,但很快就把他拋到了腦後。奇怪的是,除了三年前的鬥酒,這個幾乎和我沒有任何來往的大男孩,二十多天後,竟跑來楓園宿舍找到了我⋯⋯很多事都是無法解釋的。如果輪船離開宜昌那一瞬間我沒有想到他,他會來找我嗎?

　　靳非常到楓園五舍找到我的時候,我剛遊行歸來不久,斜靠在鐵架床上休息。他站在門口,小心翼翼地問道:「是黃老師嗎?」我坐在背光處,臉在陰影中,他不敢確認,門口是順光,我一眼就認出了他,腿長個子高,眉俊眼闊的靳非常,跟三年前

沒什麼變化。「民主自由」四個字的白布條,束髮帶一樣,箍在他頭上,還添了幾分英氣。我不無醋意地在心中罵了他一句:真他媽的帥氣。我很詫異,他為什麼會找我?我把他讓進屋裡,請他坐下,給他倒了杯茶,開口就問:「你從宜昌過來,找我有事嗎?」他放下茶杯,對我擺擺手:「我不是從宜昌來,我是從北京來。來找你,還真是有事求你。」說著,他從雙肩包裡翻出了一件折好了的白T恤,他把白T恤遞給我,我展開後才發現,T恤的前後,都密密麻麻簽滿了人名:吾爾開希王丹柴玲封從德鄭旭光劉小波侯德健鄭義……有些名字很熟悉,比如幾個在天安門廣場領導集會領導絕食的學生領袖,新聞中幾乎天天能聽到見到,而如鄭義、候德健、劉小波等,原本就是名人。而其餘的人,就非常陌生了。靳非常告訴我,他利用出差的機會,去了北京,參加了遊行集會,甚至還申請參加絕食團,因他不是學生,沒獲批准。說起北京的情形,眼睛閃爍著興奮的光芒,整個人也極亢奮。「這次,中國真的有希望了。」靳非常說著,又從雙肩包裡扯起一件簇新的白T恤,遞給我:「我來找你,就是想請你幫個忙,找武漢的學生領袖們簽個名,找作家班的作家們簽個名。我有個打算,這次回廠後準備請個長假,如果可能,我準備把上海南京合肥成都重慶廣州……都跑一遍,請各地的學生領袖和參加了這場運動的文化名流,在T恤上簽個名……」對靳非常的請求,我有點撓頭。作家班的簽名好辦,找參加了遊行的同學簽就是。武漢的學生領袖?這個有點難。除了秦雲潮,我不知

道武漢的學生領袖還有誰。另有一點，武漢跟北京完全不一樣，北京的學生聚集在天安門廣場，而武漢的大學生們並沒有一個統一的聚集點和根據地。我只有求助於秦雲潮，他接過我遞給他的白T恤和簽字筆，有些自嘲地笑笑說：「武漢的學運領袖、你給我封的？柏拉圖說，領袖是神用金子做成的，人數極少，具備人類最高的知識和智慧。」

因為等T恤的簽名，靳非常只有在我宿舍裡住一夜。我請靳非常到武大三食堂小炒部吃飯的時候，我問靳非常：「我們喝點什麼酒？啤的還是白的？」靳非常邊搖頭邊擺手：「自從在那年在都亭和你喝酒醉後，我就戒酒了，滴酒不沾。」我問他，「你和小蕾結婚了嗎？」他對我調皮地笑笑：「結婚三年多了，結了，就不怕煮熟的鴨子飛走了。」他告訴我，他在廠宣傳部做宣傳幹事，小蕾在宜昌晚報做記者，他們暫時不準備要小孩。靳非常入獄判刑後，妻子和他離了婚。煮熟的鴨子也是可以飛走的。

那是一九八五年八月的一天，第三屆郁江詩會閉幕的晚宴上，靳非常站在我座位前，說，「黃老師，我想單獨敬您三碗酒。」邊說邊指了指不遠處的一張空桌子。我能感覺他恭敬的言語背後，隱藏著些許的怒氣。雖然我不明白，這小夥子為什麼要在郁江詩會結束的慶祝晚宴上找我鬥酒，但我仍毫不遲疑地站了起來，準備離席去喝這三碗酒。我這人，最好的就是鬥酒。我和

這個叫靳非常的小夥子,並不熟,他為什麼突然要和我鬥酒?敬酒可不是這麼個敬法,他這就是邀我鬥酒。「阿非,你這是幹啥子?」江湖走過來,面有慍意地對靳非常說著,準備把靳非常拉走。我滿面帶笑但很堅決地制止了江湖,我對他說:「他敬我酒,這酒我必須得喝,你可千萬別攔著。」我是省裡來的客人,江湖不便拂我意,我離席隨靳非常到了只擺了六個土碗的桌子旁,江湖也只好隨我們到了鬥酒現場。我瞥了一眼,能裝五兩酒的土碗裡,大約有三兩酒。如果土碗裡盛滿五兩酒,端碗時能把大姆指淹死。三碗九兩酒,雖距我酒量的極限,還有點距離,但這個看上去綠悠悠的五十度左右的綠豆燒,實在有些難喝,我不由蹙了蹙眉。參加詩會幾天,我已喝過幾次這個本地產的酒了,論碗一口乾這種入口差即刻上頭後勁還大的酒,需要酒量還需要膽量。靳非常很豪邁地雙手捧起酒碗,對我說道:「黃老師我敬您,先乾為敬。」只聽「咕嚕咕嚕」幾聲,靳非常的三兩酒落了肚。我端起酒碗,道了一聲謝,也把一碗酒一口悶了。我抹了抹嘴,對靳非常把空碗翻轉過來亮了亮,沒有殘酒滴下,表示酒我喝得很乾淨。接著,我端起了第二碗酒,對靳非常說道:「你敬了我第一碗酒,現在輪到我敬你第二碗了。乾。」我一仰脖子,一碗酒又悶了下肚。酒很辛辣,我的喉嚨如飛機緊急降落時的跑道,輪胎在上面摩擦出一股股黑煙。酒在胃裡奪路狂奔,一陣胡亂翻騰後,竟有了逆流的衝動,我咬著牙拚盡全力,把已快倒流到嗓子眼的酒強壓了回去。鎮壓了逆流而上的酒後,我有種虛脫

感，我抹抹滿臉的汗，定了定神，故作瀟灑地揮揮手對靳非常作了一個「請」的姿式。面紅筋脹、動作已顯遲緩的靳非常，吃力地捧起酒碗，「咕嚕嚕」喝了幾口後，酒碗突然從他手中滑落，摔在地下「嘩啦」一聲脆響，把酒宴上所有目光吸引了過來，緊接著靳非常身子一仄，頹然倒地，險些帶倒了餐桌。

第二天，江湖告訴我，人事不知的靳非常被他們抬到醫院，輸了一晚上的液(註2)，今早出院又活蹦亂跳了。他並不愛喝酒，要喝，頂多也就二兩的量。我問江湖，那他為什麼要找我鬥酒呢？江湖笑了笑，欲言又止。我反覆追問下，江湖說了一句：「常春蕾是他女朋友。哦，我們都喊她小蕾。」我頓時明白了。幾天來我不斷搭訕、有意接近的明目皓齒、腰肢婀娜的小蕾姑娘，原來是靳非常的女朋友。我很有些不好意思：「抱歉，實在抱歉，我真不知道，她是他的女朋友。如果知道，不會如此放肆。」江湖對我笑了笑：「不知者不罪。」

清江和郁江都發源於都亭縣境內的齊躍山，江湖他們詩社取名郁江而非名氣大得多的清江，恐怕有放低身段刻意低調的意味。這個詩社的成員，基本都是畢業於鄂西師專的年輕人。江湖將郁江詩社幾十名成員，依次介紹給我們湖北作協這個小型代表團時，除了感覺名字有點意思外，靳非常並沒有引起我格外的注意。倒是江湖，這個二十三歲的小夥子，格外讓我們注目。我們

沒想到，舉辦了三屆詩會、省內外都有了一定影響的郁江詩社，竟然是毫無官方背景的民間詩社，而組織主持者，就是這個已在都亭縣委文化局工作了兩年的江湖。更讓人稱奇的是，他不僅寫新詩，舊學也深厚。以古體詩詞享譽文壇的省作協副秘書長沈君然，拿著郁江詩社的自辦刊物《詩潮》，指著刊有江湖幾首古詩詞那兩頁，讚不絕口、嘖嘖稱奇：「如果不是親眼得見，我斷然不會相信，這是個二十歲出頭的青年而作。把他的詞放到古人的集子裡，幾可亂真啊⋯」沈君然老師五十幾歲，如若不是真的為江湖所傾倒，絕不可能背著江湖，如此誇讚他。

一九九四年年底，我正坐在編輯部裡讀稿，另一編輯從傳達室帶給我一張明信片，他半玩笑半認真地問我：「我讀了，這人是前朝遺老，還是從全宋詞中抄來的？不錯。」我告訴我的同事，明信片寄自獄中，詞作者因「六四」而入獄，此時還在獄中。我的同事兩眼驚訝和疑惑地看著我⋯⋯明信片正面是黃鶴樓和黃鶴樓腳下的武漢長江大橋，背面是江湖用鋼筆手書他創作的一首詞：

〈念奴嬌・寄雙林師〉

都亭雅集，歎滔滔過眼，十年將逝。當日少年今忽老，摧折江湖豪氣。際遇如斯，文章負我，羞說青春志。幽棲石室，夜聽

風雨如晦。遙念明月巴山，師尊猶在，望斷川江水。握管低徊疏訊問，怕寄滿箋珠淚。慶倖來年，樽前堪約，一瀉羈人意。門牆重振，好憑薪火傳遞。

　　我和江湖在都亭結識已有十年，而他在高牆內，已五年了。幾個月後，江湖將出獄。我從他的這首詞中讀出，獄中幾年並未摧折江湖的意氣，他仍期待著出獄後有所作為。這讓我非常高興，高興中似乎還夾雜著些許的解脫輕鬆感。一九八五年八月，郁江詩會結束後，我和省作協代表團分手，單獨前往毗鄰都亭的咸豐縣黃金洞，我想去我曾下鄉的山寨走走。江湖送我到車站時，我很認真地對他說道：「這個都亭太小、這裡的山太大，容不下也發揮不了你的才能。你的天地不在這裡，一定、一定要從這裡走出去……」因了我這番話，第二年，八六年，江湖去職，到了武漢。到了武漢，江湖又因我結識了我的好朋友吳天芒，而他倆都好酒更好古體詩詞，於是，江湖和吳天芒也成了密友。我說我高興中夾雜著些許解脫輕鬆感，是因我對江湖有負疚負罪感，如果不是我，他可能不會去職到武漢，不是因為我，他不會和吳天芒也成為密友，因為和吳天芒成了密友，江湖這才身陷囹圄……

　　我知道靳非常死亡的消息，大約是二〇一〇年秋季，離他去世約有半年時間了。我去探訪隱居在大理喜洲的江湖時，他告

訴了我這個消息。江湖說：「阿非死了，死得有些慘烈……」說著、說著，江湖語音哽咽，說不下去了。靳非常駕著他們廣告公司的機動滑翔傘，在四川巴中市的天空上做廣告，長長的廣告條幅被一陣莫名其妙的旋風颳進風扇裡，憋死了發動機，怪異而瘋狂的強風推著失去動力的滑翔機傘翼，跌跌撞撞地飛進了一片樹林中，撞在一棵大樹上，殘破的滑翔機和阿非，像樹上成熟了的堅果一樣，重重地墜落在了地面上。我曾去過巴中，和恩施一樣，一個處於高山峻嶺中的三、四線城市。我心情也沉重，但我沒說什麼，我和靳非常沒有深交，兩、三次短暫的接觸中，我能感受到他莽撞易衝動的性格：他不能喝酒，明知我能喝酒，卻依然要與我鬥酒。當靳非常把那些機密文件順手拍下來，然後又把這件事告訴江湖，懇求他幫忙時，就等於他把一顆炸彈交給江湖。而當江湖躊躇著接不接這顆炸彈而左右為難時，吳天芒卻鼓勵江湖接下炸彈並引爆了這顆炸彈。凡事都有代價，這顆炸彈炸了，靳非常為他的正義感和莽撞衝動，坐了十年牢；江湖為了良知良心和江湖義氣，坐了五年多牢；而吳天芒坐牢一個月，然後就在不長的時間裡，成了省文聯專職副主席、省政協常委……

3

　　重慶的沙坪壩區，聚集著好幾所大學，有段盛傳的順口溜，涉及了三所大學：重大的牌子、川外的妹子、重師的位子（置）……所謂重大的牌子，是指重慶大學聲名顯赫，全國重點大學；川外的妹子，則是說四川外語學院的女生多且漂亮度高；重慶師範大學的正大門，與沙坪壩最繁華的商業區僅隔著一條馬路，所謂重師的位置，就是指這個區域優勢。其實，僅論辦學，重師的位置並不好，緊貼著市聲嘈雜、人欲橫流的商業區。最讓我擔心的，也恰恰是重師的位置。出重師後門，左側是重慶建築學院，右側百米就是陳家灣派出所，而出重師正門朝右拐，順大路走一千五百米左右，就到了沙坪壩區公安局的大門口。秦雲潮隱匿在我家裡安全嗎？我家所在的三十一棟，是建於二、三十年前的四層筒子樓 (註3)，每層樓有十間房，每間房大約十二平米左右。這棟青灰磚青灰瓦的老樓，緊靠著重師大的近兩米高的圍牆，牆外是鐵路線，每有載重列車駛過，整幢樓也隨之微微顫抖。在我看來，眼下這樓唯一的好處是，居於重師大的角落裡，不大惹人注目。大環境雖然險惡，秦雲潮藏於此，如果不出頭露面，暫時應該是安全的。

　　男兒有淚不輕彈。我和秦雲潮緊緊擁抱在一起那一刻，各

自把已湧到眼眶的眼淚又生生咽了回去。我們鬆開雙臂後，努力微笑著打量對方。秦雲潮很瘦，一個多月的奔波躲閃，顯得更瘦了，微駝的背，更加彎曲。秦雲潮身高大約一米八，因背微駝，和一米七六的我站在一起，沒有顯現出絲毫的身高優勢。秦雲潮指了指牆櫥，笑著說，「雙林，不好意思，把你的酒都喝光了。」我回頭望了一眼，掏開牆壁用磚隔起來的牆櫥裡，我放了大約二、三瓶江津老白乾。我認識秦雲潮時，他滴酒不沾。望著牆櫥上那幾個腹內空空的酒瓶子，我的眼淚又差點湧上眼眶，酒永遠是醫治苦悶憂傷的良藥。我強笑著對他說：「這酒烈也醇，還便宜。明天我再帶幾瓶來。」我們似乎有很多話要說，一時又不知從何說起。夜漸深，四個人聚在隔音不好又狹小的房間，並不安全。我已想好，去距沙坪壩有四站路的歇樓子我岳父岳母家，暫住一段時間。我向秦雲潮告辭道：「今天晚了，我們坐了二十幾小時的火車，也累了。我們去岳母家住段時間，你也早點休息。明早我給你帶早點過來，有話我們明天慢慢聊⋯⋯」

黎含章隨我們一起出了門，我們去歇樓子，她回楊家坪，我們要在石橋鋪分路。公交車已收班，我們坐上私營小巴士，各回各家。

初識黎含章時，我就能很明顯感覺到她身上存在兩股氣，才氣和怨氣。兩股氣都溢於言表。她堅定認為，她的父母生下

她，是極不負責任的行為。他們絕不應該生下她。黎含章的父親十八歲畢業於劉海粟（註4）的美術專科學校，考進了國民黨中央宣傳委員會旗下的「中央電影攝影場」（簡稱中電）做美工。一九三八年，中電幾經輾轉，由南京經蕪湖、武漢，最後落腳於重慶長江南岸的玄壇廟。黎含章兄妹三人，祖籍雖江蘇武進縣，卻均生於重慶。她的兩個哥哥，一個大她十歲，另一個大她六歲，她則生於一九五六。中電曾拍過幾部反共的宣傳片、記錄片，在《剿赤寫真》、《赤匪禍粵記》這兩部影片中，黎含章的父親，雖僅是美工助理兼場記，而一九四九年以後，這兩部影片，就是壓在他背脊上的兩扇千斤石磨盤，一直在接受審查和交待問題下工作生活，即使左閃右避、逆來順受，最終還是被兩扇石磨壓扁了。五七年反右運動中，不僅劃了右派，還以歷史反革命罪判了十年刑，送去四川省著名的雷馬屏監獄服刑。被捕判刑前，他是重慶電影發行放映公司國美電影院的美工。此時，黎含章剛滿一歲。她後來的命運可想而知了，在白眼和歧視中讀完小學和初中後，下鄉插隊十年，歷經周折才病轉回城。瘦小的她回城後，沒有工作，只有到長江邊的河壩裡，手持鐵錘把鵝卵石砸成基建用的瓜米石，一天收入三、五毛錢。「兩扇千斤石磨」是黎含章的原創。她的原話是：「明知道自己背上背著兩扇千斤石磨，何必生下我，把這背時的磨又傳給我背……」

第一次見到黎含章，是在嘉陵江邊一個茶館裡。我讀著她的

短篇小說，坐在我對面的黎含章，順手給我畫了張人像。人像在速寫和漫像之間，說漫像，是因為她在我耳朵上墜了個彎曲鋼筆狀的耳環。她說：「你耳朵長得很性感，應該有點裝飾。」把耳朵形容成性感，我是第一次聽到。

卓嫣的姐姐是重慶一家教育類雜誌的文字編輯，黎含章是這家雜誌非在編的美術編輯，實際上就是做一期封面、版面設計，拿一期的錢，就是個臨時計件工。用黎含章的話說，飯碗是棱起的。棱起，重慶話，飯碗橫置半倒狀。她能夠以設計、畫畫謀生，看來她父親不僅把兩扇石磨傳給了她，也通過基因把繪畫的才能遺傳給了她。她會美術設計，卻酷愛寫詩和小說。詩寫得不錯，小說寫得也不錯。寫了一部中篇小說和一個短篇小說，投稿多次均被退回。卓嫣的姐姐想幫她一把，於是，黎含章就認識了我。讀罷小說，我知道黎含章的小說稍作修改都能發表，她缺少的主要是投稿路徑。一個文學浪潮洶湧的時代，在街上隨意丟一個磚頭，被砸中的十個人中，有六個正在寫詩，三個正在創作小說，剩下一個正猶豫著寫詩還是寫小說。全國各級文學雜誌收到稿件，估計比塔克拉瑪干沙漠裡的沙子還要多，能有多少編輯有願望和精力從中淘出金子來？我把她的小說帶到武漢，推薦給了我熟悉的文學編輯，爾後，相繼在湖北的文學期刊上發表了。於是，她和江湖一樣，也喊我師父。考慮到她離了婚和棱起的飯碗，我建議她去報考武大八九級插班生，我做她的推薦人。她來

武大參加考試,正是學運高潮時。她的興奮活躍,超出了我的想像。每天流連在各大字報欄前抄錄大字報,甚至加入武大學生遊行隊伍去遊行。以她的閱讀量和文字功底,我不擔心她的考試成績,但我擔心她的這些行為會影響她的錄取。我勸她考試完了,就回重慶去,如果要留在武大,起碼行為舉止要儘量收斂點。她詰問我,你為什麼不收斂?我心裡說,我已經夠收斂了。我告訴她,雖然我快四十歲了,但畢竟我現在是武大的學生。妳現在還不是。中央不是一再說學運背後有黑手嗎?連同情支持學運的老師們大都不敢摻和到學生中來,就是怕黑手這頂帽子。妳比我小不了幾歲,看上去不像學生,那就像個黑手。我沒有告訴她,武大學生處一個朋友剛給我打過電話,叮囑我謹慎點。他告訴我,省公安廳來人,從學生處領走了九十個校徽和九十個已鈐章的空白學生證。其實,沒人知道遊弋在校園中的暗探特務究竟有多少。面對我多少有點訓斥的規勸,黎含章突然冒火了:「這個時候,你竟然能夠這麼理智冷靜,還是個⋯⋯」她話沒說完,就從我的宿舍裡衝了出去。她沒說完的話,應該是「還是個人嗎?」

　　黎含章怎麼會認識秦雲潮的呢?我沒有問。但秦雲潮出現在我家裡,又一定和黎含章有關係,因為除我和卓娿外,只有黎含章有我家的鑰匙。當著秦雲潮的面,我不便問黎含章,當我們一起出門到了外面,我才低聲問她:「妳幫秦雲潮來重慶的?」她搖頭又點頭,說:「是,又不是,這都是江湖的安排。」

為什麼？為什麼已被武大插班生錄取的黎含章，會隨身攜帶著這份錄取通知書和秦雲潮一起去廣州？如果沒有這份錄取通知書，結果會有所改變嗎？我反覆思索過，認為不會有所改變。即使黎含章攜帶這份錄取書按時到校報到了、甚至入教室上課了，她依然會被驅逐出武大……

4

　　一九八〇年代武大的校園很開放，很喧騰，有無數個大學生自行組織的各種協會，諸如詩歌、搖滾、歌舞、武術……於是，每個週末也就有了大學生們自行舉辦的各種學術和不學術的活動，有佛羅伊德(註5)、薩特(註6)、卡爾‧波普爾的討論會，也有法國女作家瑪格麗特‧杜拉斯(註7)小說《情人》的讀書會、薩特情人波伏瓦(註8)《第二性》的研讀會，甚至還有辯論會，辯題是：屈原是同性戀嗎？但活動數量和參加人數最多的卻是詩歌朗誦會和舞會。八八年五月初，春意盎然的一個週末的夜晚，我去參加江湖組織的後現代派詩歌朗誦會。對現代詩歌我有距離感，我是在郭小川、李季、賀敬之這類革命詩人唱響的革命詩歌的氛圍中長大的，朦朧詩的陡然興起，我雖窺到了些許詩歌真正應該有的面目，但我從事小說寫作，對詩歌依然不那麼敏感。現代派、先鋒派、後現代派……詩，讓我眼花繚亂，也讓我望而卻步，就有了更深的隔膜。江湖組織的詩歌朗誦會，他即將畢業離校，我覺得必須去參加。梯形大教室裡坐得滿滿當當，我去得稍晚，只有站著，高高地站在梯形教室的頂端，俯視登上講臺的誦讀者。人太多太嘈雜，又沒有音響設備，抑揚頓挫中，我幾乎沒聽清楚一首完整的後現代派的詩。於是，朗誦會還沒結束，我就先走了。回宿舍的路上，我卻想起了江湖寫過的一首〈致毛澤東

同志〉的階梯詩，跟梯形教室相像，詩句如階梯式排列，節奏感很強，比後現代派詩適合朗誦。這是蘇聯馬雅科夫斯基發明的詩歌形式。這首詩很長，我勉強能記住幾句：「三十多年來／回蕩在你耳鼓／是那『英明偉大』的頌稱／『最最最』的排比／使得／您的雙耳／過早老化了／再也聽不進／忠臣的呼籲。」詩中，江湖詰問了躺在水晶棺裡的毛澤東的許多為什麼。毛澤東不能回答他，而剛邁進鄂西師專讀書的江湖，卻又被校方反覆追問了許多個為什麼，你為什麼要向毛主席問那麼多不該問的為什麼？你為什麼要寫這首詩？因為這首詩，江湖險些被逐出了鄂西師專。幾年後再看這詩，「忠臣」二字就說明這詩或許很不深刻，但這是十八歲的江湖，寫於一九七九年年底的詩。我曾感歎：早慧早熟的江湖。

　　我沿著櫻花大道，散著步往楓園走，坎下不遠處的梅園的露天電影還沒有散場，隱隱傳過來一陣陣槍炮聲。我剛走進楓園四舍，陳大爺在傳達室兼小賣部的窗口裡朝我招手，喊我進去。見陳大爺一臉神祕，我就走了進去。陳大爺壓低聲音說：「不知誰貼在這外面牆上的，我給揭了下來。」說著，他遞給我一個A4紙裁成三截連在一起的紙條，上面用紅色記號筆寫了一行很醒目的字：流氓現在不叫流氓了，叫作家。到作家班的宿舍貼這樣的小標語，顯然有針對性。我笑了，這小標語抄的是王朔 (註9) 的話，王朔就是作家，而且是正當紅的作家。我找陳大爺要漿糊，

陳大爺滿臉狐疑地看著我:「你要幹嘛?」我就笑,發自內心卻很不正經的笑:「貼回去呀。」陳大爺說:「我這沒漿糊,咋還能貼回去呢?你們這些作家多好,咋能是流氓呢?」相較於本科生、研究生,作家班的消費能力超強,陳大爺小賣部裡的東西,基本被作家班包圓(註10)了。所以,陳大爺認定作家班裡就不可能有流氓。他從我手裡把那條小標語奪了回去。

第二天早晨,武大學生三食堂的外牆上,又貼出了一條標語:作家班滾出武大!每個字都有斗大。我估計這條大標語和那條小標語一樣,是頭天夜裡悄悄貼出來的。作家班的人幾乎不到食堂吃早餐,校園裡早已傳得沸沸揚揚的這條標語,作家班中午才知道。住在我隔壁的河南籍作家傅明情緒最激昂,站在食堂門口高喊:「誰寫的,有種的給我站出來!」我不太喜歡傅明,他把他的情慾表現得太直白太猛烈。天熱時,他常常穿著一條三角褲,站在走廊裡,眼睛睜得大大,扯著沙啞的嗓子喊:「妹子呀,姑娘呀,我愛你們啊、愛你們⋯⋯」如果喊了兩嗓子,還沒過癮、沒能完全釋放他的情慾,就高聲唱起了信天遊:「白生生的奶子,水淋淋的屄,叫我怎能不想妳⋯⋯」三五天一個輪迴,無論是吶喊還是歌唱,都能讓人感覺到溝湧澎湃的情慾順著傅明微禿的天靈蓋朝外噴發。傅明太吵人,大家就罵他勸他,他反駁說:「你們別飽漢子不知餓漢子饑。」其實,這話他是炫耀,作家班就他一人是單身漢,加上此時他的一部長篇小說紅遍大江南

北，常有女大學生到他宿舍請他簽名送書、請他散步、請他跳舞……如果他有尾巴，肯定會像旗杆一樣驕傲的豎立著。緋聞，作家班也有過幾起。作家年紀雖大卻也顯成熟，有名有工資又有稿費，鬧緋聞，青蔥的大學生們應該不是作家們的對手。不過像傅明這樣張狂表達的，作家班也只有他一個。我懷疑，那小標語大標語的出現，與他關係最大。自以為頭上頂著光環、受人尊重的「武大作家班」，在大學校園裡，第一次受到了羞辱和衝擊。

二〇二三年三月，我寄居泰國清邁養老已近兩年時，遇見了一位從武漢也來清邁養老的朋友。老鄉與老鄉異國相逢，分外親切。雖住在不同的小區，也常聚在一起喝酒、喝茶。他曾是武漢某報的攝影記者。老年人的聊天，必然多沉浸於前塵往事，說起一九八九年的武漢春夏間的故事，他突然放下茶杯，很神祕對我笑笑，說：「過兩天，我送你一件禮物。你一定喜歡。」過了幾天，他私信發給我了一張電子照片。看著手機上的照片，我的老淚頓時奪眶而出，順著面頰，落在了手機屏上。朋友在照片下留言：在清邁終於有時間整理我過去的拍攝的照片了，無意中就看到了這一張。我曉得你是那屆作家班的……這是張黑白照片，一三五相機拍攝，多年後才用掃描儀掃描後存儲到電腦或手機裡，分辨率不高，照片很有些模糊：兩個並排騎車者，一手掌著車把，一手撐起一面橫幅，橫幅後邊跟著一個自行車隊，而自行車隊所有人的腦袋，幾乎全被橫幅遮住了。橫幅上很雄壯的魏

碑體五個大字：武大作家班。這橫幅我很熟悉，因為我也曾舉著它，參加過多次的大遊行。朋友告訴我這是他在武漢長江大橋武昌橋頭搶拍的。他不說明，我真看不出這張已漫漶陳舊的照片拍自長江大橋。我想從照片中認出騎車扯橫幅的人是作家班的誰，我把照片儘量拉大，照片的顆粒更大也更加模糊，照片中人物的面目完全無法識別，倒是拉大的照片左上角顯現出黃鶴樓朦朧的一角，證實這照片確實拍自長江大橋武昌橋頭端。無論我怎麼努力，也無法辯識舉著橫幅的是哪兩個同學。我不知道這次遊行，我參加了沒有，應該沒有，因為我毫無印象和記憶……

　　武漢的大學生，自發追祭悼念胡耀邦的活動，和北京大學生的追祭悼念胡耀邦活動，幾乎同時同步。武漢各大學的大學生，開始並沒有走向大街走向社會，只是在校園裡遊行或舉行悼念活動，各校的各級領導一方面勸阻學生在校園裡的遊行、舉辦悼念活動，另一方面又在校門口設防設卡提防學生們上街，兩頭堵的結果是，學生的遊行隊伍很快就如潮水一樣衝垮了紙糊一樣的堤壩，沖出了校園，走向了街頭。武漢大學的情形大致相同，略有不同的是，秦雲潮帶領著武大的學生，把祭奠胡耀邦的三個大花圈抬舉到了武昌火車南站，擺在了站前的大廣場上。秦雲潮站在花圈前，說了幾句很動情的話：「把花圈擺在南來北往的火車站，我們就是要讓全國人民都知道，武漢的大學生沒有、也不會忘懷胡耀邦……」尾隨而至的武漢大學共青團委的人，趁秦雲潮

帶領學生離開後，把花圈搬至僻靜處，悄悄燒毀了。消息傳來，激怒了武大的學生，他們的遊行開始沖出了校園，沖向了大街……長江、漢水使武漢天然形成三個區域：武昌、漢口、漢陽。古今皆稱武漢三鎮。武漢的幾十所大學，基本都集中在武昌，和湖北省委省府同在一個區域裡。遊行的學生開始匯集在湖北省委的洪山禮堂前，要和湖北的領導對話。對話說什麼呢，學生們似乎並沒有準備好，而領導們對這個對話也既不情願更無熱情……於是，學生們的遊行隊伍，開始調頭朝北，大遊行的隊伍湧進了市區。而把武漢三鎮連成一片的長江大橋很意外地成了各高校遊行隊伍的匯合點。

洶湧人潮的頭頂上各種旗幟翻飛，似彩雲低垂，自行車流的輕脆鈴聲，如百鳥噪林，而響徹天地的口號聲，猶平地炸起的驚雷。遊行隊伍，沿著珞喻路湧向大東門、湧向閱馬場、湧向長江大橋。長江大橋上放眼望去，上，藍天高遠，下，闊大的長江翻滾奔騰浪花飛濺，而眼前，萬人湧動和萬旗飛揚……一幅難以描述的宏大壯美，難以遏制的亢奮激越……革命真的就是一場充滿詩意的盛大節日嗎？去時，激情支撐，邊走邊呼喊著口號，沒有疲勞感，但當我們返校時，勞累就來了，汗流浹背、口乾舌燥……沿途雖有市民們免費提供的各種飲料解渴，兩條腿卻怎麼也邁不動步了。擎著大旗、揮舞小旗，呼喊著口號，走上一、二十公里的路，實在不輕鬆。此時，革命真如船長所言，是一個力氣

活,而非盛大的節日了。對這樣的場面我並不陌生,應該說,我很熟悉。「文革」之初幾年,幾乎天天都有這樣的場面出現,毛澤東每發一個指示、說幾句話,人們都會瘋狂湧向街頭,紅旗飛舞、鑼鼓喧天的表示對「最高指示」的擁護和歡慶。後來,各種群眾組織,就為爭奪誰是毛澤東和他思想最正宗的追隨者擁護者,從相互對立的大遊行大示威,發展到鮮血淋漓的大武鬥,場面依然波瀾壯闊、跌宕起伏……這兩者之間有著血緣和因果關係嗎?我有些迷惑。一次遊行歸來,進了武大校園,見秦雲潮走在我前面,也往楓園方向走,我趕了幾步與他並肩而行,向他求教這個問題。沉吟片刻,他說:「德國哲學家亞歷山大・戈特利布・鮑姆加登把審美定義為感知,也就是說,從感性上去判斷兩者,形式上似乎區別並不大,同樣的壯闊宏大美麗,同樣可以激發興奮愉悅。而伊曼努爾・康德把審美定義為主觀的品味判斷。這就意味著審美將感知視為一個更複雜的概念,而不僅僅是感官體驗,因為它還試圖解決我們對情感與認知的反應……」天使是美麗的,惡魔的外形也可以是美麗的;人的內心既藏著天使也可能蟄伏著惡魔……我努力理解著秦雲潮的話,文革那種波瀾壯闊,是操弄是愚昧是盲從,是惡的爆發;胡耀邦去世,激蕩起全國民眾自發的大遊行,是善的釋放……人類一思考,上帝就發笑。雖如此,我依然希望我願意也能夠思考。我本來還想再問秦雲潮一個問題,你是哲學博士,足夠理智理性,哲學本以形而上觀照世界,你卻滿懷激情的投入了學潮,為什麼?我還沒來得及

問，我們就走到楓園而分手了。

當局指責學潮的背後，有黑手在操縱。「六四」發生之前，走向街頭的學生和老百姓，口號和旗幟上的訴求多種多樣，為胡耀邦鳴不平、反官倒(註11)反貪官反腐敗、反物價飛漲反通貨膨脹，甚至有人舉著牌子為自己申冤……民主自由並非遊行隊伍的主流訴求。如果真有黑手在背後組織操縱，不至於有這麼多不同的聲音、不同的訴求。在大東門，我遇見一支只有十幾個人的遊行隊伍，但他們舉在隊伍前的橫幅，震撼了我。這橫幅是淺色舊床單製作而成，上面就兩個鮮紅的大字：自由！這兩個如血的大字，頓時讓我血脈賁張，渾身上下痙攣般的一陣輕微抖動。我問我自己，我為什麼要迫不及待地回到武大參加這個是個力氣活的革命呢？我的訴求是什麼？我的訴求或許就是這兩個字。我並不是一個有政治抱負和政治目的的人，因為我喜歡散漫自由的生活。也因為我的散漫自由，連加入共青團都不夠資格，更別說加入共產黨了。我寫小說，是為了改變我的命運，從煙熏火燎、無分晝夜三班倒的工人生活中解脫出來，也因為這個職業相對散漫自由，而小說這個虛擬的空間，相對適合我思想思緒上天馬行空般的散漫自由。我說相對，就因我們生活在一個不僅行為舉止，連思想都要統一、絕對不准自由思想不准自由言說的社會裡，這也註定我是個不合時宜的叛逆者。我放下即將殺青的小說，急匆匆奔赴武漢去革命去遊行，除天性使然外，也樂觀地以為這場學

潮或許會改變中國，中國或將成為一個可以自由呼吸的國家。自由之光的光亮，在遙遠的地平線上閃爍，我願意為這樣千載難逢的機遇，貢獻一點點微不足道的力量。自由並非僅是一個概念，也是有形可感的。八九年五月四日至十八日，大約半個月的時間裡，中央電視臺、人民日社、新華社等等黨媒，忽然間如同掙脫了緊緊捆綁在身上的鐵索，有了新聞自由，開始大篇幅報導北京學潮的真實狀況，人們不用聽小道消息、不用看外媒就知道本應該知道的真實的訊息了……

　　與全國各大城市的高校一樣，武漢各高校生在八九年四月二十六日之前，上街大遊行一直在持續，但已開始顯露疲態，學生們不可能沒完沒了遊行下去，遊行不是目的，但主題和目的究竟是什麼？我有點茫然。我相信，參加遊行示威的人，絕大多數也會感到茫然。四月二十六日後，已顯疲態的遊行又猛烈了起來，因為人民日報發表社論〈必須旗幟鮮明地反對動亂〉，而前一天鄧小平在一個內部講話中說：「這不是一般的學潮，而是一場否定共產黨領導、否定社會主義制度的動亂。」已把這場學潮定性為反黨反革命的動亂。中共建政以來，對任何威脅甚至可能威脅到政權的哪怕最細微的風險，從來都是不惜大抓大殺的。這篇社論預示著，黨的殺機已動。此時的學潮的主題也似乎已經明確：反對把學潮定性為動亂。當幾個請願的學生，長跪於人民大會堂的石階上，請求中央領導接見時，我聯想到晚清公車上

書 (註12) 的士子們,他們也曾長跪泣告於新華門前。公車上書的書,是一整套實行君主立憲的綱領。長跪於人民大會堂的學生,呼籲中央領導接見與之對話。這一跪和那一跪,究竟不同在哪裡呢?五月十三日,北京的大學生發起了英勇的絕食行動,而絕食宣言中的兩個要求是:第一要求政府迅速與北京高校對話團進行實質性的、具體的、平等的對話;第二要求政府為這次學生運動正名,並給予公正評價,肯定這是一場愛國、民主的學生運動。五月二十三日,三個年輕的讀書人、毛澤東的湖南瀏陽同鄉,來到北京,先在天安門城樓懸掛「五千年專制到此可以告一段落」和「個人崇拜從今可以休矣」的標語,後用二十枚裝有顏料的雞蛋殼,擲向天安門城門上懸掛著的毛澤東的畫像。這是挑戰父權挑戰獨裁挑戰暴君挑戰暴政⋯⋯這就很有些革命宣言的意味和象徵了。誰都明白,中國若要實現民主自由,必須也必然始於對毛澤東的清算。但是,為了和這三個擲雞蛋殼的人劃清界線,證明這三個人和學潮沒關係,北京高校學生自治聯合會學生組成的糾察隊,竟然抓捕了這三個人,並於當天下午五時召開中外記者新聞發表會,會上要求這三人公開承認是個人行為而「與民主運動無關」。當晚七時,北京高校學生自治聯合會又將這三人移交給了北京市公安機關⋯⋯也就是從這天起,我的革命熱情如車胎洩了氣一樣,有些癟了,再也沒有參加任何遊行示威和集會了,直到六月五日清晨我又在雙眼紅腫、手持電池喇叭的秦雲潮號召下,跟隨同學們走上了街頭。再次走上街頭參加遊行示威,是受

良知良心的煎熬、是憤怒的驅使,和學潮和革命和爭取民主自由,好像沒多大關係了。

那張我朋友拍攝於長江大橋上、張揚著「武大作家班」橫幅的已古老了的照片,拍攝時間如果是五月二十三日前,或許會有我,拍攝時間如果在六月四日後,肯定也有我。如果是五月二十三日至六月四日之間拍攝的話,那就肯定沒有我。我請求拍片的朋友查一下時間,我那位朋友查了,很遺憾地告訴我說:「學潮遊行的照片我拍了差不多上千張,都在四月至六月間,沒記具體時間。」我知道,如果我在照片中,那怕就是團影子,我相信我也能認出我自己來。所以,我確定我沒有參加這次遊行。我心中多少有些遺憾,沒能出現在這張照片裡。因為這很可能是這個世界上,唯一一張記錄了我們這屆武大作家班參加學潮的歷史性照片⋯⋯

六四開槍前,這場自發的學潮對高層依然抱有幻想和希望,直到六月三日,人們普遍還傾向於軍隊不會也不敢開槍,上街遊行的人有一、兩百萬,天安門廣場上有數萬學生在堅持,而且數百萬北京老百姓,用血肉之軀把一、二十多萬部隊和大量軍車、坦克攔阻在北京城外。但是六月四號的凌晨,軍隊還是開槍了,坦克也衝進了天安門廣場⋯⋯而這一切都是有明顯預兆的。武大學生宿舍,每一棟幾乎都有個傳達室,每個傳達室都設有一

部公共電話。每到晚上,到北京聲援的武大學生,就會通過這些電話,把北京及天安門廣場的即時消息,傳回武大,這些消息又透過武大學生的油印小報和傳單,傳遍武漢三鎮。六月三日晚上八點以後,所有的傳達室不僅沒有收到任何一個從北京打來的電話,而打往北京的電話,也全是盲音。大多數人忽略了這個很重要的細節,沒有引起警惕和重視。北京大開殺戒,人們是通過收音機的短波,從美國之音、BBC等外媒廣播中知道的。消息傳來,如雷轟頂。短暫的沉寂後,所有學生宿舍幾乎同時爆發出了「嗷嗷」的痛哭聲,痛哭聲之後,無數的開水瓶、臉盆、杯子……從窗戶摔了出去,再以後,有同學把櫥櫃中的棉被棉絮扯出來,做成火把點燃,一時間黎明前昏暗的武大校園,在星星點點的火把映照下,被口號聲怒吼聲痛罵聲痛哭聲塞滿了。手握電喇叭,「嗞嗞」的電噪聲干擾下,秦雲潮聲嘶力竭的呼喊「上街遊行」特別有穿透力,很短時間內,他的身旁聚集起了幾百學生。他帶領著遊行隊伍從楓園出發,途經櫻園、桂園等學生宿舍時,不斷有學生加入,隊伍越來越浩大,近萬學生洶湧著沖出了校門沖上了大街。

武大校園裡,高大茂密樹上巢裡的鳥兒們,被火把被激越的口號聲驚擾了,「哇哇」嘶叫著,撲騰著在夜空裡四散亂飛……

秦雲潮率領的遊行隊伍遊行到大東門時,天已大亮了,沿

路有許多大學的遊行隊伍加入進來、無數的市民也加入了進來，匯聚在一起數萬人的遊行隊伍，呼喊著「血債血償！」「打倒鄧小平！」「打倒李鵬！」……的口號，浩浩蕩蕩地朝閱馬場、長江大橋前進。過了大東門，中南財經學院紅磚圍牆前，有兩個形象如教師的中年人，一個搬板凳、一個站在板凳上用排刷在紅磚牆上寫下了八個斗大的黑字：中共不滅、國難不已！看到這一切的遊行隊伍，先是鎮住了愣住了，而後就為這兩個人發出了歡呼聲和掌聲。遊行隊伍中，突然有人高喊了一聲：「打倒中國共產黨！」稍有遲疑，遊行隊伍也跟著喊出了石破天驚的一句口號：「打倒中國共產黨！」

二〇二四年七月，我那位曾在武漢某報做攝影記者的朋友，打電話跟我說，他有事要回國一趟。他說他也想順便把那些「六四」的照片重新掃描一遍：「現在科技更進步了，一定有軟件可以把照片掃描得更清晰。免得你老是抱怨不是照片，是影子。」我說：「泰國肯定也能做到，何必一定回去呢？」他說，「有一部分底片留在了武漢家裡。」八月，這位朋友從武漢回到了清邁，他把那張重新掃描過的圖片，特意發給了我，問我：「這回你能認出你的同學了吧？」看著手機上的圖片，我一眼就認出，右邊騎車舉著「武大作家班」橫幅的是魯勇，左邊騎車舉橫幅的竟然是整日沉浸於風花雪月的傅明，他那不長毛、光禿禿的天靈蓋依然顯眼……我也確定，我不在這張照片上，不在這被

定格的歷史瞬間裡。

5

二○一六年年底，都亭雨夾雪的寒冷中，江湖回到了故鄉。從都亭─武漢─北京─海南─大理，兜了一大圈後，江湖又回到都亭定居了。去時少年郎，歸來雙鬢已如霜染。二○一七年初春，我去都亭看他，如我所預料，處於都亭遠郊的江湖家裡，依舊賓朋滿座。這些賓朋中，許多我都與之相熟。達山走過來，熱情與我招呼時，我卻幾乎沒能認出他，握手後，他主動與我相擁，當他胖乎乎的臉貼近我時，我從他一圈又一圈的近視眼鏡上，猜出他是達山：「阿山？」他笑著說：「呵呵，是我，就是我嘛。認不出了吧？」確實認不出了，好多年不見，他已從一個麻杆似的瘦弱青年，胖成水桶一般的中年人了。他也畢業於鄂西師專，也是原郁江詩社的成員，江湖的小兄弟。當年，達山在一個鎮中學任教，在江湖的安排下，秦雲潮、黎含章逃亡恩施，就是去投奔他。達山把秦雲潮、黎含章安置在大山深處一山民家裡，未久，他們去了重慶⋯⋯後來，達山從鎮中學去了恩施國營保險公司做了個小職員，最近幾年，一直在鄉下做扶貧幹部。江湖曾對我說過，阿山在郁江詩社裡，讀書和學問都在前列，尤其是舊學。我曾讀過他和江湖唱和的舊體詩，確實了得。因為江湖、因為秦雲潮、黎含章，我對阿山，也有種特殊的親近感，但隨著聊天的深入，江湖和阿山，竟因「人權高於主權」而發生了

一系列的爭論,說討論或者更合適,因他倆一直是輕言細語的爭辯著。我冷眼相覷,阿山的言詞,幾乎全來自新左派的理論,認同均分的平等、推崇凱恩斯主義(註13)、否定市場經濟、否定資本主義那一套。阿山認為國家利益至上,威權是必須的手段,所以,中國不能沒有中國共產黨的領導。有時,我也插嘴,幫江湖說兩句,但看這架式,即使坐在這討論一百年,江湖也未必能說服阿山。其實,我最想做的是,把阿山的腦袋摁在門縫裡,關門把他的頭夾扁,擠出他腦袋裡那些垃圾。我想結束這場討論,就喊道:「不說了不說了,餓了,吃飯去。」江湖訂的刨豬湯,餐館已經喊人來催了。江湖站起來,似對我又似對阿山感歎:「人生識字糊塗始。讀書多真的就好麼?」江湖也許是對的,會擇書讀,比讀書多似乎更重要。

刨豬湯應該相當於東北的殺豬菜,剛宰殺的豬的豬肉豬頭豬腳豬下水燉成一鍋;刨豬湯,又相當於火鍋、湯鍋,刨豬湯置於爐火熊熊的土灶上,眾人圍土灶而食之。喝酒吃菜,大家不再談時政談理論,只談日常和風月,其樂也融融。江湖酒癮大量並不大,三、四兩高度白酒下肚,就有些不勝酒力了。阿山端著一杯酒要敬江湖,江湖說不能再喝了。阿山連問了三聲:「你喝不喝?」江湖醉眼朦朧地回答說:「我不能喝了。」阿山半是威脅半是玩笑地說:「你要是不喝,我回去就申請入黨。」江湖只好苦笑著,把這杯酒喝了。喝完就俯在灶臺上,睡了過去。事後,

我問江湖：「阿山竟然不是共產黨員？」江湖回答說：「君子不黨。阿山說的。」我「呵呵」笑了，阿山不僅是個新左派，還是儒派……

一九八九年六月五日上午八點左右，位於武昌水果湖的湖北作家協會大門口左側，寬大厚實深紅色的牆上，赫然貼上了一紙聲明。紅牆白紙，非常醒目。聲明是湖北省作家協會副主席簡單的退黨聲明，聲明雖很簡潔，很平實，形成的衝擊力和**轟動性**，卻很有點驚濤拍岸：我所在的共產黨，開槍屠殺手無寸鐵的學生與老百姓，立身於這樣凶殘的反動的政治組織中，是莫大的羞恥和罪惡，即日起，我公開宣布退出中國共產黨。說共產黨反動凶殘，簡單不是第一人，而在「六四」後公開發聲明退黨和共產黨決裂的，在全省乃至全國恐怕他都是第一人。我曾誇簡單，你這筆名真好。他說，這不是筆名，是真名實姓。他爸爸姓簡媽媽姓單，讀起來應是簡善而非簡單。大家都要簡單就簡單了。我和簡單是朋友，和吳天芒就是來往密切的好朋友、鐵哥們了。簡單在省作協大院貼了退黨聲明，吳天芒聞訊，從家裡急匆匆趕到作協大門口，站在簡單的退黨聲明前，從懷中掏出鋼筆狀的海綿軟筆，在簡單的退黨聲明上、簡單的親筆簽名後，壯懷激烈地簽上了「吳天芒」三個字，他也公開聲明退黨了。

簡單、吳天芒公開宣布退黨的消息，如天邊躍起的驚雷，

「轟隆隆」著碾過了武漢的天空，迅疾炸響在武漢每一個角落裡。上午十點多鐘，我騎車遊行歸來，剛回到宿舍，就知道了這個消息。公開宣布退黨，這是相當於叛黨，是要從精神上被凌遲的死罪。我沒回宿舍，卸下綁在自行車上的大旗，調轉自行車頭，立即朝武漢音樂學院騎去。簡單的妻子是武漢音樂學院的聲樂教授。湖北作協給簡單分了住房，但他們一家三口沒去水果湖居住，而仍住在音樂學院的宿舍裡。武漢音樂院位於武昌解放西路，緊挨著繁華的司門口，距武漢大學約有八、九公里。我穿過與武大一樣亂哄哄的教學區，直奔音樂學院後邊的教職工宿舍區。簡單家住在一幢有木地板的老樓裡，我上了二樓，他家門鎖著，再三敲門也無人應答，過道裡卻出現兩個形跡可疑的人，遠遠觀望著我。他家的鄰居告訴我，從昨天起，簡單家就沒人進出過了。

一九八一年，簡單因一篇報告文學、吳天芒因一首長詩、安寧因一篇文藝評論文章，在省委宣傳部召集市地縣宣傳部長的文藝座談會上，遭到圍攻和批判。我和許多青年作家、詩人，作為被教育和陪綁者，也應邀參加在省委洪山小禮堂舉辦的這個會議。這一切，只是由白樺小說《苦戀》改編成電影的《太陽和人》在全國範圍被猛烈批判的連鎖反應，是黨有組織地在全國人民中掀起的一場反資產階自由化的大浪潮。我沒有想到，這個會議結束後，我接到一個通知，我的一個已清樣的中篇小說，被

省某文學刊物撤了下來。說我在小說中調侃置疑了黨的一元化領導，說什麼三角形最穩固，所以一元不如三角牢靠結實。被批判為受資產階級自由化影響，存在著嚴重的不良傾向。我更沒有想到的是，武漢鋼鐵公司黨委宣傳處照方抓藥，召集各廠礦黨委宣傳科科長，在公司第四招待所，召開了一天半的思想幫助會，從思想上批判幫助我，那些科長們四濺亂飛的口沫，差點淹死了我，但他們除了批判我置疑黨的一元化領導外，還反覆盤點批判我的資產階級自由化式的生活作風：各種似是而非的緋聞，是無風不起浪的道德淪喪；留長髮穿牛仔褲穿花格襯衣，是頹廢是標新立異……其實，我真沒有那麼高的覺悟，不會、也沒有膽量去置疑黨的領導。所謂置疑，我不過在小說中，用常識做了一個比喻和形容。如果僅僅是以幫助為名實則批判我也就罷了，恰值武鋼正在評級漲工資的當口，武鋼黨委宣傳處的一位領導，在武鋼文藝編輯部當眾宣布：取消我此次評級漲工資的資格，半年內，不得在報刊雜誌上發表任何作品。這位領導宣布對我的處罰後，又走到我身邊，緊緊握著我的手，對我很深情很溫情地說：「小黃啊，我們都知道你是個很有才華的青年，組織上一直很關心你，你自己也一定要加強思想改造，自由散漫、恃才傲物，是很不好的喲。」

事後，我對沒遭到行政處罰的吳天芒、簡單抱怨道：「看來吃屎都要趁熱吃、吃屎尖尖。你們倆雖然挨批，好歹作品都發表

了、稿費也都拿到了、省裡批全國批,還提升了你們的知名度。我除了挨批,工資沒漲、半年內還不准發表作品……」吳天芒捂著肚子笑,他笑我說「吃屎都要趁熱……」笑完了又說:「知足吧,如果你在縣裡或鎮上,連你公職都可能開除了。不是高處不勝寒,越是低處越不勝寒。」吳天芒還沒有從縣裡調到省裡時,我們就認識,關係比較好,他到省裡後,我們走得很近,好酒讓我們成了最要好的朋友。安寧是武漢大學的中文系教授、副主任,專業的文學理論批評家,也好酒,幾次文學研討會下來,與我、吳天芒也成了好朋友。他的文學評論文章〈思想自由與文學創作自由〉且不論內容,僅標題就含兩個「自由」。於是,他被調離了教學崗位,去學生處任副處長——此時,還沒時興貶教師到校圖書館當管理員。江湖和我能成為武大的學生,都與安寧有著直接關係。吳天芒、安寧和我年齡相仿,簡單年長我近十歲,且不苟言笑,他雖是我的朋友,對他,我挺佩服甚至還有幾分崇拜。七十年代末,我們剛剛開始知道愛因斯坦的相對主義哲學、薩特的存在主義、佛羅伊德的心理學……他則剛向大家舉薦了法蘭克福學派幾本著作後,又極力推薦維納的控制論。他新潮,也是新潮的踐行者,他說小說要突破已被定義了的中國小說的樣式,必須要在形式上和內容、甚至語言上不一樣。他實踐了,他要用他的小說來驗證他的觀念,不算成功,他的小說被亦褒亦貶的稱之為異小說。簡單的短篇小說和報告文學,數次獲獎,在全國都有很大的影響力。有意思的是,各種文學創作會、文學講座

上,簡單極少談文學,而是大談哲學、社會學⋯⋯對我的被懲處及牢騷,簡單寬慰我的方式,是送給我了一本書:《第三次浪潮》

我從武漢音樂學院歸來的路上,曾有去吳天芒家看望他的衝動,躊躇再三,忍住了。我主動斷絕與他的來往已兩年多,此時去找他,顯得有點誇張做作。吳天芒在簡單的退黨聲明上簽名,也讓我很有點詫異和不解。吳天芒不是一個容易衝動的人,我能和他成為朋友、鐵哥們,用他的話說,或因性格互補吧。我暴躁衝動峻刻,他謹慎冷靜圓融。我總感覺他待人接物,好似荷葉上的那層油膜,因了油膜,無論雨水或水珠,荷葉上都留不住也留不下任何痕跡。在別人的退黨公開聲明上簽名,怎麼看,都不像深思熟慮後的舉動,更不像吳天芒慣常的做為。不過,這件事倒也讓我對吳天芒生出了幾分欽佩,雖是好朋友,他的圓滑世故,一直為我詬病,或許這也是我和他斷絕來往的主因吧。無論怎樣,吳天芒的簽名,都讓這件事不僅更具有衝擊力和**轟動性**,也具有了戲劇性,因為簡單和吳天芒,都是一九八四年湖北作代會上當選的湖北作家協會的副主席。

八〇年代中國的資訊並不發達,信息的獲得,主要還是來自報刊、電視和收音機。獲取信息,短波收音機最受歡迎,因為此時,中國已不再對美國之音、BBC、法國國際廣播⋯⋯實施電子干擾。八九年六月四日下午,江湖才從收音機裡知道,北京

開槍鎮壓學生，大哭一場後，連夜寫了辭職信，第二天連辭職信、手槍和警察證放在局長桌上，轉身離去。局長一時沒反應過來，目瞪口呆地看著他自己的秘書、他很欣賞的年輕秘書飄然而去。江湖從警局辭職，一是表示堅決不為惡政服務，二是他聽美國之音說，解放軍內部爆發了戰鬥，鎮壓學生的邪惡解放軍和不滿鎮壓學生的正義解放軍，火拼了……這消息讓江湖熱血沸騰，不能自已。八九年六月六日，江湖渡過瓊州海峽，六月七日，趕到廣州，準備乘火車北上，去一線拿起武器直接參加戰鬥，為正義為自由而戰。江湖購買到了當日的火車票，正當他準備登車北上為正義為「六四」而戰時，武漢悲憤的大學生們，為「六四」血案，又一次軋斷了京廣線，京廣線停運了。滿腔悲憤要北上抗惡的江湖，因武漢學生的悲憤而軋斷了京廣線，被阻滯在了廣州……很快，江湖也知道了解放軍發生火拼的消息，是誤傳，真相是，有一輛裝甲車被北京民眾奪取，由退役軍人操作，朝鎮壓學生的解放軍的坦克、裝甲車開了火。再嚴謹再大牌的媒體也有錯誤時，失望之極的江湖，並沒有抱怨美國之音的草率，數十年來，美國之音畢竟是中國大陸人瞭解真實世界的最重要的孔道；他更沒有後悔自己的衝動，因為他血管裡流淌的是血，而不是水。他必須要做點什麼，他坐下來，冷靜仔細捋了捋自己的思路，還是決定北上，到武漢去，利用自己殘存的身分和專業技能，去幫助那些被迫害被通緝追捕的人們，其中許多人還是他的朋友和熟人。

緊趕慢趕，江湖六月十四日下午才抵達武昌南站，終究還是沒能趕上武大的「六四」十日公祭大會。江湖在武昌南站下了車，回到了武大，也幾乎第一時間闖進了我的宿舍，他舉手向我行禮：「報告，師父，我回來參加革命了。」當時，我幾乎沒能一眼認出的江湖，反而被他的一身警服驚得不由一哆嗦。「參加革命」？北京的革命已被血腥殘酷鎮壓下去，武漢、武大還會有革命嗎？而這場學潮是革命嗎？江湖簡要說了說他辭職以及北上的情況，我多少明白他「革命」的含義了，也明白了為什麼他已辭職，仍身著警服警帽。我也把武漢、武大的情形大致說了說，但詳細告訴了他有關秦雲潮、簡單和吳天芒的狀況。武大「六四」十日公祭後，我猜測，秦雲潮肯定會成為武漢抓捕名單上的第一人。湖北作協黨組很無賴，不承認簡單、吳天芒是退黨，而是在作協黨員大會宣布把他們開除出黨，第二天《湖北日報》、《長江日報》都在頭版刊載了這一消息。我告訴江湖這些，因為秦雲潮是江湖舅舅的研究生，也就算是江湖的師弟了，而吳天芒、簡單是江湖的朋友，也因了我，江湖和吳天芒走得更近些。我好酒，江湖好酒、吳天芒也好酒，吳天芒是詩人，江湖也是詩人，更因為，他倆對古典詩詞都頗有造詣，都寫得一手合乎古典詩詞規範格式的舊體詩。如果我們三人一起喝酒，他倆討論斟酌起他們各自的舊體詩時，我會很厭惡的走開。我熱愛欣賞唐詩、宋詞，如果現在寫詩仍要活在韻、典、平仄等等的瑣碎繁複

中，我會覺得詩會被包裹成一具木乃伊。交談中，江湖突然冒出一句：「難道他又站在歷史的潮頭之上了？」突兀間，我並不明白他說的「他」是誰，稍加思索，就明白他指的是吳天芒。

　　一九九五年六月中旬，判六年刑期、在武漢蹲了五年多監獄的江湖，出獄了。他回鄂西老家待了幾天，就到了重慶。都亭距武漢公路里程一千多公里，而距重慶只有三百多公里。為他洗塵的酒席上，我問了他一個我一直想問而沒機會問的問題。「湖海，你還記得那年十日祭回到武大，你對我說過的一句話嗎？」我已習慣喊江湖的本名，直到好多年後，我當眾喊這名字時，周圍人都會感到茫然莫名、需要我和江湖解釋時，我開始改口喊他江湖，江湖二字已名動天下，再不改口，我就有點矯情了。江湖怔了怔，笑著問我：「哪句話？每回見面，我們都說了無數的話。」我說，「就這句『難道他又站在了歷史的潮頭之上了？』」江湖明白我言外的意思，既然當時你就對吳天芒投機的本性已有所瞭解，後來怎麼還是著了他的道？他想了想，苦笑著對我說：「真記不得了，我說沒說過這樣的話。」

6

　　一九八九年七月二十九日下午三點鐘左右，江湖突然到武大楓園，來跟我辭行，他說他要回海口辦點事，這段時間他不在武漢了。望著大汗淋漓的江湖，我取下掛在門後的毛巾遞給他擦汗。望著擦汗的江湖，我很詫異也有些疑惑：剛從一個極敏感的單位在一個極敏感的時間裡辭了職，返回了武漢，怎麼又會在如此緊張的時刻，返回海口？即使有什麼未了之事需要料理，大可以緩一緩、放一放，待過了這段時間再說。我問江湖：「為什麼非要在這個時候回海口，再大的事也可以先放放嘛。」江湖笑笑說：「緩不濟急。師父，具體什麼事你就不要問了。這也是為了你的安全。」我也就沒再問他。從此一別，五年多後，我們才在重慶重相見。也就是五年多以後，在我家裡，我才知道，江湖辭職回到武漢後，已主動深度介入到營救武漢學運領袖的活動中。他當時向我辭行，慌忙火急重返海口，因全國非學生的第一號通緝犯，藏匿在武昌某防空洞內養雞場裡的北京民運領袖汪濤，消息已經洩露，漫天抓捕汪濤的警方，立刻調整佈署，把抓捕汪濤的所有力量集中到了武漢。風聲日緊，汪濤必須轉移。江湖先回海口探路，摸索汪濤從海口出境的可能性。兩天後，為汪濤打前站的小趙就到了，江湖剛把小趙接到他預先租下的城中村一房子裡時，這座城中村就被武警團團圍住。衝進屋裡抓捕小趙的警察

中,有江湖的前同事,見到江湖先是一怔,立刻就又和江湖打招呼:「哦,你先來了?」對不認識江湖的外地警察介紹說,「我們局的,同事。」江湖的前同事,有意忽略了「前」字。警察們押走小趙,而搜查房間的外地警察,沒有人再注意江湖。

江湖在前同事擔著風險的庇護下,僥倖逃脫一劫。脫險後的江湖,最著急的是想通知武漢的朋友通知汪濤,小趙已在海口被捕。江湖也知道,他不可能乘飛機、也不敢乘火車趕回武漢,他找了輛摩托車和一張全國公路圖,渡過瓊州海峽,盡量選擇省道縣道甚至鄉道行駛。越廣東過廣西穿湖南進湖北,江湖兩天兩夜趕回了武漢。可是,一切都晚了,汪濤和那幾個藏匿他的朋友,已全數被抓捕。

多年後,江湖的大姐對我說起江湖騎摩托車,從海口回武漢這件往事,依然眼淚汪汪:「……他衝進家裡,倒在地上就人事不知了,也不曉得他是睡著了、還是昏迷了。我拿手指探了下他鼻孔,呼吸還均勻,像是睡著了。他那一身傷才叫奇怪,魚鱗一樣,一層層一圈圈,給他脫衣服,好些地方血痂和衣服都粘在了一起,扯開時,好痛喲,他動都沒動一下……」我沒告訴江湖的大姐,江湖身上那一層層一圈圈的傷,應該全是擦傷。當年的縣道鄉道,基本是沙礫碎石路面,摩托車走在上面轉向時極易滑倒,江湖身上魚鱗般的傷,就是無數次摔倒,無數次與地面碎石

磨擦的結果。

　　一九九九年六月四日,「六四」已經過去整十年,這一天,我又在我家的那一壁書中,翻找武漢大學「六四」十日祭的手稿。八、九年來,家中的幾千冊圖書,我依次翻了個遍,苦苦尋覓著這份夾在某本書中的遺留著魯勇幾滴淚痕的手稿,三頁薄薄稿紙的祭文,卻依舊蹤影全無。這只剩下一種解釋了:夾有手稿的書被借走、被拿走或在搬運過程中遺失了。誰借誰拿如何遺失、又是本什麼書?如風颳走了所有雲彩的天空,遼闊而空曠,我腦袋裡一絲記憶和印象也沒有。隨意翻檢中,我翻出了夾在書中的幾十塊錢和許許多多摘抄的字條。當我拿起一本精裝本的《咸豐縣志》時,下意識地翻了翻,書中竟還夾著一頁稿紙,明知這不是祭文手稿,仍小心翼翼地展開了。稿紙不是常規的三百字標準稿紙,而是非常規的五百字豎排大稿紙。這是一九九〇年二月江湖寄給我信中所附的〈櫻花誄〉。江湖寄給我的信件,都在我書桌的抽屜裡,怎麼這首〈櫻花誄〉卻夾在這本書中?此時的江湖還未曾入獄,但從這首詞裡,可以讀出他胸中的塊壘和沉鬱。一九九〇的櫻花時節,「六四」過去還不到一年,他在詞中吟道:「空見壟頭盡落花,漠然一任委泥沙。香塵滿地猶啼血,殘蕊孤芳對日斜。」詞中有一句:「流落江關作楚囚。」一語成讖,又或是江湖的預感,一個多月後,江湖身陷囹圄,真做了幾年楚囚。

認識甄國光教授和他的學生秦雲潮，恰是櫻花盛開的季節。一九八八年的四月一日，武大櫻花節的第三天，我在作家班的攤點旁等江湖。所謂攤點，就是搬來兩張課桌擺在櫻花大道旁，桌上擺了點飲料和零食，售賣給校外來參觀櫻花的各色人等。櫻花大道兩旁有許多類似的攤點，說是擺攤設點，莫如說是武大學生假日裡的自娛自樂。作家班課桌後的魯勇、傅明和另兩個同學，輪流著有一搭沒一搭地彈奏吉他，哼唱著他們的家住在黃土高坡。魯勇沙啞的煙酒嗓，很磁性，他為攤點招來了好幾位女生。我和江湖約好，今天他帶我去拜訪他舅舅，全國著名學者、武大哲學系教授甄國光。我倚在一棵櫻花樹下，忽然感覺樹幹輕輕晃動，樹上的櫻花雪片似地紛紛落下，落得我滿頭滿身都是。江湖邊輕輕搖動我所倚的櫻花樹，邊對我笑道：「四月飛雪。」我也邊笑，跺跺腳抖動抖動身體，邊揮揮衣服，讓櫻花如雪花樣從身上頭上滑落下來。我想起了一位藏族詩人寫下的一句歌詞：「當雪花徐徐飄落的時候／我心中的戀人在心裡浮現。」我並不特別喜歡冷豔的櫻花，密集在櫻花樹上如煙似雲的白花，有種強烈的虛幻感，白得幾乎透明的櫻花隨風輕盈落下那一瞬間，又讓我感受到了淒美和無常……

　　認識江湖之前，我就知道他舅舅，早年寫詩，名聲不弱於穆旦(註14)，後來治學，就成了全國哲學界裡著名的教授。認識江

湖後，我對他舅舅的傳奇和苦難就多了些瞭解。甄教授一九三九年就加入了中共地下黨，那年他才十九歲。兩年後，他的父親，一位鄉村醫生，也是中共地下黨員，由於叛徒出賣，被國民黨殺害。更令人痛心的是，他父親遇害地不詳，無從尋找遺體。消息傳來時，甄教授正在由武漢遷至四川樂山的武大經濟法律系讀書。他踉蹌著跑到青衣江邊，想放聲痛哭，雖淚流滿面，卻喉嚨哽咽發不出聲。他一屁股坐在河灘邊的鵝卵石上，把頭埋在雙膝間抽泣。他從頭天黃昏一直坐到了第二天凌晨。他還記得，父親得知他也加入地下黨後，深深歎了口氣，有些痛心地對他說道：「這種掉腦袋的事，我們家有一個參加也就夠了，你又何必加入進來？」這句話一整夜都在他腦袋裡盤旋，當初他對父親的態度感到訝異，而今似乎有了一點點的理解。

甄國光教授是單身，終身未娶。終身未娶的原因並不複雜，與他相戀的姑娘，是他高中同學，受他影響，也參與了地下工作。一次活動中，甄教授僥倖逃脫，而他的戀人卻被捕後病歿於牢中。甄教授住在一幢與他名氣和身分都不太相符、獨門獨戶的簡陋平房裡。屋門前種了一排薔薇花，還有一棵看上去很羸弱的櫻花樹，櫻花樹上稀稀落落的鮮紅的櫻花很奪目。武大校園裡的櫻花白色居多，粉色的櫻花也有，這種鮮紅色的櫻花我第一次看到。抬腳進屋時，我險將門前灑落的幾瓣櫻花，誤認成了新鮮的血跡。進屋後，江湖領著我徑直去了他舅舅的書房。書屋內低

迴著貝多芬的交響曲，是從屋角花架上擱著的一架磁帶錄放機播放出來的。書房很雜亂，三壁直抵天花板的書架堆滿了橫七豎八的書，屋內目之所見，幾乎到處都堆著雜亂無章的書。書桌上雖然也堆滿了書，但有三分之一被清理了出來，這三分之一的書桌上擺著一瓶洋酒和幾隻杯子。見我們進了書房，坐在書桌後的老人，從籐椅上站了起來，他身邊的一個年輕人也站起來，歡迎我們。介紹完舅舅，江湖介紹他舅舅身邊的年輕人：「秦雲潮，武大研究生院學生會主席，我舅舅帶的博士研究生。」寒暄之後，江湖的舅舅拿起桌上的酒，笑著對我說道：「朋友送的威士忌，我以酒代茶了。我知道你和湖海一樣，都算得上酒徒。」三隻杯子裡都淺淺斟了些琥珀色的威士忌，唯有秦雲潮的杯子裡是半杯白開水。我詫異地看了一眼秦雲潮，秦雲潮靦腆地對我輕聲說一句：「不好意思，我滴酒不沾。」

一九八九年八月三日，從武漢回到重慶的第二天早晨，我乘公交車從歇檯子來到沙坪壩。我拎著兩個塑料袋，邁進了重師大的大校門。塑料袋裡，一個裝的是秦雲潮的早餐，幾個包子幾個茶葉蛋和一盒菜稀飯，另一個裝了兩瓶江津老白乾酒。我東張西望賊也似地走到重師大三十一棟三號我家門口，左右觀察著，輕輕而有節奏地敲了六下門，先敲三下，間隔幾秒鐘再敲三下，這是我和秦雲潮昨夜的約定。門開了，又關了後，我把東西放在桌子上，找出雙筷子遞給了秦雲潮，對他說：「先吃早飯。」秦雲

潮接過筷子，又放在桌子上。對我苦笑道：「好像沒什麼食慾，等會吃。你先和我說說話吧。」看看秦雲潮瘦削而因睡眠不足略有些浮腫的臉，我點了點頭，但一時又不知從何說起。昨夜，雖然我因坐了一天一夜的火車，極其勞累，卻因思緒萬端難以入眠。說什麼呢？見我有些躊躇，秦雲潮又對我說道：「跟我說說學校的情況吧。」我告訴他，教育部（應該也包括公安部等部門）派出的聯合調查組，至今仍在武大，過篩子一樣篩查參加學潮的老師和學生。被審查的人無計其數，被抓的人也不少，整個武大被捕的人具體有多少，我不清楚。作家班的魯勇、插班生班董大貴被捕，我知道。魯勇被捕沒多少人知道，董大貴因是在職軍人，他被捕，報紙作了大量報導，幾乎無人不知。據說，顏和平和簡單，他們在香港人的幫助下，已逃至海外。我相信這個傳聞，上了通緝名單的人被捕後，消息馬上會被公布。但我一直未見他倆被捕的消息。也有被通緝者選擇了自首的，自首者也會被報紙公布，自首者名單中也未見有他二人。為了調節過於沉重的話題，我告訴了他關於老校長劉道玉的一件逸事。公安機關送傳票到劉宅傳訊老校長去接受詢問，老校長把傳票擲到地下，聲音低沉地對來人說道：「中國自古只有官見讀書人，何曾有讀書人去見官的？」

　　我和秦雲潮的交談期間，門曾先後兩次被輕敲了六下，卓娉和黎含章先後到了。我說完之後，秦雲潮沉吟良久，突然問我

道:「雙林,眼下你覺得我該怎麼辦?」這回輪到我沉吟了。他拋了個難題給我。思索片刻,我決定實話實說。我告訴秦雲潮,他目前只有三個選擇。一,逃亡海外。如果有渠道,這是最好的選擇。二,繼續在國內東躲西藏,直到被抓獲。因為中國是個被嚴控的社會,國之如獄,躲無所躲、藏無所藏。三,主動自首……對第三個選擇,我沒做任何注解。不知為什麼,說完後,一股深深的愧疚感在胸中翻湧,令我的目光不敢與秦雲潮的目光對視,我微微垂下了頭。我明白我為什麼有深深的愧疚感,因為秦雲潮問我「我該怎麼辦」時,我的回答看上去理性客觀,但對秦雲潮沒有任何實質上的幫助。我沒有能力幫助秦雲潮逃亡海外,我似乎也沒有能力保證他藏在這裡時的安全,甚至蠢到說出什麼主動自首……

突然,秦雲潮抓起桌上一瓶我帶來的江津白乾,對我說,「雙林,我們一起喝兩杯吧。」我沒有拒絕。雖然我好酒,卻從沒喝過早酒,我也知道秦雲潮睡眠嚴重不足,又是空腹,酒喝下去肯定會醉,但我依然陪著他把一瓶酒一分為二,喝完了。甚至連一旁的卓嫋和黎含章,都沒有出言勸阻,只是默默地哀傷地看著秦雲潮。喝酒時,秦雲潮吃了一個雞蛋半個包子。酒喝完,他起身去上廁所時,口齒不清地對我說:「雙雙,雙林,我我我已經經想…想…清清楚決定定了……」話未說完,就轟然倒在他身邊的床上,人事不知了。

初識秦雲潮，他滴酒不沾，一年多後的秦雲潮竟喝光了我壁櫥上兩、三瓶度數高達五十四度的江津老白乾……

7

二〇二三年十二月九日上午十一時三十分，六十五歲的李漢生抱著不成功便成仁的心態，登上了從泰國首都曼谷飛往塞爾維亞首都貝爾格萊德(註15)的飛機。生死置於了腦後，他很放鬆，顯得神態自若，沒有絲毫的緊張畏懼感。除了肩上的雙肩包，他也沒有其他的行李。他肩上的雙肩包看上去如駝峰一樣高聳著，因為包裡塞了件鼓鼓囊囊的羽絨服和一條抓絨衛褲。離開的地方是炎熱的暑季，而他要去的地方卻是寒涼的冬季。雙肩包中最珍貴的是他被判刑六年、服刑五年多的全部文件，這能證明他是政治犯思想犯的證據。包中還有臺老舊的雜牌筆記本電腦，通常是他摁了開啟鍵，去拉了泡屎、洗漱完畢後，他的電腦才正常開了機。電腦沒什麼價值，李漢生覺得電腦裡儲存的他的文章和他的「六四」回憶錄是他一生中唯一的財富，精神財富。在網上購買機票時，他選擇了荷蘭皇家航空公司，因為飛同一航線的臺灣長榮航空公司的票價要高兩、三百人民幣。從琅勃拉邦飛曼谷，票價一千多人民幣，從曼谷飛貝爾格萊德，票價一萬兩千多人民幣，如果不借貸，李漢生連飛機票錢也湊不齊，何況暫時留在琅勃拉邦的妻子和兒子，也需要生活費。他向江湖開口，江湖借給他了一筆錢。李漢生並不是要飛往貝爾格萊德，飛往貝爾格萊德的飛機，要經停荷蘭的阿姆斯特丹機場，而李漢生真正的目的地

是阿姆斯特丹⋯⋯

　　江湖和李漢生是獄友也是朋友。大約二〇〇〇年前後，江湖還在北京做書商的時候，我曾在江湖的工作室見過李漢生一面。他給江湖送來一部書稿。第一次見面，他留給我的印象並不太好，身材不高偏瘦，眉毛較濃密，呈倒八字狀，整個五官也因此就委靡不振，一臉的愁苦了。說話時語句模糊、含混不清，像嘴裡含了個奶嘴。他讓我想起金聖歎品評水滸人物焦挺的那句話：氣質不好。我實在看不出他畢業於北京一所名牌大學。二〇二二年五月初，李漢生即將到清邁前，江湖把李漢生幾篇文章和不到三萬字的「六四」回憶錄的電子版發給了我。江湖突然把李漢生關於「六四」的回憶發給我，一者是我正在創作《四月飛雪》他有意給我提供些素材，拓寬我的視野，而更重要的是，李漢生即將來泰國，江湖將接待他，江湖知道我對他印象不太好，怕我有意無意間出言不遜傷害了他。讀讀他文字，或許能讓我有所改變。不論出於何種目的，江湖的目的都達到了。我讀了李漢生的幾篇文章和他的「六四」回憶錄，其中許多細節，勾起我了對往昔許許多多的回憶。如果當時，也就是一九八九年春夏，有人問我，你為什麼要上街遊行？我會回答說：為了自由。而李漢生在他的一篇文章中，談到了他上街遊行的幾個理由：主要是沒有愛情，春天來了，他很躁動；上司和頂頭上司都左得厲害，工作在這樣的小環境裡，很壓抑；他去南方出差，妙齡女子情願與臺灣

退休老人調情,也拒絕與他搭訕,因為臺灣退休老人的退休金是他工資的十幾倍。他憤憤不平;他高舉著床單製成的旗幟上街遊行,身後跟著一大群人,他就有了一呼百應的領袖感覺。李漢生的文章,是我見到回憶「六四」文字中,最平實也最不高大上的文字。我有點喜歡他了。卡爾·波普爾說得對,說話未必是物質世界,而文字一定是。上街遊行的各種隊伍,都會高舉亮明身分的旗幟和表明立場態度觀點的橫幅、標語牌。旗幟橫幅標語牌,質地形狀顏色各異的萬旗在人頭上翻湧,很是壯觀,我欣賞這樣的風景,但最讓我印象深刻的卻是這樣一幅橫幅,兩根纖細的竹竿挑著一淺色的床單,床單上只有兩個血紅的大字和一個驚嘆號:自由!李漢生的回憶錄中,寫到他用床單製作橫幅時,我忽然感覺,用床單製作寫有「自由」的橫幅,很可能就是李漢生製做的。他來了,我要問問他,如果是,我想我會喜歡上這個「氣質不好」的家伙。

　　我和李漢生一九八九年都生活在武漢,他工作的雜誌社《求索》隸屬湖北省社科聯,離武大也並不遠,可以說我們共同生活在武昌生活在武昌的洪山區。讀著李漢生的回憶錄,他記錄的上街遊行的許多細節,竟與我記憶裡的上街遊行的許多細節,高度一致,幾乎重合在了一起。他的回憶錄中,有這樣一段文字:「⋯⋯走過首義路,轉過閱馬場,從黃鶴樓下穿過,走上武漢長江大橋。千萬人踏著整齊的步伐,喊著響亮的口號。在眾人步伐

的共振下，長江大橋劇烈搖晃。這下把我們嚇壞了⋯⋯」李漢生寫到這一幕發生的那一天，我妻子卓嫣剛從重慶來到武漢，她也和我一起參加了遊行，一起走上了長江大橋，與李漢生共同親歷了長江大橋的共振現象。我曾與許多人說起過長江大橋像鞦韆一樣蕩漾的故事，但從人們的表情上我就知道，要麼他們不相信，要麼認為我太過誇張了。孤證不立，李漢生的回憶錄為我提供了一個佐證。

一九八九年五月四日的上午，我們這支包括了作家班、研究生而以本科生為主的遊行隊伍，在秦雲潮的引領下，從武漢大學出發，浩浩蕩蕩沿著武珞路走過大東門、閱馬場⋯⋯走上了長江大橋。武漢的幾十所大學，幾乎都集中在武昌、洪山區內，而長江大橋則成了各大學遊行隊伍的終點、起點，過了長江大橋，就從龜山腳下折返，遊行回學校了。很少有隊伍過了長江大橋，又走過解放橋（漢水橋）遊行走到漢口的，也幾乎沒有過了長江大橋後左轉折向漢陽。漢口、漢陽也有遊行隊伍，他們則是向北，在長江大橋上與武昌的遊行隊伍匯集。踏步在飛跨龜蛇的大橋上，放眼雄闊的長江滾滾東去，萬眾搖旗吶喊，旗如波濤一樣湧動，吶喊如雷鳴震天。有人上到武昌橋頭高聳的黃鶴樓上拋撒傳單，漫天的傳單如鳥如紙鳶在空中飄飛，又如雪花般落在了我們頭頂上，遊行隊伍中忽然間舉起了無數的手，如孩童伸手抓雪花般去抓那些傳單。就在這頗具革命美學意味的時刻，極小概率的

事件發生了，萬人遊行隊伍行進在長江大橋的過程中，某一個瞬間，雜亂無章的腳步竟然無意中踏在一個點上、一個頻率上，產生了共振。長江大橋開始橫向晃動，幅度越來越大，暈眩中，很多人雙膝一軟，跪或坐在了橋面上。我妻子卓婭就不由自立地跌坐在橋面上，我伸手拽著了她。危險之中，秦雲潮神色緊張，手持電池喇叭，在隊伍中來回奔跑，聲嘶力竭地呼喊：「同學們，停下來，站著不要動、千萬不要動！共振現象是會引起大橋垮塌的。」遊行隊伍頓時靜止了、凝固了，惟有空中的各色旗幟，還在隨風飄飛。終於，長江大橋像離了人的鞦韆，搖晃的幅度越來越小越來越小，慢慢停止了晃動⋯⋯

我雖不滿意李漢生把一件看上去就很傳奇很驚險的事，寫得平淡無奇，但我依然很感謝他，他的回憶錄讓我知道，我們同在長江大橋上遊行的這一天，是一九八九年五月四日。這一天長江大橋在天幕下長江上激烈晃動的情形，我永遠也不會忘懷，但具體發生在哪一天，無論我如何用力回憶，也沒能想起來。李漢生的回憶錄，讓我知道是這一天，而這一天距六月四日，還有整整一個月。讓我不能忘懷的這一天，還有另一個原因。當長江大橋漸漸恢復平靜，回歸到它宏偉屹立狀態時，我把坐在地上的卓婭拉了起來，安慰著問她：「嚇著了吧？」她卻對我燦爛一笑，說：「沒有。以為橋就要塌了的那一刻，我有種幸福感，因為牽著你的手，我們死也死在了一起。」卓婭的大眼睛閃爍著真誠的

光亮。我被她感動的同時，也感覺到女性的思維方式，很有些神出鬼沒的意味。

如果包括時差，從泰國曼谷到塞爾維亞貝爾格萊德的飛機，理論上講要飛行十五個小時。而空中實際飛行時間大約九個小時。飛機抵達阿姆斯特丹時，是晚上七點零五分，空中飛行了七小時。這架荷蘭皇家航空公司的飛機，要在阿姆斯特丹停留一小時二十分鐘，所有飛往貝爾格萊德的乘客也都要在此下飛機，去往阿姆斯特丹機場候機室休息，等待再登機。持有飛往貝爾戈格萊德機票的李漢生，卻沒有跟隨將繼續飛行的人們進入機場候機室，而是快步跟隨著終點站就是阿姆斯特丹的人流，向著機場大門方向走去……

8

　　半斤酒讓秦雲潮大醉過去，是我預料中的事，看得出，秦雲潮本就是有意求醉。所以，卓嫣、黎含章對此也都不感到驚訝。或許我們都希望秦雲潮大醉一場，這樣，他起碼暫時可以忘卻眼前的困厄和煩愁。我把秦雲潮的鞋子脫了，又把他朝床裡挪了挪，他依然人事不知大仰八叉地熟睡著，呼吸間，鼻息透出濃濃的酒氣。卓嫣上前觀察了一下，對我說：「他呼吸還比較平穩，應該沒大的問題。讓他側身睡，萬一嘔吐，仰睡嘔吐物容易堵了嗆了氣管，很危險。」我想把仰躺狀的秦雲潮扳成側睡狀，沒有成功，他的身體如泥，根本無法擺成側睡。我家在底樓，又緊貼著高高院牆，太陽幾乎照不到，還比較陰涼，但四個人擠在十餘平米的房間裡，一把落地搖頭電扇，顯然沒多大作用，我們汗出如漿，而秦雲潮身下的竹蓆已被汗水浸溼了一大片。我們夫婦和黎含章面面相覷，也不知往下，我們該做些什麼。

　　突然，黎含章滿面歉疚地對我和卓嫣說道：「不好意思，事先也沒跟你們打招呼，我就把他帶到你們家了。本來，江湖已做了安排，讓秦雲潮到鄂西大山裡一位朋友處躲一段時間。和朋友說好後，江湖又打了筆錢給這個朋友。在鄂西的大山裡待了幾天，秦雲潮忽然覺得不妥，大山裡雖人煙稀少，但出現一個陌生

人會更惹人注目,時間稍長又容易使人生疑。而且大山裡猶如死胡同,不如四通八達的城市便於逃亡……所以,我們臨時改變路線,我就把他帶到重慶了……」

我終於明白黎含章上次說的這句話的意思了:秦雲潮逃亡到重慶是因為她也不是因為她。很多年以後,我才知道江湖私下分別單獨約見了武大兩、三位被通緝的學生領袖,表示如果他們需要逃亡,他願意提供幫助。也是很多年以後,我才知道,其中有一位學生領袖王石磊,因江湖的前警察身分對他缺乏信任,拒絕了江湖的好意,隻身逃往西藏,徒步翻越喜瑪拉雅山脈,到了尼泊爾。不幸的是,他一進入尼泊爾,就被尼泊爾警察以非法入境罪抓進了牢裡,更不幸的是,不久,他被當作禮物,以獻俘的方式獻給了來訪的中國總理。而更黑色幽默的是,他隨著總理的專機,被押回了中國。又不久,在武漢的一座監獄中,他和江湖成了獄友。

面對黎含章的愧疚和自責,我能說什麼呢?說沒關係,我們一點也不害怕、不怕承擔任何後果?這話很假,因為我怕。我能不怕嗎?窩藏反革命罪,比反革命罪判得還重。我回重慶正等待分配工作,我也怕為此事而失去工作。如果因為這些怕,我不接納幫助秦雲潮,我也就失去了一個正常人的正常情感,沒了良知沒了同情心沒了正義感……那還是一個正常的人麼?我情

願承受一時之災一時之難,也不願意良心被放在鐵砧上受一輩子的敲打。所謂長痛不如短痛。我故作淡然地朝黎含章擺擺手,說道:「不說這些客氣話了。眼下要考慮的是,下一步怎麼安排雲潮。」其實,我覺得秦雲潮躲在大山裡,比藏在大城市更安全。一者江湖好江湖,他的朋友多重情重義,所托之人必可靠;二者,藏在山裡只是為避過這一陣的風頭,再從長計議。我上山插過隊,知道山民淳樸,告密的可能性遠遠低於城裡⋯⋯這些話,我沒對黎含章說出口,因為奔命逃亡的是秦雲潮,任何決定,黎含章肯定聽從於他。

我的話,黎含章也沒法接,如果我們有能力安排秦雲潮的下一步,他也不至於困在我家的小房子裡。黎含章看了看我,沒說話。我扭頭看了看仰躺著的秦雲潮,他的近視眼鏡還歪斜著在鼻樑上,我上前取下他的眼鏡,放在了枕邊。屋內除了那架落地電扇「嗡嗡」低吟著,沒了其他的聲音,屋內突然顯得很寂靜⋯⋯

認識秦雲潮半年後,一九八八年久月的某一天,我第一次走進秦雲潮的宿舍。我有事求於他。我和秦雲潮都住在武大楓園。楓園在珞珈山腳下,處在武大的邊緣,距核心區域約一公里、大校門有兩公里路,而後校門卻近在咫尺。走出後校門,一邁腳就能踏入波光瀲灩、一望無際的東湖了。武大的學生宿舍多因花木而冠名,櫻園、桂園、梅園⋯⋯楓園是新建的學生宿舍區,

沒花，每幢樓的前後左右栽了幾株一米左右高的楓樹苗，就叫了楓園。秦雲潮的宿舍在九舍，離我們四舍不過幾步路，但我從沒去過他的宿舍，倒是他常到我的宿舍來玩。等級無處不在。楓園主要由留學生、研究生和少量的插班生及人數更少的作家班構成，本科生六人一間宿舍，研究生四人一間宿舍，作家班三人一間宿舍，留學生兩人一間宿舍。我實際上是一人一間宿舍，同宿舍的竹清響和呂兵都是武漢人，他們有家室，有課來上課，下了課就回家，這間宿舍實際上我一人在使用。雖然我也是武漢人，但妻子在重慶，我又常跑去重慶，與新婚妻子團聚，於是，這間宿舍就成了作家班的棋牌室、聊天室、議事房。在這裡，秦雲潮認識了作家班所有成員，包括他的一位雲南老鄉。為了學分，我選修了許多課，因為我常回重慶又蹺了許多課。問題來了，選修的《歐洲哲學史》我總共只上了兩節課，現在要結課了，需要交一份不低於五千字的文章才可能拿到這兩個學分。哲學於我這種長期處於形象思維的人來說，實在有點燒腦，何況這課我就等於沒上過，面對上下兩冊厚厚的《歐洲哲學史》讓我寫五千字的心得，不啻於老虎咬天，無處下口。我來求教於秦雲潮。

抱著死馬當著活馬醫的心態，我腋下夾著厚厚的上下兩冊《歐洲哲學史》走進了秦雲潮的宿舍。他的宿舍比我想像乾淨清爽，沒有男生宿舍裡慣有的那種雜亂混濁。見到我，他有些詫異，聽完我的來意後，他輕輕地笑出了聲。我很敏感，但我沒在

他的笑聲裡聽到譏諷或者幸災樂禍，即使是善意的也沒有。他的笑聲很孩童，似乎只有一個意思，這事兒他媽的好像挺好玩兒的。他媽的，是我的修辭，秦雲潮一眼看上去，就是一個不會說粗話髒話的人。他拿出一支筆和一張紙，開始低頭俯案寫著什麼，我探頭看去，他先畫個圓圈又畫個圓圈再畫了圓圈，第一個圓圈，寫了人名泰勒斯（註16），第二個圓圈裡寫的是德漠克利亞（註17）……圓圈是豎著畫的，他用線把圓圈連起來後，聖‧奧古斯丁、亞里士多德（註18）、柏拉圖、阿奎那……這些圓圈就像串起來的冰糖葫蘆，隨著講解，秦雲潮又在大圓圈旁順手畫上了幾個小圓圈，冰糖葫蘆頓時成了一串葡萄。一張紙不夠，秦雲潮又拿兩張紙，又畫圓圈又在圓圈中寫上洛克、伏爾泰、狄德羅、盧梭、牛頓、孟德斯鳩、黑格爾、康德……這回，我不由笑出了聲，好在這教材、這門哲學史課，只到十八世紀末結束，再繼續下去，秦雲潮能畫出座葡萄園。秦雲潮抬頭問我笑什麼，我告訴了他，他也笑了，笑得依然如一個孩童。秦雲潮畫著說著，三個小時後，我一腦子歐洲哲學史的漿糊，不敢說完全澄清了，但畢竟有了一個較清晰的輪廓。走時，我帶走了秦雲潮繪的幾張「葡萄圖」和他引用胡塞爾的一句話：「哲學史試圖在特定的文本和著作組合中找到自身的正統意義。」後來，我也很快很順利地拿到了兩個學分。

「師父，你們走吧。」黎含章打破了沉默，也讓我從往事回

到了現實中。「他反正醉著，睡著，你們在這裡也沒啥意義，我一人在這裡照看就夠了。明天你們再過來嘛。」我和卓嫄對視了一眼，覺得黎含章說得也對，就對黎含章點點頭，說了聲：「好嘛，就辛苦妳了。」我們就走了。

出了大校門，從陰暗的屋內來到大街上，熾烈灼人的陽光讓我一陣眩暈，我閉上了眼睛，就在這瞬間讓我感到恍惚茫然，不知道我人在何方、今天是哪一天？突然間，我竟失去了時空感。我猛地睜開了眼睛，問卓嫄：「今天幾號？我們到底是在重慶還是在武漢？」卓嫄停止腳步，用很奇怪的眼神盯著我看了一會，見我不像開玩笑，才回答說：「今天八月三號，我們回重慶兩天了。你怎麼了？」「是嗎，我怎麼感覺回來有半個世紀了呢。我沒事，剛才有點凌亂。」

三十多年後，我重訪武大重訪楓園時，以為當年的楓樹無論如何也該長成少年了，但我連一棵楓樹也沒找見，當年的楓樹已被梧桐、夾竹桃等樹種替換。楓樹沒了，但楓園仍叫楓園……

9

　　我非常懼怕一本正經的面孔和一本正經的生活。我的經歷和經驗都告訴我，一本正經的背後，一般都埋伏著諸多的不堪。二〇一二年，我那好吐槽罵座品評時事的微博尚沒有被澈底封掉，為了鬆弛一下，也為戲謔調侃歡樂，就把江湖多年前的一個傳說，寫了發在微博上：炎炎夏日中，江湖和他們詩社的幾個兄弟，在他家中喝酒，喝著喝著，江湖就醉了。江湖好飲，量卻不大，三兩合適、四兩微醺、半斤必醉，醉則閉眼就睡了過去，無論是靠在椅子上或是俯在桌子上，不吵也不鬧，酒醒了依然可以接著喝。江湖醉了，頭仰在椅背上，就睡了過去。他的一個兄弟微醺著出了門，去街上發散酒氣，於是，就與幾個人發生了衝突。受了委屈的小兄弟回來搬救兵，酒剛醒的江湖，懵懂中衝進了廚房抓起砧板上的菜刀，別到褲腰上就要衝將出去。江湖穿的是鬆緊帶褲腰的短褲，褲腰別不住沉重的菜刀，菜刀從腰間滑落，穿過褲襠時順便劃傷了江湖的生殖器──俗稱雞巴，「哐啷」一聲落在地上。刀口不大也不深，初時江湖並無知覺，誰知，那菜刀剛砍剁過朝天椒，刀刃刀面上沾滿辣椒沫，辣椒沫浸入傷口，痛得江湖搗著襠處，連聲「謔謔」著似皮球般蹦了起來⋯⋯這個博文被轉數百次，笑聲歡樂聲中，江湖的好朋友、中國政法大學的著名教授賀斌，在帖下留言問我：這就是傳說中的辣

子雞麼?未久,我和江湖見面時,特意向他核實這個傳聞的真偽。他「呵呵」笑個不停,「事麼倒是個真事,稍有出入的是,我當時並沒覺得痛,我衝出門到街上找到那幾個人,才發現那也是我的熟人朋友。一場誤會。我再回到家中,傷口突然火燒火燎痛,痛得我蹦得有一丈高……」說完,我倆又哈哈大笑。我問江湖,「辣椒沫浸入傷口,造成痛楚,有這麼長的延長期?」江湖一怔,「是啊,這辣椒麵麵(鄂西語,麵麵,碎屑粉末狀)怎麼就把自己弄得像個定時炸彈了呢?」我倆又哈哈大笑。真正的歡樂裡,一般都沒有功利的成分。江湖似乎與我一樣,不大喜歡一本正經的面孔,一本正經的生活。問題是,大家都以為生活本身就是一副一本正經的面孔,若不是,那麼裝也裝出副一本正經的模樣。

一九八七年六月十六日上午,我到武漢大學桂園 A 教學樓參加武大作家班考試,這個 A 教學樓我並不陌生,應該說,印象極深刻。一九七五年,武漢大學中文系的工農兵學員邀請一位著名的工人詩人閻平貴,到武大來講學,講無產階級的詩歌創作。我和這位著名的工人詩人,因一起開過幾次會,成了朋友,他就邀我和他同去。此時我雖不著名,只在省市報刊上發表過幾個短篇小說,但也被冠以了工人作家的名頭。當時,無論詩人、作家被冠以「工人」二字後,就相當於鍍一了層金光燦燦的金粉。其實,閻平貴已被調到武漢市文化館做了創作員,已不是一線工

人，而我仍在一線做工人。閻平貴邀我同往，有為他站腳助威的意思。閻平貴聲音洪亮、激情四射，特別當他誦讀他的詩〈工人階級的胸懷〉時，把課堂裡的情緒推到了高潮，掌聲歡呼聲響成一片。激情退去，講課結束前的互動時間裡，有同學提問：「閻師傅，你認為創作中存在靈感嗎？如果存在，你認為它是種什麼狀態？」這位同學的提出的問題，在課堂上引起了一片譁然。靈感是被無產階級唾棄的資產階級觀念。閻平貴伸直雙臂和張開手掌，朝下壓了壓，課堂上頓時安靜下來。閻平貴突然又變得很亢奮，把原本就很高的聲音又提升了不少：「我認為靈感是存在的。資產階級有資產階級的靈感，無產階級有無產階級的靈感。我覺得靈感就像是屙屎，肚子脹了有屎意，一蹲下去就屙出來了，這就是靈感。沒得屎、沒得屎意你蹲一天也是白蹲……」我陪閻平貴走出教室，環顧四周無人時，他低聲問我：「夥計，我今天講得怎麼樣？」我伸出雙手，豎起了兩個大姆指，說：「講得好，實在好。特別是你對靈感的解釋，好得不能再好了。」說完，我忍不住放聲大笑。閻詩人也和著我高聲笑了。粗鄙的機智，依然是粗鄙。混沌愚昧的時代，雅致被踐踏被不屑，粗鄙就成為時尚和時髦。當然，我這種想法，是改革開放幾年後，才逐漸形成的。

一九六四年六月一日，作為十三歲的少年，第一次到武大後，我立下的重誓：不入武大讀書，誓不為人！沒料到，直到

二十四年後，我才得以實現了我的誓言。一九七七年高考恢復(註19)，這是文革結束的標誌之一，也可能是兌現我誓言的最後機會。車間黨支部徐書記，扣下我的准考證，很輕蔑地說了句：「沒有我的同意，你能去高考？」十年後，當我拿到武漢大學入學通知書時，我腦袋裡突然莫名其妙地蹦進了一個成語：死灰復燃。漢代名臣韓安國因事入獄，常遭獄卒欺侮，韓安國問獄卒：「你就不怕我死灰復燃麼？」獄卒輕蔑道，「以尿溺之。」獄卒的尿沒澆滅韓安國的死灰復燃，他被重新起用後，沒報復虐待他的獄卒，甚至給予獄卒以提拔重用。我不認為這樣做，是胸襟寬大，而是縱惡。作了惡而沒被清算，惡將更惡。我拿到武漢大學入學通知書時，第一時間就想到了徐書記，我要想當面對他揮舞這張入學通知書，告訴他：「十年前，你扣下我的准考證，不准我參加高考。十年後我考入了武大。」其時，這位徐書記已因癌症而離世。雖然當時我有殺了他的衝動，後來我卻從沒想過要報復他，但我也絕不會原諒寬恕他。如果我沒有繼續的掙扎折騰，他就已經用他手中那一點點權力毀了我的命運和人生。所有大惡終究是由小惡累集而成，所有大人們的惡行都是通過中惡人小惡人們完成的。

雖然武漢大學對我而言，是夢想也是誓言，我三十五歲那年，一九八五年，武漢大學開辦了作家班，但最終，我選擇了放棄，連名都沒報。歲月消蝕了我的夢想，也磨平了我的誓言。兩

年後,第二屆作家班又開始了招生,猶豫躊躇之際,已在武大插班生就讀一年了的江湖,對我說:「師父,要去讀。自然作家和自在作家,中間恐怕就隔著個系統學習……」江湖的話很婉轉,直譯可能是這樣的:一個野蠻生長的作家,沒有系統的文化訓練,難成氣候。江湖本名姜湖海,江換姜、去海留湖,筆名網名就都江湖了。江湖崇尚江湖。江湖的江湖很龐雜,基本是信陵君、平原君、雞鳴狗盜之徒、屠狗之輩,甚至是伍子胥、申包胥、荊軻……的混合體。江湖崇尚江湖,是江湖的道德核心,義。義,契合江湖的嚮往和他的性情。江湖從聲名漸起到天下無人不識君時,已無幾人還記得他的本名。我和江湖結識以及我們的關係看上去還有點複雜。我年長他十餘歲,他尊我師父,但他又是先我一年考入武大的插班生,算是我的師兄。因了某種因緣,年幼時的他,也曾與我有幾乎一樣的夢想和誓言,高考必入武大。不一樣的是,我誓入武大,是受到歧視的刺激,有點情緒化。而江湖立志入武大,很理智很清醒,是他預設的目標之一。江湖自小嚮往武大,他舅舅甄國光也是很重要的因素。鬼使神差,信心滿滿的江湖,沒考上武大,而進了鄂西師專。幾年後,在我的蠱惑下,他拋棄機關工作,走出大山漂在了武漢,去年他終於考上了武大,了了願。作家班也是插班生,和江湖的插班生略不同的是,前者或是已成名的作家,後者是潛在或即將成名的作家;另一個不同是,作家班的入學年齡的上限高了許多,住宿條件好了許多……可能最大不同的是學費,插班生不用繳四學期

四千元的學費。萬元戶被歌頌被羨慕的時代,四千塊幾乎是天價。入學考試的科目,作家班也比插班生寬鬆得多,起碼不用外語考試,只留下一句模稜兩可的話:待定。

六月的武漢,如果不雨,溼漉漉潮乎乎的空氣流動遲滯,很有些悶熱。我有些焦躁,這黃梅天真不是個考試的天,還沒進考場,汗水浸透的襯衣,就緊緊貼在了我的脊背上。江湖就嘻笑著寬慰我:「師父,莫要緊張嘛。拿出你泡妞時的自信和風采。」全國有多少作家報名我不知道,但和我同室參加考試的,大約有五、六十人。有許多熟人,大部分也只是聞其名而沒謀面。報名的門檻並不低,必須由中國作家協會或各省級作家協會舉薦,而個人的文學作品必須公開發表於省級以上刊物多少萬字或由正式出版社出版過兩本以上的文學著作。作家班應是俗稱,官稱就是插班生,和江湖的插班生並無差別,即從本科三年級讀起,兩年後本科畢業。考試是漢語言文學專業、本科一、二年級學習的內容。嚴格說,我是小學畢業生,初中停課鬧革命,三年後就上山下鄉去鄂西大山裡做知青了。後來雖然讀了不少書,但畢竟沒經過正規系統的學習訓練,肚子裡那點貨,扔給狗,或許還不夠狗吃一頓的。幼學扎實,畢業於大專,又考入武大讀書的江湖,有過兩次高考成功經歷,他為我準備了複習資料、進行突擊性指導。古代漢語是我的弱項,是他的強項。為了做到萬無一失,我考古代漢語時,江湖就守在 A 教學樓二樓氣味濃郁的男廁所裡

接近兩小時。他對我說：「對你們這些作家，考場規矩不會太嚴苛。有疑難雜症，你就申請上廁所，我隨時在廁所裡恭候你。」公廁裡待兩個小時，我並不擔心江湖對異味、對惡臭的耐受力。我究竟上過幾次廁所，年代久遠我已記不清。多年後我問江湖，他說只一次。我仍記得那道難住我的釋義題，這道題在整個考卷中所占分數並不高，但我能覷到這道題背後的調侃和挑逗，我甚至能感覺到出題老師嘴角微微上揚，露出的笑意：釋義《國風·邶風·式微》「式微，式微，胡不歸？」的「胡」與《國風·豳風·狼跋》「狼跋其胡，載疐其尾。」的「胡」。前一個「胡」有陶老先生的《歸去來兮辭》墊底，知道辭意，後一個只有猜了，狼的鬍子？我請求撒尿，去了廁所。我覺得這後一個「胡」也會難倒江湖。多少有些出乎我的意料，江湖略加思索，便告訴我：「這胡乃指狼頷下之懸肉。」這「胡」胡得夠刁鑽。

　　這屆作家班共錄取二十五個人，我在其中。錄取率是百分之五十左右。撇開考試成績不論，我能被錄取，也有賴於剛從學生處回到中文系任副主任的安寧教授的堅持。

　　江湖的宿舍也在桂園，我曾去過他的宿舍幾次，男生宿舍裡瀰漫著各種氣味的強烈混合異味。我寧可站在過道裡和他說話，也不願進他的宿舍。有一次我去找他，他們宿舍無人，過道一片嘻鬧歡呼聲——江湖正蹲在男廁的蹲坑上端著一碗飯吃。起因是

討論自戀情結,爭論到人們只討厭他人的屎尿,並不特別厭惡自己的排泄物。爭著爭著,江湖和一同學打上了賭,他賭江湖在廁所蹲坑上蹲著吃完一碗飯而不嘔吐,他就把朋友剛從深圳帶給他的紅色塑料桶送給江湖。因為江湖見到紅色塑料桶的第一眼就說:「你個大男人不適合這個桶,你送給我賣給我都可以。我給我大姐。」

江湖他大姐住在紅鋼城,離我家只隔著一、兩個街區。江湖只要到紅鋼城,不是住他大姐家就住我家。江湖喊我師父,他大姐就捂著嘴笑:「好玩兒,弄得湖海像孫悟空,你像唐僧樣。」想想,又笑著補了一句,「你哪像唐僧嘛,還不是個孫猴子。」認真想想,他大姐的話,很形象很準確也很貼切,我和江湖都是不安分的孫猴子,如果江湖是小孫猴子,我不過是年長他十餘歲的大孫猴子。在江湖他大姐家,我見到了那只江湖蹲在茅司坑上吃飯贏來的紅通通的塑料桶。塑料桶和我的鈴木摩托車一個顏色,紅通通的紅。

10

　　一九八九年的七月十六日晚上九點多鐘,我緩緩推開抱著我抽泣的卓嫮,笑著安慰她,沒那麼沉重,不就是喊我去談個話嘛。我沒勸住非要陪我同去中文系的卓嫮。楓園距中文系距離不短,大約有一、兩公里路。從楓園沿坡而上,到了居於坡頂的行政大樓,沿另一面下坡走幾十步,大路邊就是中文系辦公室那幢平房了。

　　陳大爺喊我到傳達室兼他的小賣部接電話時,我雖有不祥之感,但我知道,如果要抓我,系裡不會給我打電話。說實話,我也知道,我還不夠被抓的資格。要抓早在抓魯勇的那個時間段裡,我就被抓了。接電話時,陳大爺很同情關切地望著我,我望他時,他又趕緊垂下了眼皮。打電話的是中文系的劉書記,他讓我馬上到中文系去一趟,找我有事。中文系和駐校調查組已經找我談過幾次話了,但都在白天,從未在晚上找過我。卓嫮挽著我,走過了武大的行政大樓,沿緩坡走下去幾步,路燈之下,我辨識出中文系辦公室外停了輛警車,走近了才看清這是輛北京二一二吉普。車上的警報器雖沒響,車頂上的警燈卻還亮著,警車警燈上都還殘存著大雨後的雨珠,警燈上的雨珠在藍森森的光亮映照下,格外晶瑩剔透。中文系黨總支劉書記、系主任鄭教

授已在辦公室裡等著我了。鄭教授滿面嚴肅、語氣沉重地對我說道：「黃雙林，今天找你來的，不是我們中文系、也不是調查組，而是市公安局 X 處（國保的前身，政治、思想警察）的同志。這說明事態很嚴重⋯⋯」最讓我沒想到的是，前兩天剛被我揪過脖領子的劉書記，卻笑著走過來寬慰我道：「也不要緊張，市局的同志就是找你來瞭解一下情況。」

劉書記寬慰我，出乎我的意料，而鄭教授故作緊張，低烈度 (註20) 恐嚇我，我卻完全能理解。他要表現他的職責所在，更主要是要小小的報復我一下，報復我對他的不恭敬。武大是學分制，達到規定的學分，才可以畢業。學分又來源於兩部分，選修課和必修課，所謂必修課，學生沒有選擇，是必須去上的課，而且學分比選修課的學分多兩分。所有必修課裡，唯有鄭教授講授的必修課〈在延安文藝座談會上的講話〉讓我厭煩和不能理解。已是號召思想解放的時期，為啥這緊箍咒似的「講話」還是必修課？毛澤東的〈在延安文藝座談會上的講話〉可以用一句話來概括，文藝文學，必須為黨為黨性為黨的工作服務。文學藝術不應該僅僅是實用主義的。這個文藝講話，和老三篇（毛澤東的三篇文章：〈為人民服務〉、〈紀念白求恩〉、〈愚公移山〉）一樣，我曾經幾乎可以倒背如流。黨的文學藝術最終形成了「三突出」（即在所有人物中突出正面人物，在正面人物中突出主要英雄人物，在主要英雄人物中突出最主要的英雄人物）的極端的文藝創作原

則，我幾乎就是這樣被訓練培養出來的作家。思想改造，我的思想彷彿跑馬場，被紅色馬兒們踐踏得猶如紅藻覆蓋著的泥沼；我的腦殼裡，被射釘槍「呼呼」打進了無數紅色的鋼釘。這幾年來，我開始認識什麼是文學、什麼是我自己時，我伸手拂去那層遮蔽著我眼睛耳朵的紅藻，我舉著鋼鉗，咬著牙忍著劇痛，努力拔除著那些打進我腦袋裡的紅色鋼釘。這是一個很折磨很痛苦的過程。一九八五年，在河南信陽雞公山的筆會上，我完成了中篇小說《覡》。寫完最後一個字，放下筆，我衝進了也參會的安寧教授的房間，幾乎是含著淚對著他大叫：「我突破了，我突破了，終於突破了『三突出』……」

　　我讀武漢大學作家班，就是想更澈底拔除射進腦殼裡那些紅色的鋼釘，時尚的說法，祛魅。鄭教授的課，就是用射釘槍繼續給我腦殼裡打入紅色鋼釘。我既要閃轉騰挪躲避，又必須要去上這門課、寫論文。祛魅受魅間，我的人格處於極度分裂的狀態。鄭教授人並不壞，五十歲的人了，一種成熟了的分寸拿捏十分到位的俊雅瀟灑，嗓音渾厚口齒清楚，還有點幽默感，是能令女孩子女學生瘋魔的那種類型的男人。但鄭教授從沒有緋聞。班長兩角獸再三催促下，我仍然比全班所有人晚了近一個月，才把〈在延安文藝座談會上的講話〉的論文交了上去。這個東抄西摘的萬字論文，我以為鄭教授會打回來讓我重寫，但沒有，我拿到了四個學分。如果那一天，我沒有走出後校門，跑到東湖岸邊一個蒼

蠅館子 (註21) 裡和幾個同學一起鬥酒,我不會爛醉如泥;如果我不是被幾個同學攔在自行車後架上,駝回楓園宿舍,半途中就不會遇見了鄭教授;如果鄭教授不關切我,用手扶起我搭在自行車座椅上的腦袋,問我:「黃雙林,怎麼樣?」我也不會強項令 (註22) 似地把脖子梗起,很混蛋地說出了心裡話:「鄭教授,你人倒是挺好,但你的課跟狗屎似的……」

真的,我一點也不怨恨鄭教授,即使他在我最需要支持的時候,低烈度恐嚇了我。或許我還有點可憐他,就像我曾可憐我自己一樣。

我讀作家班,除了祛魅,畢業證、派遣單就是最實際的考量。我很清楚,我被扣留學校,不是因為我參加過遊行,絕大多數學生都參加過遊行,作家班也一大半參加過遊行,雖然作家班大多年屆中年,但名分上仍是武大的學生。我被留下來,是因駐校調查組把追查武大十日祭祭文和那份退黨簽名簿,作為了清查的重點。而當他們知道,我從魯勇那兒拿走了十日祭祭文的原稿後,他們要追回這份原稿。我不想、也不敢跟他們說實話:原稿信手夾在一本書裡,這本書和其他幾百本書,一起打包發往了重慶。我告訴他們說,先是想做紀念物保存,後發現此物有危險,怕惹禍,就把祭文原稿燒了。如果我不在乎畢業證和派遣單,完全可以一拍屁股走人,他們也莫奈我何。無非跟我從武鋼辭職後

的生活一樣，繼續漂泊。但和卓嫚結婚後，我不想再漂泊，更不想夫妻分居兩地。我有派遣單，就能避開辦理調動工作、遷移戶口這比登天還難的事，直接分配到重慶工作，雖然這意味著我的人生又重歸了體制內。繞一圈，我又回到原點。為了畢業證和派遣單，我甘願留校被調查審查。

　　中國是個極度的管控社會。如果說，戶籍就如人控制牛鼻子上的環扣，人被牢牢釘在劃定的一畝三分地上，而人事檔案就具有控制人的靈魂的意義。一九八五年的九月，我辭職離開了《武鋼文藝》，脫離了體制，開始了漂泊生涯。離婚了，我的戶口還可以暫寄於前妻的戶口簿上，但我自己卻沒有資格保存自己的檔案，甚至連私自查閱，也是違紀違法的。我辭職，並沒有找好下家──所謂接收單位。檔案無處接收，我的辭職就不能成立。魂無歸所，身也難以自由。當時沒有人才交流中心，武鋼礦渣廠廠長是我哥們，他出手幫了我一把，言明檔案可寄放他們廠，但人不在編、也無工資，但可冒礦渣廠職工之名。這有點逆向運動的意味──我反覆努力、幾經周折和磨難，從一線工人折騰成了以工代幹，又經幾年，折騰成了實實在在、屬公司幹部處管理的幹部。不過幾年功夫，我又把自己折騰成了一個徒有其名的工人。電影《從奴隸到將軍》很火，楊在葆把奴隸演成了將軍，我卻好似把自己從將軍又演回了奴隸。兩年後，一九八七年，我考入武大作家班，從工人成為了位大齡的大學生，我的戶口從前妻戶口

簿遷入了武大、人事檔案也從武鋼礦渣廠轉到了武大。迂迴了一圈，只是為了重歸體制，孫悟空真跳不出如來佛的手掌心。

一九八九年八月六日，也就是秦雲潮、黎含章離開重慶後的第二天，我和卓娉頂著火一樣熱的驕陽，排隊去擠沙坪壩到牛角沱的公交車。下車後，我們似乎不是乘車，而順著嘉陵江遊到了牛角沱，渾身上下水淋淋，沒一處是乾的。我這是去重慶教委(註23) 報到和遞交派遣單。我那在重慶報社工作的岳父，事先和教委主管大學生分配的領導打過招呼，一切看上去都很順利。教委告訴我，一旦我的檔案到了，即可分配我到自己聯繫的工作單位，重慶文聯。

一周後，重慶市教委通知我，我的檔案沒有從武大寄達重慶教委。按說，我的檔案應該早就到了重慶。沒有檔案，我的工作分配，將無法進行。一種不祥的預感，讓我極度不安，而更添幾分焦躁的是，秦雲潮和黎含章離開重慶也整整一周了，但沒有得到他們任何消息。從重慶坐長途大巴到廣州，最多需要三、四十個小時，八月七日、最遲八月八日也應該抵達廣州了。我在心裡暗暗抱怨自己，忘了叮囑他們順利抵達後，給我發份兩個字「平安」的電報。我也在心裡抱怨黎含章，我們忘了，她也應該設法給我們個消息，免得我們牽掛。這一周來，我十分焦慮，除了擔心他們安危外，內心深處還另有一層隱憂，如果秦雲潮被捕，很

可能把我和卓嫚牽扯出來，我的工作也很可能泡湯。當然，對我而言，也可能還有比這更壞的結果。

如果秦雲潮被捕，電視和報紙應該有報導，因他是通緝犯，我密切關注電視和報紙，但都未見報導。倒是我的校友，八八級插班生的董大貴，他在江津老家被抓捕的報導，有幾天占據了重慶報紙的頭版三、四條的位置。董大貴並不在湖北公安廳的通緝名單上，他是十三集團軍的現役軍人，抓捕他的應該是成都軍區。重慶報紙重點報導他的被捕，無非董大貴老家江津隸屬重慶，他是重慶人又是在重慶江津被抓捕的。我忽然想到，秦雲潮是湖北公安廳的通緝犯，他被捕，武漢的報紙或許有報導。我立即到郵局給我武漢一個朋友的辦公室打了電話，他說他在辦公室沒啥事，除了喝茶，基本就是翻看公費訂閱的各種報紙，這幾天，他沒看到這樣的消息。「秦雲潮？肯定沒得。」朋友在電話裡很肯定地告訴我。

沒有消息，就是好消息。秦雲潮可能已經出境了，黎含章如果與他一起流亡異國他鄉，也應該是預料中的事。異國他鄉，他們一時半會兒，也不可能給我傳遞消息。雖然我這麼安慰自己，其實我並不太相信我自己的揣測猜想。我更相信我的直覺和預感，我直覺和預感不太好，一種很沉重的下墜感⋯⋯

註 1　北京天壇建物。

註 2　輸液，即打點滴。

註 3　筒子樓，也稱兵營式建築，即走廊式板樓，是中國大陸的一種城市居民樓結構。取自維基百科。

註 4　劉海粟，原名劉槃，字季芳，號海翁，室名藝海堂、存天閣，江蘇武進人，中國書畫家，藝術教育家。專長國畫、油畫、書法、詩詞。劉海粟與顏文樑、林風眠和徐悲鴻並稱「四大校長」。取自維基百科。

註 5　臺灣譯為佛洛伊德。

註 6　臺灣譯為沙特。

註 7　臺灣譯為瑪格麗特・莒哈絲。

註 8　臺灣譯為西蒙・波娃。

註 9　王朔，中國小說家、編劇，代表作有《一半是海水，一半是火焰》、《動物兇猛》、《看上去很美》等，多部作品改編為電影。取自維基百科。

註 10　全部買下。

註 11　具有中國官方背景的投機者。

註 12　公車上書，指康有為於清朝光緒二十一年（一八九五年）率同梁啟超等科舉人士聯名向北京的光緒皇帝上書，反對在甲午戰爭中敗於日本的清政府簽訂喪權辱國的《馬關條約》。此舉被認為是維新派登上歷史舞台的標誌，也被認為是中國群眾的政治運動的開端。取自維基百科。

註 13　根據英國經濟學家約翰‧梅納德‧凱因斯的著作《就業、利息與貨幣的一般理論》的思想基礎上的經濟理論，主張政府應採用擴張性的經濟政策，透過增加總需求來促進經濟成長。取自維基百科。

註 14　穆旦，本名查良錚，另有筆名梁真。是中國詩人和翻譯家，九葉詩派的代表人物。取自維基百科。

註 15　臺灣譯為貝爾格勒。

註 16　臺灣譯為泰利斯。

註 17　臺灣譯為德謨克利泰斯。

註 18　臺灣譯為亞里斯多德。

註 19　普通高等學校招生全國統一考試，為中國普通高等學校的招生考試，由普通高中畢業生和具有同等學力的考生參加的選拔性考試，於每年的六月七日至十日舉行。一九六六年，因文化大革命的影響中止舉辦，直至一九七七年方由鄧小平下令恢復。取自維基百科。

註 20　即低強度，強度適中之意。

註 21　指稱店鋪舊陋、面積小、衛生環境一般的小餐館。

註 22　典故出自東漢光武帝時的洛陽令董宣，因其不畏權勢，而得強項令之稱。強項，即硬頸不屈。

註 23　教育委員會之簡稱。

中篇

11

　　秦雲潮什麼時候從酒醉中醒過來的，我不清楚。一九八九年八月五日上午，我和卓娉從歇樓子回到重師大三十一棟，看到秦雲潮時，他已經很清醒，沒有宿醉後的萎頓和油膩，雖有些憔悴，看上去還比較精神，比我剛見到他時的狀態好了很多。酒真是個好東西。秦雲潮已經吃過早餐了，黎含章早上出門去買的。黎含章把我拉到一邊，悄聲說：「師父，昨天你們走了以後，有人來敲過門，中午一次，晚上七、八點鐘一次。晚上邊敲還大聲喊你的名字。」我有點疑惑，我們回重慶，並沒告知任何朋友，敲門聲可能來自鄰居。但我仍寬慰黎含章道：「沒什麼，估計是卓娉的朋友或我的朋友，聽說我們回重慶了，來找我們耍的。」我聽黎含章的聲音稍有點嘶啞，仔細一打量，她的眼睛有些紅腫，哭過的樣子。「妳哭了？」我壓低聲音問她，她搖頭，說：「沒有。」她說沒有，眼睛裡又淚花閃動。她把頭轉向了另一邊。見黎含章很傷感，我若有所悟。黎含章結過婚，前年離了。離婚的原因不複雜。她的工作、生活都不穩定，為求穩定，她選擇嫁給了一個國營大廠的技術員。婚後，她可以滿足丈夫任何一個合理或不合理的要求，前提是她絕不生孩子。丈夫對她百般滿意，對她不願生育，卻是一百個不願意，加上他父母的一百個不願意，他們的婚姻失衡了，他們也就離了婚。黎含章對自己曾經

的婚姻,是這樣形容的:「嫁大爺,吃大爺、穿大爺,要為大爺生個小大爺。」她把她前夫稱作「大爺」,黎含章不願意為大爺生個小大爺,那怕因此毀掉了婚姻。我知道,她這一生,不會和任何一位「大爺」生下一個「小大爺」。黎含章一直怨恨她父親不負責任生下了她,如今,她依然對這個社會缺乏安全感和信任感。

我已看出些端倪,秦雲潮逃亡的一個多月的時間裡,黎含章一直伴隨著他,孤男寡女、耳鬢廝磨,難免情愫滋生。唉,此時生情,實在不是個好的時候。而且,在我記憶中,秦雲潮考入武大讀博前,已結婚,妻子和他都是昆明某中學的老師。轉念一想,情幾時曾是理性和邏輯的呢? 我撇下黎含章,走過去和秦雲潮說話。

我剛在秦雲潮對面坐下,他就低聲對我說道:「雙林,我決定明天走。含章執意要和我一起走,我沒同意,你勸勸她吧。」秦雲潮說他要走,我並沒有特別表示挽留,在這裡已太不安全,也不適合長期隱匿。經過反覆考慮,我想勸說他,如果出走海外沒有渠道和把握的話,江湖安排他躲在鄂西大山裡的方案,應該是比較好的選擇。聽了我的勸說,秦雲潮低頭沉吟許久,抬頭對我微笑道:「我還是決定朝南走,去廣東。那裡畢竟離香港近。」既然他已經決定,我也沒必要繼續勸說他進山。秦雲潮說

得有道理，政治逃亡的最好結果是海外，廣東鄰近香港，自然是首選。秦雲潮沒有講他如何走和去廣州找誰的細節，我也不去打聽。大家都明白，這樣做，是為保護他也是為了保護我。但我很早就知道，秦雲潮有個大伯，是著名的畫家，人民大會堂裡就懸掛著他的巨幅畫作，如今就居住在廣州。

我和卓娉回到重慶的第五天，一九八九年八月七日，秦雲潮和黎含章將離開我家去往南方。我並沒有如秦雲潮希望的那樣，刻意勸說黎含章，勸她不要和秦雲潮同行。黎含章決意要和秦雲潮同行，任何勸說都會顯得蒼白無力。秦雲潮、黎含章只告訴我和卓娉，他們晚上九點鐘離開我家，至於是坐火車或坐長途客車離開重慶，他們沒講，我也沒有問。坐飛機離開是不可能的。人靠衣裝馬靠鞍，秦雲潮上身一件印有喬丹頭像的短袖套頭衫，下身一條軍綠色長褲，足蹬一雙黑色的橡膠涼鞋，黎含章上身蝙蝠衫，下身長統裙……黎含章為秦雲潮和她自己的衣著裝扮，花費了心思，他倆站在一起，一人一個手提的帆布旅行包，妥妥的縣城或鄉鎮南下打工青年，和農民南下打工者有著只可意會難以言傳的差異。這體現了黎含章日常的觀察力和她的設計能力。中國大地正整個朝南方傾斜，似乎一切無法固定的東西，都在朝南方流動，而流動量最大的就是南下打工者，其中四川省南下打工者占的比重排第一。於是，成都、重慶每天都有深夜發往廣東的長途客車，車上配備兩個司機輪流開，人停車不停，一、二千公里

路，三、四十個小時，就到了廣東。我猜想，秦雲潮、黎含章是坐深夜大客車，隨打工者南下。這是個好主意，我知道，這肯定也是出自黎含章的策劃。

他們出門之前，我掏出了三百塊錢，塞到了秦雲潮手裡。這三百塊錢，有兩百塊是卓婷找她媽我岳母借的，我和卓婷勉強湊齊了一百塊。三百塊，厚厚的一大疊，除了最大面值的十元鈔外，其中還有好幾張五元面值的鈔票。秦雲潮沒有推辭，接過錢後，輕聲說了聲「謝謝。」他把錢裝進挎包裡，又從挎包裡取出一本裝訂好的稿紙，遞給了我：「帶著不方便，這是我還沒完成的博士論文，只有麻煩你們，先保存這兒哪。」我接過來，低頭看了一眼，封皮上寫著：康德批判哲學與哲學的批判性論綱⋯⋯

我不知道擁有一、二萬學生的武大，有多少學生食堂，但建在楓園裡的學生食堂的大門上方，題寫的是「武漢大學第三學生食堂」食堂是學生們每天必去的公共場所，從四月中下旬開始，食堂內的牆壁上，貼滿了大字報，牆上貼滿了，就牽幾根線，把大字報懸於空中。學生們形成默契，三天之內新大字報不覆蓋老的大字報。大字報水準參差不齊，特別有見識能吸引我的並不多，往往溜上幾眼，就走了。有一天，一篇名為〈中國向何處〉的大字報，慢慢吸引住了我，我端著飯盒邊吃邊讀，不知不覺中一飯盒飯就吞進了肚子裡，我依然拿著勺子在空飯盒裡舀著⋯⋯

這約有七、八張紙的大字報，不談最易引起人們憤慨的官員腐敗、也不說在天安門絕食的學生們的訴求，而是條分縷析地大談憲政、軍隊國家化、司法獨立……我身邊有人發出嗤笑聲，我才發覺我眼睛緊盯著大字報，手卻下意識用勺子在空無一物的飯盒裡舀著、舀著。學運以來，我是第一次看到這麼清晰明確的政治訴求。這份大字報雖然很長，但圍觀的人也很多。大字報署名為「南之雲」顯然是化名或筆名，文末落款的日期是一九八九年五月十六日。我很想知道，這個南之雲是誰？想著想著，我的腦袋裡忽然掠過一道光亮，南之雲，倒過來就是「雲之南」，秦雲潮就是雲南人，莫不是他？二十九年後的二〇〇八年，我在網上讀到了〈零八憲章〉，我覺得這就是南之雲那張大字報的三點零升級版。

兩個月以後的一九八九年七月十六日晚上九點多鐘，我被警察傳到武大的中文系小會議室進行訊問，訊問的主要內容均與十日祭的悼文相關，悼文是誰委託作家班寫的？執筆者為什麼是魯勇？悼文定稿出籠的具體時間？作家班有哪些人具體參與了寫作？你為什麼要拿走魯勇手上那份稿子，稿子現在何處？第一個問題，我回答說，既是武大高自聯（註1）的委託、也是武大作家主動請纓；第二個問題，我回答說，原本大家推舉我執筆的悼文，因我妻子來了，同學們免了我的差，讓我與妻子團聚去了；第三、第四個問題，我回答說，一覺醒來，十日祭悼文已定稿上

交了，據我所知，作家班全員參與了。關於祭文稿，我回答說，從魯勇手中要過他的朗讀稿，是因為它有紀念意義，後來發現它也具有危險性，就燒了。他們在這兩個問題上反覆訊問，希圖從我回答中尋找到破綻，但沒有。因我基本沒說假話。魯勇的朗讀稿雖沒燒，夾在幾百本書中具體的那一本書裡，我也記不清了，而且這些書，已發往了重慶。要查，工程量不小。我說真話不僅會給我自己添麻煩，肯定也給警方、校方添麻煩。祭文的錄音帶武漢遍地都是，作為證據，不缺這份手稿。我說這篇悼文作家班全員參與了，也並不完全準確的，就像作家班並非全員參加遊行一樣，作家班大約有五、六個人至始至終，都有意識地遠離了遊行，更別說參與悼文的創作。我的酒友，作家班的班長兩腳獸就沒參加，他私下跟我解釋說：「我要在武大讀書期間解決組織問題。」我點頭應和道：「理解。」他跟我說過，他因不是黨員，就無法提拔為主編，就可能永遠是副主編了。我真的很理解，因為入黨才可能當官，而官職和房子、票子又是正比關係。他是晉省文學雜誌副主編。兩腳獸，既不是他的筆名，更不是他的本名，而是作家班從他著名的中篇小說《無毛直立兩腳獸》中為他摳出來的渾名。他姓楊名立德，但很少有人知道他叫楊立德，他發表作品的筆名很響亮：立言。他曾告訴過我，這篇讓他揚名立萬的小說的靈感，來自恩格斯的一篇文章〈勞動在從猿到人轉變過程中的作用〉。我的另一個酒友，船長魯勇笑著罵他：「這麼恢宏這麼偉大這麼浪漫的革命你都無動於衷、不參與，你他媽的還是個

人嗎？」楊立德沒生氣，只是笑著回罵一句：「去你媽的！老子兩腳獸！」有意思的是，作家班的黨支部書記齊百川，參加了幾次遊行也參與了祭文的集體創作。

最後，他們問我公祭大會上的退黨和退黨簽名簿，我裝著羞愧地笑了笑，回答說：不好意思，我不是中共黨員，好像沒資格參與這些事。他們似乎也不好意思再追問下去了。

訊問我兩個多小時後，其中做記錄的年輕警察，把訊問我三、四頁紙的記錄遞給我，讓我簽字畫押。我看了一遍，沒什麼出入，便在上面簽字摁了手指印。他們示意我可以離開時，我立馬朝大門走去，兩個多小時的被警察訊問，使我已處在抓狂崩潰的邊緣。當我走到門邊，伸手抓住門把手時，身後傳來一句，「請你等等，再問你一個問題，」我放下把手，轉過身去，面對叫住我的警察。「你在學生三食堂，看過一張〈中國向何處〉的大字報嗎？」我不想撒謊，點了點頭。「你知道南之雲是誰嗎？」提問非常非常技巧，選擇被問者精神剛從高度緊張中鬆馳下來之時，出其不意、攻其不備。採取這種手段，說明這張大字引起了有關方面的高度重視。我回了提問警察一句：「南之雲不就是南之雲麼！我可以走了嗎？」

12

　　二〇〇四年,在外流亡了十五年的簡單,回國了。簡單和妻子離了婚,孑然一身回來了,妻子和女兒留在了海外。流亡人士歸國,都必須簽一份保證書,保證歸國後不對共產黨說三道四、不參與任何具有政治色彩的聚會和活動⋯⋯有許多人想回國,有人回來了,有人因那一紙保證書,就不回來了。當然,事情並非我說的那麼簡單,比如需要先跟領事館或大使館溝通,或托人跟國內聯繫,以確定歸國後,他們不會以任何罪名追究你的流亡。允許你回國,而你簽下的保證書似乎也是不追究你過往的投名狀,這會讓你感到屈辱,沒有了尊嚴,但這是流亡人士回歸故土的必須條件。簡單回來了。我和江湖,曾討論過一個問題,失去母語的痛苦和失去自由的痛苦,兩種痛苦相比較,誰更痛苦。我們的結論是,這兩種痛苦似乎沒有本質上的差異,比重體量應該一樣大。後來我才想明白,如果失去了母語,也就等同於失去了自由。我曾翻牆讀到過簡單一篇文章,文章中他說道,五十五歲的他,因不通任何一門外語,他看不懂報紙、看不懂電視、在藥房裡不知如何選擇藥品,如果沒有翻譯陪著,他從他家出來,走出一千米後,就很可能迷途,找不到回家的路⋯⋯他渴望著夢想著基因的突變,能從一個變盲失聰的物種,突變成能用英語寫作能與人交流、能正常生活在異國他鄉的新物種⋯⋯讀到這裡,我

竟淚眼婆娑了，再也讀不下去了。我腦海出現了一幅畫面：淒迷的濛濛細雨中，一個並不老的中國男人，無助而迷茫地在倫敦溼漉漉的街頭躊躇徘徊……而這個男人在中國，曾是活躍在閃光燈下、鏡頭裡和鮮花掌聲中的著名作家……

一九八五年的七月底，極忙碌的簡單，難得他人在武漢，沒有外出，而安寧教授也放暑假了，吳天芒終於兌現了他對我們許了兩年的願，約了簡單、安寧教授、我，去他家鄉雲山縣的木耳沖林場避暑、寫作半個月或二十天。此時的武漢，氣溫已經攝氏三十九度，吳天芒介紹說，雲山縣的木耳沖林場，海拔一千一百多米，早晚氣溫攝氏二十度左右。雲山縣委派了輛北京吉普車來武漢接我們，連司機，一車五人，五個人一輛吉普車，正合適。吳天芒的岳父，是雲山縣縣委書記。

汽車行走在蒼翠深深的大山裡，秀美的景色和著涼風撲面而來。峰巒疊嶂的大別山深處，群山環伺的一條峽谷裡，高大的楠竹林掩映下，蚯蚓般盤臥著一個小鄉鎮，這裡就是吳天芒的故鄉，楠竹灣。站在街頭，吳天芒指著狹窄而凸凹不平的街道、街道兩旁被歲月折磨得東倒西歪、奄奄一息的房子，不無得意和炫耀、又似乎帶著幾分酸楚對簡單、安寧教授和我說道：「我從這裡走到武漢，不下於紅軍的二萬五千里長征。」雖然我們都點頭表示認可，但我稍有些疑惑，因為吳天芒對我介紹過他的家族，

他的曾祖父曾是漢流（留）的舵把子，勢力範圍上至長江上游的宜昌，下至長江中下游的江西九江。他吳家祖上的勢力範圍都在長江中下游兩岸，老巢也應在長江兩岸的水陸碼頭，怎麼就淪落到了大別山的深處呢？我問吳天芒：「這裡還有你的親戚朋友嗎？」吳天芒搖搖頭：「連熟人都沒一個了。」安寧教授對吳天芒感歎道：「天芒，你能從這裡走出去，真不容易。」

二〇〇九年，江湖從獄中出來大約十四年後，他在網上貼了篇討伐吳天芒的文章〈恩怨情仇終須了斷〉文章發表前，其內容，江湖從未向我透露過。讀了這篇文章，我才開始從另一個角度重新審視檢索吳天芒，品咂他那一句「我從這裡走到武漢，不下於紅軍二萬五千里長征。」在當兵猶如中狀元的年代，十八、九歲的吳天芒當了兵；入公職猶如萬人搶過獨木橋，他轉業即入了公職，成了雲山縣文化館的創作員；從偏遠的雲山縣調入武漢，不下於牽著犛牛穿過針眼，他牽著犛牛穿過針眼，進了省城……我問江湖，為什麼這麼多年後才寫了發表了這篇文章？他回答我說：「我一直在等，等著他，給我一個交待。」

我們去木耳沖林場，吳天芒的老家，是必經之路。在楠竹灣轉了轉，感受了一下楠竹灣的破落貧窮、感歎了吳天芒的不容易後，北京吉普離開楠竹灣，沿著如腸的盤山公路，繼續逶迤而行，前方不遠處有個在建的水庫，雲山縣已把我們的午餐安

排在那兒了。今天一路行來，即使車窗外風景如畫，簡單也一副鬱鬱寡歡的樣子。這都是昨夜那餐接風宴惹的禍。雲山縣把我們安排在毗鄰縣委招待所的小招待所。我知道，幾乎每個縣市都有一個這樣的小招待所，不對外營業，只接待上級機關的領導或必要的相關人士。小招待所環境一般都較清靜隱密，風格多趨內斂低調，但設施和服務一定是一流的。而小招待所餐廳的廚師，大多也是一流的。為我們接風的縣長、宣傳部長、文化局、林業局長……加上我們四個，一桌十個人。服務員每上一道菜，都要報一次菜名：清蒸娃娃魚、冬筍青椒燴炒麂子肉、尖栗燉野山雞、新鮮野菇火腿湯、泡薑岩衣炒石蛙……我稍微算了下，僅桌子上的這幾款山珍野味，價值不菲，恐怕要抵我大半年的工資、兩部中篇小說的稿費。「吳老師，今天你們想喝什麼酒？」宣傳部長笑咪咪地問吳天芒，吳天芒也笑著答道：「隨便。」宣傳部長起身走向一面壁櫃，他拉開櫥門對吳天芒說，「吳老師，你自己選吧。」櫥門打開後，讓我吃了一驚，頂格內外兩排茅臺酒，約有十幾瓶，二格約有十幾瓶五糧液、三、四、五格有瀘州老窖、董酒、汾酒、竹葉青……天啦，小小櫥櫃，幾乎囊括了中國所有著名的白酒，而這些白酒，即使有錢在市面上也不易買到。吳天芒一指打開的櫥門：「就茅臺吧，安教授、雙林和我都喜歡醬香型白酒，簡單老師基本不喝酒……」

宣傳部長舉杯致完歡迎詞，吳天芒還沒來得及致答謝詞，簡

單很突兀地問了宣傳部長一句:「部長,你們縣是國家級貧困縣吧?」本來熱烈的場面,因了簡單這一句話,陡然間變得冰涼。宣傳部長尷尬地舉杯站在那裡,像尊泥塑。吳天芒起身按了按宣傳部長的肩膀,請他坐下,他向縣長和部長局長們深深鞠了一躬,然後說了聲:「包涵、謝謝。」舉杯把酒一飲而盡。我低聲說簡單:「一人向隅,舉座不歡。」簡單回了我一句:「抱歉。這可能是我性格上的弱點,不苟且。」簡單匆匆刨了幾口飯,就藉口旅途勞累,回房休息去了。我觀察到,簡單幾乎沒碰桌上的那些野味,只揀了幾筷子青菜。

第二天正午,按照日程安排,我們出了楠竹灣鎮不久,就抵達了正在修建中的楠竹灣水庫工地。水庫工程建設指揮部為我們備下的中午飯,很簡樸,臊子麵。臊子有四種,甲魚、排骨、牛肉和瘦肉絲,自選。吃麵,很簡樸,臊子,很有創意。有了昨夜接風宴的尷尬,看來,縣裡已提前跟水庫打過招呼。吃罷麵,稍作休息,北京吉普車就上路了。車繞了個Ｓ彎,就到了河邊。這小河從山上而來,被水庫攔腰截斷,河面陡然變寬,河上原來的公路橋好像已被水泡塌了,橋欄杆上的柱頭,還有幾個如溺水者求救的手伸出水面。吉普車不能蹚河而行,齊腰的河水會淹了發動機,水深的地方可能把整個車淹沒。我很失望地瞅了眼吳天芒,意思是我們恐怕去不了木耳沖,恐怕要折返回去了。吳天芒對著我似笑非笑地翹了翹嘴角,沒理會我,而是氣定神閒

的招呼大家下車。我們剛下車，就見剛才陪我們吃臊子麵的一位副指揮，帶著十幾位民工沿著河岸走了過來。副指揮笑呵呵和我們打了個招呼後，便站在吉普車前，指揮司機朝前開，儘量靠近河邊。副指揮慢慢後退著指揮吉普車緩緩前移，副指揮雙腳即將浸入河中時，他停了下來，車也停了下來。司機下了車，副指揮一揮手，民工們蜂擁而上，圍住了吉普車。看那架式，他們是要把那吉普車扛上肩扛過河，扛到對面的公路上去。顯然，這不是他們第一次扛小車過河，而吳天芒事先也知道這一切。因為橋，肯定不是我們來之前，剛剛垮掉的。副指揮轉過身，很豪邁地對吳天芒說：「我先喊他們把車抬過去，然後再過來把你們幾位老師背過去。」民工們彎下腰去喊了聲號子，正準備扛起這兩、三噸重的吉普車時，突然，簡單衝過去對著民工們大喊一聲：「你們先別動！」攢足了勁的民工們，似乎被針戳了一下的皮球，洩了氣，癟了。他們直起腰很不滿地望著簡單。簡單沒理他們，而是沉著臉，走到吳天芒面前，質問吳天芒：「這樣做，合適嗎？能這麼欺負人、這麼擾民嗎？我知道是這樣，我不會來的。這個林場我就不去了，希望你們也別去。如果有順路的工程車、拖拉機，把我帶回縣城就可以了，我明天坐班車回武漢。」

　　昨夜，簡單在山珍野味的盛宴上弄得舉座掃興時，我就預感到這趟旅程將不會輕鬆愉快了，但怎麼也沒能預感到，這趟旅程會夭折於半途。在「不苟且」簡單的「希望」下，我們沒去木耳

沖林場，汽車返回雲山縣城，連夜把我們送回了武漢。

　　營救被通緝的「六四」學生及身處危境的各界人士的「黃雀行動」，是由香港人士出錢出力、甚至冒著生命危險組織的，組織者的主體，是香港支聯會。有人說黃雀行動裡的「黃雀」乃「螳螂捕蟬，黃雀在後」的黃雀。此說不通，惶惶逃命的黃雀還能覬覦螳螂？香港支聯會主席司徒華在他的自傳中披露，「黃雀行動」的「黃雀」出自曹植詩〈野田黃雀行〉詩中有這樣四句：「羅家得雀喜，少年見雀悲。拔劍捎羅網，黃雀得飛飛。」大約是二〇〇〇年，我翻牆從境外網站上瞭解到，這個傳說中的黃雀行動，並非傳說傳奇，而是一個真實的存在。而此時，「六四」已經過去了十一年。當我知道簡單也是被「黃雀行動」營救至香港時，簡單從海外回到國內，已是二〇〇四年，「六四」過去了十五年。也是翻牆，我在油管 (註2) 上見到一個視頻，視頻中記者採訪一個「黃雀行動」的執行者，這個執行者記憶力很好，至今他還記得他參與營救過的人的名字。他說出了很多人的姓名，當他說到簡單和顏和平時，我驚訝地跳了起來，險些碰翻了靠背椅。我驚訝的是，因為我知道黃雀行動營救的四百多人中，主要是被通緝的北京學運領袖和北京面臨危險的各界知名人士……世界上所有的目光都被北京吸引著，沒有多少人會關注武漢、重慶這些二線城市的學潮。這個我可以理解，學運的中心原點就是北京、北京學潮也承受了不能承受的軍隊帶來的血腥鎮壓。我驚訝

的是，簡單六月五號發表退黨公開聲明後，我去他家裡看望慰問他時，他和他的家人已不知去向。而我不解的是，據黃雀行動的相關人士介紹，黃雀行動正式啟動時間是六月十三日，即北京市公安局對二十一名學運領袖頒發通緝令的那一天。另一個驚訝和不解的是，秦雲潮和顏和平同為武大的學運領袖，在湖北省公安廳頒布的同一張通緝令上，而顏和平被黃雀行動所營救時，秦雲潮卻如被追逐的野兔，正在曠野裡丟神失魄的逃竄。

簡單回國後，顯然再也沒有寫小說，或者是他寫了而無處發表出版。簡單並不是嚴格意義上的文科出身，他畢業於浙江美術學院，主修的是美術設計，文學創作算是半路出家。他是個天才或類天才型的人物，回國後，他沒有寫小說，也沒有寫報告文學。他走遍了中國的東北西北中南東南西南，拍攝了大量的各民族的建築圖片，寫了一本書，煌煌兩大本圖片精美、語言華麗生動的《中國少數民族建築美學》竟然成了一時的暢銷書，曾居於暢銷書排行榜第六名。他為貴州藝博會設計了一個標誌性的建築，頂樑柱拔地凌空、排枋縱橫交錯、木與木鑿榫連接、無鉚無釘，採用槓桿原理、層層支撐的全木侗族鼓樓。這座四層、近五十米高的鼓樓很快成了旅遊者的打卡勝地，建築設計者研究者們考察的熱點⋯⋯從朋友處和媒體上零零星星瞭解到簡單這些情況，我很是為他高興。我害怕那一紙保證書，成了壓斷簡單肉體和靈魂的最後一根稻草。驕傲而不善妥協的簡單的內心，遠比我

想像的強大。簡單流亡之後，我就與他失去了聯繫，他回國後，我們似乎都沒有重新建立聯繫的意願，也沒有碰過面。二〇一〇年，我又去大理探望江湖。我剛進門，江湖就對我笑道：「簡單前天剛和幾個朋友到我這兒坐了坐。還聊到你和武漢許多朋友。昨天他離開大理，去了昆明。你們失之交臂。」江湖的話，又讓我又回想起一九八九年六月五日的那一天。那一天，我騎車去武漢音樂學院看望簡單、簡單和他家人卻已不知去向……

　　二〇二三年七月七日，是我離開中國，在泰國清邁生活了整整兩周年的紀念日。我弄了幾個菜，喊來江湖一起喝酒。紀念去國離鄉，有些苦澀，連含在口中的酒都不那麼醇香了，酒落入腹中，竟泛起了一陣陣惆悵。我和江湖興致不高，甚至略有些低沉。江湖的手機響了，他抓起了桌子上的手機接聽，陡然間面容失色地「啊」了一聲，我明白，又是什麼不幸的消息傳來。放下手機，江湖抬手拭去了眼角的淚，用突然有些變調的聲音對我說道：「簡單去世了。心肌梗死。他太太打來的電話……」說完，抄起桌上的酒杯，一飲而盡。我也很沉痛，簡單大我一輪，今年八十四歲，應了那句民間俗語：七十三、八十四，閻王不叫，自己去。還有幾個月，我就七十三歲了。見江湖有些失神落魄，我強壓住自己心中的煩亂，勸解江湖，我畢竟年長他十餘歲：「簡單究竟還葉落歸根了。同為作家的劉賓雁(註3)，死在了海外，連骨灰都不准送回中國……」

13

　　一九八九年的夏天特別長、也特別熱，終於入秋了，重慶又迎來了秋老虎，酷熱似乎更甚於夏日。今天下午，冒著酷暑去了一趟重慶市教委，市教委仍沒收到我的檔案。已經九月二號了，我從武漢大學回到重慶，差一天就一個月了。半個月前，我給武漢大學學生處寫了封信，告知他們，重慶市教委沒收到我的檔案，我的工作分配被擱置了。至今，我也未得到武大學生處的任何回音，這讓我感到極度不安，總覺得這背後有點什麼，但我又無法知道背後的什麼是什麼。我努力寬慰自己，暑假中，沒人處理公務，這很正常。如今開學了，機器重新啟動，就一切回歸正軌，正常了。於是，我又給學生處寫了封信，同時也給安寧教授寫了封信，求助於他。雖然他已回到中文系任教，但畢竟在學生處任副處長幾年，應該還有些人脈，他出面，或能弄清楚為什麼重慶教委收不到我的人事檔案。

　　我入學武大恰好三個月了，一九八七年十二月三十一日的上午第一節課又恰好是「中國現當代文學」，說恰好，因為我要問問授課的安寧教授，今晚他有沒有安排，如果沒有，我想登門拜訪。我好酒，安教授也好酒。我岳父去古藺縣采風，從郎酒廠給我帶回來了幾瓶郎酒，我回武漢時帶了兩瓶，準備送給安教授。

安寧教授故意瞇縫著眼看著我,然後笑出了聲:「黃雙林,你什麼時候變得這麼有禮數了?」安教授笑我,因為我以往找他,都是直接登門,從沒有預約過。我也對著安教授笑:「自從進了武大這個高等學府,我這粗魯之人,自然就被薰陶得禮數了。」我上次登門拜訪安教授,是一年多前的事了。因為一篇評論文章,安教授從中文系流放到了學生處當了副處長。學校領導有惻隱之心,安教授從中文系副主任調去任學生處副處長,是平級調動。安教授覺得,不准他上講臺面對學生授課,就是對他最大的侮辱和傷害。安教授也知道不准他上講臺講課,是省裡的決定。

上次登門造訪,我攜帶著江湖的舊體詩詞和未投稿也未發表的散文、現代詩⋯⋯專程來找安教授。江湖報考武漢大學插班生,唯一的不足,是發表的作品不多、名氣不太夠。而報考武大插班生的,大多已是小有名氣的小說家和詩人。知道我的來意後,安教授拉我進了書房,讓我坐在一旁喝茶,他立即俯案開始閱讀江湖的文稿。書房裡很安靜,我端杯啜茗的聲音就顯得很響亮,我連茶都不好意思喝了。忽然「啪」一聲,安教授拍著自己的大腿說:「這才氣、這功底,如許年輕,難得。」安教授是湖北著名的文學評論家,在文學文藝界很有影響力,現已重回中文系任副主任,他拍腿叫好,江湖入讀武大,已然不是問題,因為入學各科考試的那些題,對江湖而言就是小菜一碟。

我是晚飯後去的安教授家，他和他的家人也已吃過了晚飯，我雖再三聲明我已在食堂吃過飯，他仍鋪開餐桌，說：「吃過飯了，我們就只喝酒。」他太太現炒兩個熱菜，又擺上碟花生米、皮蛋拌豆腐，安教授和我就開喝了。安太太帶著孩子離開了客廳，留下我和安教授邊喝酒邊聊天，牆角的彩色電視機開著，正播放中央電視臺的元旦晚會，聲音調得很低，但斑爛的光影在牆上亂竄，也時不時從我們眼前掠過。安教授大我兩三歲，他是老三屆(註4)的高中生，我是老三屆的初中生，他和我同一年下鄉做了知青，又先後回城當了工人。我們有點「和尚不親帽兒親」的意思。一九七七年恢復高考後，他考入武大，畢業後留校任教，我被車間書記扣下准考證，沒能參加高考，我們曾經相同的生活軌跡，開始分叉。他是關注品評青年作家作品的文學評論家，我是湖北省的青年作家，因為文學、因為小說，我們有了交集。有意思的是，安寧教授好酒，我也好酒，每一次的文學聚會後的酒席上，我們總要碰上好幾次杯。於是，我們成了朋友。更有意思的是，我進了作家班，成了大學生，而安寧教授還是我必修課「現代文學」的老師。而且，當我剛剛離婚，社會對我的道德指責仍在持續中，武大對錄不錄取我入作家班，很是猶豫。安寧教授一句：「作家班錄取的是作家，又不是道德楷模。據傳言而定論，怕也不妥。」幫我解了困……緣份命運偶然必然……似乎都能給出解釋，想到此，我不由啞然失笑。與我對坐的安教授對我突兀的笑，很詫異，問我：「怎麼了？」我也不便解釋，因

太過囉嗦。就笑笑說,「沒什麼,我和江湖能入讀武大,多虧你援手。來,我敬你一個。」

一瓶五十二度的白酒,喝完了,電視裡的晚會還沒結束。我起身準備告辭時,安教授示意我坐下:「再坐坐,喝杯茶。明天放假,如果你沒什麼事的話,再坐坐。」我感覺到安教授似乎還有話要對我說,我就又坐下了。我呷了幾口茶,口感溫潤飽滿回甘,又端起玻璃杯,放到眼前看了看,杯中的針狀茶葉立著上下浮沉,隱約品出這是雲山的毛尖茶。因為吳天芒,這茶我比較熟悉。所以,當安教授問我,「這茶怎麼樣?雲山毛尖。」時,我就猜到安教授想要說什麼了。果然,安教授說,吳天芒前幾天來過他這裡,還特意問起過我,吳天芒很困惑的是,為什麼我突然就和他斷絕了來往。對此,安教授很不解。安教授問我:「你們之間,發生了什麼嗎?多年的朋友,有些誤會,也是可以說清楚的。」

我說不清楚,甚至我自己也不解,為何就斷絕了和吳天芒的交往。吳天芒曾給過我很多幫助。因沒得到領導同意,我執意參加了省作協組織的一個時長兩個月的長篇小說創作學習班(即筆會),單位停發了我的工資,而且一停就停了七個月。七個月裡,我處在一個極尷尬的懸浮狀態,編輯部不安排我看稿,也不考勤(註5)我,而上一級的主管部門則停發了我的工資。俗話管

這叫：晾起。一個省委副書記參加的青年文學創作座談會上，副書記很親切很關懷地詢問大家有什麼困難時，吳天芒立即應聲道：「⋯⋯黃雙林因創作，已有七個月沒發工資了。」第二天上午，我仍在家裡睡懶覺的時候，樓下有人高聲呼叫我，「黃雙林，黃雙林⋯⋯」我開門走到走廊上，四樓下呼叫我的是我的同事。見我現身，他對著我仍高聲喊道：「孫書記喊你馬上到他辦公室去！」喊完，跨腿騎上自行車就走了。孫書記是武鋼黨委分管政工的副書記。孫書記陰沉著臉訓斥了我一頓：「有事可以向我反映，為什麼要越級捅到省裡去？」我沒有解釋，因我知道我七個月的工資會馬上補發給我。

　　我辭職，雖是主動，卻也有被動的因素，出自同一人同一內容的兩封舉報信，從重慶寄到了湖北省作協黨組和武鋼公司黨委，舉報我和有夫之婦有不正常的男女關係。舉報者是卓嫿的姐夫，舉報我和卓嫿的姐姐非法同居。因了這封舉報信，我被調往省作協的希望，完全落空了，在武鋼公司黨委的責令下，《武鋼文藝》編輯部宣布我停職清理思想。辭職一段時間後，疏離於熟悉的工作環境和人事，缺乏歸屬感，有種空落落的失重感，連最討厭最喪失自尊的每年年中、年終都要寫的思想彙報、工作總結，似乎都能從中回憶起文字遊戲式的快感，以往最深惡痛絕的政治學習中雜夾的各種笑話段子，仍能讓我忍俊不禁⋯⋯我開始懷疑我辭職的意義和是否值得。後來我知道了斯德哥爾摩綜合症

(註6)，我明白我這是這症狀的輕度或中度的表現。

一次在和吳天芒喝酒中，我說起我缺乏歸屬感和空落落的失重感。吳天芒「呵呵呵」笑起來了，說：「你一頭憤怒的公牛，也有失重感？」幾天後，我用公共電話給吳天芒家裡打了個電話，約他喝酒。那時，家裡有能力安裝私人電話的極少，這不是指的經濟能力，而是其他，但他家裡就安裝了。他給我解釋過，他太太是電力公司的，電信公司有求於電力公司，就安裝了。我說喝酒，他卻在電話裡，跟我說起另一件事，他為我介紹了一份工作，新聞社湖北分社。他在電話裡「呵呵」笑著，半得意半調侃地說：「這是為了消除你的無歸屬和失重感。」

接待我的分社長，衣著氣質，一半似文人一半似官員，客氣卻很有分寸感。我有些忐忑，這新聞社可是毛澤東說過「要把地球管起來」的黨的新聞機構，因我知道新聞社召人，審查極嚴格，我不是黨員，道德上又常遭到抨擊。對我的顧忌，分社長微微笑了：「你的情況我大致都知道，天芒介紹得很詳細。新聞社並非清一色。從某個意義上講，非黨人士或民主黨派，更容易展開工作。」看來，分社長已認可我。當談話更進一步時，我才知道，我是先作為合同工(註7)入職，能不能轉正，是合同結束以後的事。即使是合同工，待遇也超出想像的不錯，在職期間，在洪山區有套兩居室房子供居住，若有駕駛執照，可提供一輛轎車

使用⋯⋯最後自然要談到我的工作，分社長說：「你是湖北的青年作家，湖北文壇自然比較熟悉，有人帶你熟悉工作流程後，你就跑思想界這一塊，比如文學藝術比如大學等等⋯⋯的新聞和內參。而重點是寫內參⋯⋯」對內參，我並非完全陌生，當「清理精神污染」、「嚴打」等運動排山倒海湧過來、武鋼宣傳部人手不夠時，我也曾抽調去寫過「內部情況通報」，所謂情況，無非搜集些牢騷怪話、調查牢騷怪話出自何人、在多大範圍內造成多大的影響⋯⋯即所謂的民情和輿情。我和分社長握手告辭時，說：「謝謝了。我回去考慮下，明後天給您個答覆。」我看到分社長眼中流露出了幾絲驚訝。

出了分社大門後，我就近找了個公共電話亭，給吳天芒打了個電話。告訴他，我不適合這份工作。拜託他轉告分社長一聲。吳天芒聽後，好一會兒才說了兩個字「好吧」，但這兩個字已足以讓我感覺到了他的不悅。好像就是從這一刻起，我和吳天芒就沒了來往。但也是從這個時候起，我的生活開始陷入到極度的混亂中，在重慶，剛從與姐姐的愛情的泥淖爬出來，又跌入與妹妹卓嫿的愛情中。在武漢，掙扎十年沒擺脫的婚姻，終於解除了。剛向卓嫿求婚，我又開始準備報考武大作家班⋯⋯我的時間幾乎全拋擲在了路上，武漢─重慶、重慶─武漢。

我沒告訴安教授，吳天芒曾為我介紹工作的事，我只告訴安

教授,我和吳天芒間沒有誤會,斷了來往,可能因我忙於考武大上武大、愛情和婚姻,無暇他顧。安教授笑了笑,沒再提這個話題。我起身告辭,安教授也沒再留我,此時,電視屏上的元旦晚會也告結束,歌舞聲中,舞臺上空飄飛起無數個大大小小的肥皂泡。送我出門時,安教授看了眼電視,皺眉道:「滿臺肥皂泡,這可不是個好兆頭。」

「吳天芒老師苦苦求索,終於迎來了一次輝煌的財富盛宴──不僅擁有一個高爾夫球場,且兼任深圳八達集團副總裁、上海匯融房地產公司的董事長……自此後,出行有奔馳和加長版的凱迪拉克,吃喝有專門的酒樓飯店,工作有自己的五星級寫字樓,書法創作則用阿拉斯加或印度恆河或太平洋或大西洋的水磨墨……」這是摘自湖北某官網專訪吳天芒的一篇文章,發表於二〇一二年。讀到這篇文章,我很是驚訝,對於這樣的炫富炫奢,吳天芒竟然沒有加以制止。如果沒有特殊的背景和特殊的權力,不是富二代也不是紅二代的吳天芒,不可能在這麼短的時間內攫取到這麼大的財富,也不可能如此大膽的炫富炫奢。我和吳天芒還是朋友的時候,他相當世故相當圓滑也非常非常謹慎。

二〇〇九年,江湖那篇〈恩怨情仇須了斷〉發在網上後,猶如平靜的池塘裡,扔進了一顆大炸彈,不僅水柱如湧,連池塘底的淤泥也被炸了起來,稀泥漿四濺中,還有幾條翻著白眼的震暈

了的魚。憤憤不平、起哄看熱鬧、求情講和的⋯⋯紛紛登臺。此時的江湖，因他的散文，國內擁有近千萬計的粉絲，也因一部臺灣出版的散文集斬獲了國際大獎，他不僅在國內，在世界華文圈裡也聲名大噪。此時的吳天芒，一部三卷集的長篇歷史小說獲得了茅盾文學獎。二〇一四年春天，中宣部召開、中共總書記親臨的一個文學座談會上，他和電影巨星陳叢合捧領袖著作閱讀的照片被官網發在了頭條。也就在這同時，一條無法被證實的消息在坊間廣為流傳：吳天芒的長篇歷史小說，這屆中共政治局常委，人手一套。因這套歷史小說，具有強烈的現實意義——改革必須適度，不然要翻船。江湖的〈恩怨情仇須了斷〉披露了吳天芒陷害他的內情。讀完江湖的文章，我義憤填膺，通過朋友，七繞八彎，我終於找到了吳天芒的電話。我撥通了電話：

——我：「喂⋯⋯」
——吳天芒：「你好。哪位？」
——我：「我，黃雙林。」
——吳天芒：「哦、哦、哦，是你呀雙林，很多年沒聯繫了。你還好嗎？」
——我：「我今天打電話來了，只想問你一件事。江湖文章裡所說的事，是真的嗎？我想你親口告訴我，不管你否認還是承認。」
——吳天芒：「⋯⋯」

──我：「請你告訴我。江湖是我介紹給你，你們才成為朋友的，所以，你應該也必須對我要有一個交待。」

──吳天芒：「⋯⋯喀喀、喀⋯⋯哦，雙林，不好意思，我病了，咳嗽不停、高燒也一直不退，懷疑是癌，我正在住院，馬上就要去切片檢查。江湖的事，黃土埋到我脖子的時候，我一定會給你一個交待。對不起、我要去做檢查了，醫生等著我呢，再見、再見⋯⋯」

作為告密者，除非澈底墮落，一丁點良知也不存，或許能活得心安。但凡還殘存著一點良知、一點點人味，靈魂也會折磨他到死。馮亦代 (註8)，臨終把他的懺悔錄《悔餘日錄》交由出版社出版，可能他覺得他對不起告密章伯鈞 (註9) 的這一家人⋯⋯英若誠 (註10) 的英語回憶錄，死後在國外出版⋯⋯二○○九年，我斥責吳天芒，吳天芒說，黃土埋到脖子時，我會說出一切⋯⋯

很多年以後，也就是江湖致吳天芒的公開信發在網上以後、安寧教授退休以後，我和他在微信上聊天時，我想告訴安寧教授，當年你問我為何與吳天芒不來往了，我實在找不出理由，當時敷衍搪塞了過去，或許現在可以告訴你，江湖的公開信就是答案。我也想告訴安寧教授，也或許是我的直覺比江湖好，下意識就避開了許多危險。所謂直覺，就是動物本能。我沒說這些，只是對安寧教授感歎道：江湖因武漢學潮阻斷京廣鐵路，他沒能

趕到北京,算是躲過了一劫,而最終還是因了六四、因了江湖義氣、因了吳天芒,被送進了監獄⋯⋯良久,安寧教授對我的感歎,只回應了四個字:天意難測。

14

一九八九年六月四日,北京激烈的槍聲驟起,滿地血泊中,解放軍的坦克開進了天安門廣場。全世界都被北京血肉橫糊、屍橫街頭的新聞、視屏、圖片震驚得目瞪口呆,人類史上,從未發生過武裝到牙齒(註11)的軍隊,如此大規模屠殺手無寸鐵的學生、民眾的事件。悲痛憤怒中,武漢的大學生並沒被嚇倒,反而掀起了更大規模的遊行,不僅僅是遊行,京廣鐵路也被武漢的大學生們軋斷了⋯⋯

有段時間我沒怎麼參加遊行了,因為我雖沒公開表露過,內心深處,卻時常在叩問我自己,這種大遊行對自由民主的進程,到底能產生多大的功效和作用?北京開了槍,我如果還假模假式地做著理性的分析和判斷,不上街去表示我的悲痛和憤怒,我他媽的還是一個人嗎?連人都不是,何來的良知和良心?連著兩天的上街大遊行,二、三十公里的行程,無論步行或騎自行車,都讓我感到相當疲憊。遊行歸來,當我斜靠在椅背上喘息時,張瀚沒敲敞著的門、沒打招呼,直接闖到了我跟前,抓起我的手緊緊握著的時候,我有些生氣、也有些尷尬,這人看上去雖有些面熟,但我實在想不起他是誰了。見我面顯疑惑和不滿,他趕緊告訴我他是張瀚,武鋼煉鋼廠的工人,他到《武鋼文藝》編輯部投

稿時，曾和我見過面。我的腦子展開急遽搜索，終於想起他到過編輯部，而且是兩次。第二次我勸他，投稿，人不用來，郵寄就可以。他投的是小說稿，我是小說編輯，接待了他。不過，他投稿的短篇小說，兩次都被我否了。他找我幹什麼呢？我辭職離開武鋼，已不是《武鋼文藝》的編輯。我請他坐下來，起身給他倒了一杯白開水。他沒坐下，我也只好站著。杯子他端在手中，沒喝一口，而是急吼吼地說明了他的來意。他說學潮以來，他和他的同事朋友，在青山紅鋼城組織了幾次工人上街遊行示威，表示支持學運支持學潮，參與人數不多、效果也不太好。現在北京開槍鎮壓學生運動，太瘋狂太反動，他想組織號召武鋼的工人起來罷工，他覺得他和他同事朋友們勢單力薄，希望能得到學生們幫助、支持。一口氣說完他的來意後，把杯中水也一飲而盡。見我沒有回答他的話，他很激動地問我：「如果沒有工人階級的參加，你說，這場學生運動會勝利嗎？」我沒有回答。我在腦子裡過了一遍我知之不多的工運史，好像有工人階級參與的學運、甚至工運，幾乎就沒有一例是成功的。如果「五四」運動算是成功的學運，恰恰沒有工人階級的參與。我終於明白張瀚的來意，他輾轉找到我，是希望我幫他聯繫武大的學生領袖，組織學生去武鋼遊行示威動員號召武鋼工人舉行大罷工。

面對他的請求，我很猶豫。我曾在武鋼生產第一線，做過八年工人，知道什麼是真實的工人：頂著個無產階級的光環，活得

卻跟奴隸差不多——雖然有很多人真以為自己是這個社會中的老大。一九四九年以後，中國大陸就沒有出現過一起真正意義上的罷工事件。別說罷工，連這兩個字也是工廠裡最大最沉重的敏感和忌諱，工人們會小心翼翼避開這兩個字，無論講真或開玩笑，因這兩個字被處決、坐牢、拘留、勞教的工人不在少數。對這兩個字的恐懼已烙在工人們的心裡了。為聲援學生，他們會冒著巨大的危險舉行罷工？我深度懷疑。對我的顧忌，張瀚連聲說，「不會的、不會的，畢竟時代不同了。」看著這個比我年輕大約十歲的小夥子滿臉的真誠和期盼，我提醒他，你不是學生，可能遭受危險的係數要比學生們高許多許多。他的眼睛閃爍著激情和堅毅，他對我說：「有奮鬥就會有犧牲。我不怕。我有這個思想準備。請你一定幫幫我。」他的話讓我不由一愣，愣的不是他的狂熱和堅毅，而是他話中的頭一句，是毛澤東的語錄。不知他是有意還是無意。無論是有意還是無意，用毛澤東語錄毛澤東思想去爭取自由民主、去鼓動工人罷工，都很諷刺很悖論，也讓我感到驚愕和古怪。更讓我悲哀的是，他的話一出口，我立刻就知道他頭一句是毛澤東語錄。轉而一想，管他娘的，我已經槍斃過他兩篇小說了，他這次的請求，我應該幫忙。再者說，不試試，又怎能知道結果呢？雖然我不相信憑一群學生，遊遊行喊喊口號撒撒傳單……就能讓武鋼的工人舉行大罷工，但畢竟學生們這次被軍隊大屠殺，是全國老百姓有目共睹的，其中也肯定有工人子弟。坦克、機槍和鮮血或許能讓工人們的熱血翻湧一把。想想波

蘭的團結工會(註12)，如果武鋼工人真能罷工，威力和連鎖反應或真能翻天覆地。找誰呢？我熟悉的學生領袖唯有秦雲潮，我只有去找他。我帶著張瀚出門去找秦雲潮了。

我預料到張瀚會被秋後算帳，但沒想到，還沒等秋後他就被算帳了。一九八九年的六月八日深夜，學生們從武鋼撤回學校幾個小時後，張瀚就在家中被抓捕了。我和張瀚原本就沒有往來，我離開武漢後，因沒刻意去關注，就再也沒有聽到過有關張瀚的消息，他也很快在我的記憶中變得模糊而消失了。我萬萬沒想到，三十多年後，在江湖的家中，李漢生無意中說到了張瀚，從他口中，得知他曾和張瀚同關在一個監室，而且張瀚就死在這個監室的蹲坑上，死得極卑微慘烈。好幾天裡，這件事，都讓我陷在深深的懊悔中，驅之不去：如果我不帶他去找秦雲潮，他或許不會死。

從宿舍找到研究生院，又去了武大小圖館的小會議室──秦雲潮他們幾個學生領袖聚集碰頭的地方，依然沒找到。問了好幾個看上去面熟的大學生，其中一個告訴我，秦雲潮在武大醫院裡。我大吃了一驚，驚訝之後又覺得正常，兩個月以來，秦雲潮基本活在高強度高亢奮的不正常的生活狀態中，又缺乏休息，稍有閃失，極容易染病。我轉身快步就往武大醫院趕，張瀚緊緊貼在我身邊，彷彿怕我甩掉了他。那位提供信息的大學生，好像

猜到了我的心思，他在我們身後喊一句：「秦雲潮沒病，是甄教授住院了。」我又是一驚，甄國光教授是江湖的舅舅、秦雲潮的博導 (註13)，因了這兩層關係，我對甄教授很有親近感，也不由就多了幾分牽掛，腳下的步伐自然邁得更快了。張瀚比我矮小許多，他幾乎小跑著才能跟在我身邊。到了武大醫院住院部，不用尋問，就知道甄教授住在那間病房了，他的病房外，排起了一個小小的隊伍，學生們依次而入，有的拎著水果、有的捧著花，但大多數人都空著手，而秦雲潮正在勸同學們散去：「謝謝大家，謝謝大家。老師還在恢復中，需要靜養休息，請大家散去……」我和張瀚要擠到門前時，一位護士攔住了我們：「說散了、說散了，你們怎麼還朝前擠？」恰在這時，秦雲潮瞥見我，喊了我一聲：「雙林，有事嗎？」邊說邊朝我們走過來。我忙問秦雲潮：「甄教授什麼病？嚴重嗎？」我一問，眼睛本有些紅腫的秦雲潮，頓時就更紅了，眼淚已到眼眶邊，被他用手背抹了去：「先生沒病，六月四日下午就開始在家裡絕食抗議北京開槍鎮壓學生……」甄教授終生未娶，一人獨居小院，如果不是他在門左側貼了張不大的白紙，而白紙上站立著橫眉怒目的「抗議！」二字，引起了偶爾路過老師的好奇，甄教授恐已餓斃於他的家中了。被送進醫院前，絕食接近三天的甄教授，已是半昏厥的狀態……說到此，秦雲潮的眼淚終究還是是奪眶而出。我理解秦雲潮，他此時更多的是內疚自責，這段時間，他全身心投入學潮，疏於看望先生，令甄教授遭受了這場痛苦。秦雲潮抹了把眼睛止住了淚，

我說了句極俗極俗的話,勸慰他:「求仁得仁。甄教授要絕食,即使你在身邊,他依然會做的。你去遊行示威,如果先生勸阻你,你會不去嗎?」張瀚站在我身邊,眼巴巴地望望我,又望望秦雲潮,一副欲言又止的樣兒。我忙向秦雲潮介紹了身邊的張瀚,告訴他,張瀚是來代表一些武鋼工人來求援的,甄教授住院了,你要照顧他,這事就不用提了。稍作沉吟,秦雲潮卻對我和張瀚說道:「我認為這事很有意義,應該做,我馬上去找高自聯的同學們商量一下,看怎麼去、什麼時間去。」

站在病房門口,我們遠遠看了一眼躺在病床上睡著了的甄教授,甄教授清癯的面龐,在日光燈下格外蒼白。

從武大到武鋼,即使走小路,穿越東湖風景區走鄉間小道,也有十公里,遊行不可能走偏僻的鄉間小道,而走大路往返有四、五十公里。於是,一九八九年六月八日早晨五點多鐘,秦雲潮組織了一個約有二、三百人的自行車隊,出發去武鋼。走這麼早,是出自張瀚的建議,搶在工人們上班時,半路上勸阻工人不要去上班。自行車隊由武珞路進入小東門、曇華林不久,就上了直抵紅鋼城的和平大道。雖然自行車隊的規模並不大,因是早高峰開始的時段,圍觀看熱鬧的人並不少,很快就讓並不寬闊的街道形成了堵塞。綁紮在自行車車尾車把上的彩旗在晨風中獵獵作響,兩幅並行而展示的標語「鋼鐵工人頂天立地、支持學生天下

無敵！」、「罷工！罷工！！罷工！！！」也說明了這支自行車隊遊行的目的地和目的。

自行車遊行隊伍在逐漸擴大，途經曇華林時，有湖北美術學院和中醫學院的學生加入，經過余家頭時，有水運工程學院的學生加入，加上尾隨遊行隊伍瞧熱鬧的騎車人，遊行隊伍看上去有點浩浩蕩蕩的意思了。當遊行隊伍在任家路從和平大道折入通往武鋼廠區的冶金大道，張瀚領著二、三十個工人打著「工人階級是學生的堅強後盾」的標語，迎接並加入了遊行隊伍。進入冶金大道後，遊行隊伍就顯得就不那麼浩浩蕩蕩的了，一是因為和平大道是三車道，而冶金大道是比和平大道寬一倍的六車道；二是圍觀者看熱鬧者逐漸散去。

我並沒有參加這次遊行的意願，在這種狀況下回武鋼，遇見熟人以前的同事，會很尷尬。另外，我也擔心，武鋼及有關方面，會誤認為我是這次活動的幕後推手。我也以為秦雲潮會因甄教授的住院，而拒絕張瀚的請求——起碼他不會親自參加。我把張瀚引見給秦雲潮後，就回楓園宿舍了。當張瀚返回我的宿舍告訴我，他已和高自聯的同學們商量好了細節、定好了時間，他問我：「明天，你回不回去？」見我猶豫，他又說，「去嘛，多個克瑪（音，武漢話：青蛙）還多四兩力。再說，黃老師在武鋼還是蠻有影響力的。」張瀚並不知道，他打動我的並不是我有影響力

這句話，真有影響力，我會灰溜溜離開武鋼嗎？他說的「多個克瑪多四兩力」讓我稍微有些心動。第二天早晨的微明時分，從我們宿舍路過的秦雲潮，對著我的窗戶喊了聲：「雙林，走，回你老家去看看。」我一骨碌從床上爬起來，鬼使神差地就跟著他走了。天知道這是秦雲潮的誘惑力，還是老家的誘感力。

一九八九年七月十九日深夜，警察在中文系小會議室訊問我時，曾問了我一句：「你參加了六月八號武鋼的遊行吧。」我回了一句：「我在武鋼工作了十幾年，不可以借這個機會回去看看？」他們沒再往下追問，看來他們對這次武鋼遊行，比我還清楚內情。他們訊問的核心是十日祭的祭文，其他的，似乎並不十分在意，象徵性問問我，只是表示他們什麼都知道而已。武鋼遊行不是他們的專案。

冶金大道上的自行車愈來愈多，特別是由紅鋼城方向匯入冶金大道的自行車車流很壯觀。紅鋼城是武鋼的生活區、居民區。和這些每天早上幾萬人去上班的潮水般的自行車流相比，遊行的自行車隊，就如潺潺流淌的小溪了。我自行車的車把上，插著一面小三角紅旗，旗上只四個字：自由民主。我騎行在遊行隊伍的尾端，進入冶金大道後，我很有些不自在，怕碰見熟人，顯得畏葸不前，甚至游離於遊行隊伍之外好幾米。低頭瞧見車把上的三角旗，我心頭湧上了幾分羞愧，又猛蹬幾腳踏板，追上了大部

隊。其實，騎車上班的工人們，並不太關注這支遊行隊伍，根本不理會遊行隊伍對他們反覆呼喊的口號：罷工！罷工！他們頂多扭頭瞥幾眼，腳上一使力，就騎到遊行的隊伍前面去了。

我不知道，秦雲潮和張瀚是事先約定，還是臨時起意，遊行隊伍到了一座橋上，遊行隊伍全體下車，把幾百輛自行車倒在橋上，兩百多名學生手挽著手坐在了橫臥著的自行車後，形成了一道閘，我、張瀚以及張瀚帶來的二、三十位武鋼工人及一部分學生，站成一排，立在了閘後，秦雲潮手持電喇叭，孤身一人立在了這道大閘前。橋被軋斷了、冶金大道也就被軋斷了。橋下是條人江河，武鋼由長江引水入工業區的人工河，長江的水和黃河一樣，泥巴一樣的黃。看來，這一切並非臨時起意，而是張瀚事先的提議，秦雲潮和同學們採納了這個提議。去往廠區滾滾而來的汽車流、自行車流，到此戛然而止，並沒有失控撞在人閘上，如果撞了上去，掀起的滔天巨浪和濺起漫天的浪花，造成的災難，是無法想像的。橋前的汽車、自行車、人越聚越多，一眼幾乎望不到盡頭。秦雲潮手持電喇叭向被越聚越多的工人們宣講，反覆強調工人階級的重要作用，反覆述說四天前天安門發生的慘案，號召工人們起來罷工，唯有工人階級行動起來，才有可能從根本上改變國家命運，秦雲潮甚至說到了《費城宣言》、波蘭團結工會和瓦文薩(註14)……我對中國不長的工運史有所瞭解，我的印象中，似乎沒有一次工人運動對改變中國國家命運起到過重要的

作用。也有同學向工人們分發傳單,傳單內容主要複印的是北京長安街上坦克、機槍鎮壓學生的血腥畫面⋯⋯起初,還有許多工人試圖強行闖關衝閘,聽了秦雲潮的講演,看著手上的傳單,在學生們的勸告下,退了回去。但並沒有人——一個都沒有,響應呼應學生們號召罷工的呼籲。突然人群中有人喊,「不讓過,那就退回去,繞幾步走大洲。」我知道,大洲是一個地名,城鄉結合部,多走兩、三里路,從那裡可以繞過這座橋、這道人和自行車形成的大閘,重回到冶金大道上。不過一個小時,關卡前因阻滯而聚集的自行車愈來愈少,漸漸就沒有了。無軌電車,貨車、大客車、公交車等各種汽車,也在匆忙趕來的好幾個交警的指揮下,開始掉頭朝紅鋼城駛去,回到紅鋼城重上和平大道,經工人村可以抵達武鋼廠區十八號門,直接進入武鋼廠區了。麇集於人閘前的自行車流和汽車長龍,消散了,學生們構成的大閘前,顯露出了空蕩蕩、白花花的水泥大馬路。而在此時,湧來一群手持相機、攝像機的人,對著秦雲潮、張瀚和學生們一通猛拍,你不知道他們是報社、電視臺的記者,還是警察。我有意躲閃著,依然沒逃脫各種追拍。

有一個工人曾對攔截的學生們很委屈地吼道:「我本來是同情你們學生的,但罷工還得要我們自願不是?你們這樣搞,不是我們罷工,是你們強制我們停工。」吼完,騎上自行車掉頭離去。阻截工人上班、勸工人們罷工的這次行動顯然是失敗了,雖

然我預料到了失敗,但我沒想到失敗得會如此澈底,失敗得我們連一點悲壯感都無法產生。六月初的武漢,如果不下雨又有太陽的話,室外氣溫可達攝氏三十五、三十六度。今天無雨,太陽雖時有時無,寬闊的白花花的水泥路卻散發著灼人的熱量。人人大汗淋漓、口乾舌燥。自從四月中下旬學生們遊行以來,已習慣於沿途的市民、攤販、商店甚至機關團體免費贈送茶水、飲料和麵包、饅頭,而這段冶金大道的兩側,基本是野地荒丘,不可能會有人給我們送水。空蕩蕩的大馬路上,一時沒了生氣。以肉身和自行車設置的大閘也失去了意義。望著有點茫然無措還略有些尷尬的學生們,我有些自責,明知徒勞無功,我不該把張瀚領去見秦雲潮。想了想,我先跟張瀚商量,把遊行隊伍從這裡撤離,拉到武鋼的廠前廣場,看能不能伺機進入廠區——我也知道我們不可能進入廠區,我們越不過廠區堅固的大鐵柵門和糾察隊、以及臨時被動員組織起來的工人形成的大閘——去和工人們直接對話。張瀚明白我的意思,點頭表示同意,我走到秦雲潮面前對他說:「我們恐怕不能進入廠區,這鋼鐵廠不比一般工廠,火焰、鐵水、鋼水、煤氣、地面上縱橫交錯的鐵軌、滿地跑的火車……我們進去了,稍有不慎就可能出事。武鋼廠區大門前,有個巨大的廣場,我們到那裡遊遊行,表明立場和態度後,就回武大吧……」秦雲潮也明白我的意思,我們需要自己給自己找個臺階下。他朝我苦笑著點了點頭。

二〇一九年，我完成了幾乎醞釀了半輩子的長篇小說《九月殘陽》，這部濃縮了我八年一線工人經歷的小說，只是想告訴人們，中國只有「工」而沒有「人」，更沒有所謂的工人階級。

15

　　大約是一九九三年七月，魯勇給我寄了張明信片，明信片背面上就一句話：雙林，前天我出獄了——也叫刑滿釋放。魯勇。我查了下郵戳，明信片寄自山東泰安，也就是說，魯勇是在山東泰安某所監獄裡服的刑，這好像和其他因六四被捕的武大學生不同，從尼泊爾押回中國的王石磊、在廣州被捕的秦雲潮、在武漢被捕的江湖，甚至靳非常、李漢生……都是關押在武昌某座監獄裡服的刑。魯勇被捕後，這四年間，我對他的訊息一無所知，詢問作家班的同學，也與我一樣，沒有魯勇任何消息。收到魯勇的明信片，我除了驚喜外，還有一種強烈的意外感。我想給魯勇回封信或者寄一張明信片，但明信片上並沒有留地址，我知道魯勇的家在煙臺，而非泰安。我曾查到了膠東話劇院的電話號碼，到郵局打了個長途電話，得到三個信息，他被捕沒幾天，就被話劇院開除了、老婆和他離婚了、幾乎沒人知道他的近況。如今，除了魯勇告訴我他出獄外，我對他現狀，仍然是一無所知。大半年後，一九九四年三月，我又收到他一張明信片，上面依然只有一句話：雙林，祝賀我，我考回了我的海員證。魯勇。明信片正面是噴著水柱的趵突泉，他依然沒有留下地址。上次明信片上的畫面是泰山，這次是趵突泉，不用查郵戳，我就知道這次明信片寄自濟南……然後，我斷斷續續收到他從世界各地發給我的明信

片，這些明信片上，多數都有郵局翻譯地址留下歪歪斜斜的一行或兩行漢字。魯勇惜字如金，明信片上他都只寫一句話。他從德國漢堡寄來明信片上：發克悠(註15)，這裡娘們的屁股真大。我喜歡這歌詞：搖吧，屁股，搖吧搖吧，屁股⋯⋯這是他寄給我字數第二多的明信片，字數最多的是他寄給我的最後一封明信片，而字數最少的是這個：我想念五十二度的中國白酒。他寄給我的明信片中，從不涉及時事時政，只有他從紐約寄給我的明信片，算是和政治沾了點邊：自由女神真他娘的高大、美麗，或許她永遠都不會屬俺的國。二〇〇一年一月，我收到了魯勇寄自南非開普敦的明信片，我認真努力的仔細辨識下，發現這張明信片在路途上奔波了有一年多時間，這張已經皺巴巴的明信片上的大海也皺巴巴。明信片是一九九九年六月寄出的，距一九八九年六月恰好十年。這封二十世紀寄出，二十一世紀我才收到的明信片上，依然只有一句話：雙林，考古家歷史學家說，現代智人源於非洲，科學家說人是魚變的，人類源自於海洋。我回家了。魯勇。從此，我再也沒有收到過魯勇的明信片，也沒有了他的任何信息⋯⋯

　　二〇二三年，雲樹教授退休了，也到清邁寄居養老。在椰樹下喝茶時，我把魯勇寄給我最後一張明信片的故事說給他聽，沉吟半晌，他低聲念一句詩，我沒聽清，我問他：「什麼？」雲教授提高聲音，對我重複了一遍，「『好望角已經發現了，／為什麼

死海裡千帆相競?』北島的詩,〈回答〉裡的一句。」雲教授的專業是文藝理論,也是著名的文學批評家,但我知道,他和小說家魯勇一樣,骨子裡都是詩人。

一九八九年六月八日,太陽將落入地平線的時候,我從武鋼遊行歸來了,渾身上下都是汗,因情緒低落沮喪,騎車幾十公里後的疲勞感就更加強烈,特別想喝酒。身材跟舉重運動員一樣短而粗的兩腳獸,懷抱著一堆吃食和另一個兩手拎著十幾瓶啤酒的人,他們走進我的宿舍時,兩腳獸晃晃身子,又努嘴指指他身後那拎著啤酒的人說:「我朋友從運城來看我,他能喝酒,你也能喝,你這裡也方便。我們就到你這裡來喝了。」我笑著拱手抱拳表示了真實真誠的感謝:「呵呵,正想喝酒,你們就及時送來了。你們先喝著,我到衛生間沖個澡,順便把魯勇也喊來。」路過魯勇房間門口,我衝著裡邊喊了一嗓子:「魯勇,去我哪兒喝酒,班長請客。」我匆匆沖澡回來,兩張書桌已拼在一起,桌上攤滿了罐裝袋裝的火腿腸午餐肉雞翅豆腐乾花生米蘭花豆⋯⋯魯勇已坐在桌前,他衝我一樂:「今天我食指大動。」說食指大動,魯勇卻豎起大拇指對我晃了晃。

我喜歡魯勇,除了他的酒量外,還有他的率直。我也算率直,但我的率直缺少技術含量,率直得硬而糙,易傷人;魯勇的率直柔且風趣,逗人喜愛。學潮之前,作家班幾乎每天都要湧來

幾撥雜誌社的約稿編輯，這些地市級的小刊物，開始自負盈虧了，刊物要靠發行量生存，不能靠政府財政撥款維持了。於是，社會流行什麼，這些雜誌就登什麼。武俠正流行，他們就來作家班約武俠小說。這些小刊物的稿費比大刊物豐厚，稿費以篇計不以字計，就像菜市場快收攤時，蔬菜論堆而不論斤賣一樣，短篇小說一至兩千元人民幣、中篇小說三至五千元人民幣。若按字算，小刊物的稿費幾乎是大刊物的兩倍半。魯勇不用為他獲得文名的「船長」這個筆名，而是拆了魯勇二字以「魚力」為筆名，為這些小刊物寫起了武俠小說，每個月都能收到兩、三千的稿費。我失去固定收入，手頭一直比較拮据，寫一部長篇小說，即使被採用了，從寫到拿著稿費，週期最短的也得一年。於是，我也試著寫了兩個短篇武俠小說，很悲摧，全遭退稿了。於是我去問魯勇：「跟我說說，寫武俠小說，有啥訣竅嗎？」魯勇就張著嘴傻笑：「你還別說，還真他媽的有。就是寫著寫著，你自己都不知道你寫了個啥。這，你就成了。」我將信將疑回去把兩個短篇武俠小說，按他說的訣竅改了一遍，竟然全發表了，得了兩千元稿費。我從來用本名發表作品，第一次用了筆名，也拆字，把「雙林」拆成「又木」。不過，從此我再也沒寫過「寫著寫著，你自己都不知道你寫了個啥」這種令人精神很分裂的文字，太煎熬。

誰知這酒剛剛喝了一口，我、魯勇就和兩腳獸、兩腳獸的

朋友打了起來。四人各舉著一瓶啤酒碰了碰,表示歡迎兩腳獸的朋友。灌了一大口酒後,各自放下酒瓶,魯勇突然問了我一句,「今天你們去武鋼遊行,效果怎麼樣?」我搖搖頭:「感覺挺失敗的。」兩腳獸就咧嘴衝我笑:「盡胡折騰,有啥用。」你為了解決組織問題、為了當主編,不去遊行,我能理解也能諒解,但你沒有資格嘲笑遊行。我沉下臉來,叱視了兩腳獸一眼。兩腳獸看出我的不悅,尷尬笑笑,這笑裡沒了剛才的不無得意。兩腳獸沒再說話,他的朋友卻把話接了過去:「就是。胡折騰,多冤,把小命都給白搭上了。跟共產黨弄這個,純粹是找死……」我氣得站起來,把瓶子往桌上一蹾,指著兩腳獸的朋友吼道:「滾,你從這兒滾出去。」兩腳獸的朋友也站起來,瞪著我說:「你怎麼罵人。」「你他媽的還是個人嗎?共產黨殺了那麼多手無寸鐵的學生,你不譴責共產黨,反倒嘲弄學生!罵你?今天我要揍你。」罵完,我繞過桌子衝過去就要揍兩腳獸的朋友。兩腳獸伸手攔住我,說:「他是我朋友,你揍他,就等於揍我。」好吧,那我今天就揍你。我揮拳砸向了兩腳獸。當兩腳獸的朋友衝向我,要助拳兩腳獸時,魯勇大喝一聲:「魯爺我,今天幫雙林了!」撲上前去,一把就揪住了兩腳獸的朋友。十平米的宿舍裡,擺了兩張上下鋪的鐵架床和三張書桌,極其狹窄,四個人根本展不開拳腳,只是扭打在一起。書桌被撞翻了,幾個沒開的啤酒瓶爆裂了,接連發出幾聲「嘭嘭」的巨響。整棟宿舍都被我們驚動了,作家班好幾個同學衝進來,把我們四個扭打在一起的人,強行拉

開了,把兩腳獸和兩腳獸的朋友拉回了兩腳獸的宿舍。

　　二〇〇三年,重慶解放碑新華書店的大門口,立著一個彩繪廣告,廣告牌上兩腳獸笑咪咪望著來來往往的路人。照片下一行字很醒目:新山藥派文學巨匠立言先生蒞臨山城與讀者見面簽售會 X 月 X 日在本店舉行,敬請光臨。下面是立言長篇小說《我的母親河》的圖片:上下兩卷,一本平躺著,一本立著凸顯著書脊。二十年了,照片上的兩腳獸沒根本性變化,笑容很熟練,很官方。我本想衝著兩腳獸的照片伸一個中指,沒伸,就衝著他的照片,做了個鬼臉,表示鄙夷的鬼臉。幾個行人對我的怪相,發出了異樣的目光。我走進書店,書店最顯著的展臺上,擺滿了兩腳獸的書,我抓起一本翻開,看了看勒口(註16)上的作者簡介:立言,本名楊立德。晉省宣傳部副部長、晉省作家協會主席......

　　當我的呼吸開始喘勻了時,缺氧的腦袋突然異常清醒,為自己感到慶幸,這麼多啤酒瓶爆炸,玻璃碎片四處飛濺,竟然沒割傷任何一個人。我在心裡暗罵了自己一句:媽的,我確實是喝狼奶長大的一代!同時,我也暗自嘲笑自己,這場鬥毆被啤酒瓶爆炸鬧得陣仗很大,其實卻打得很娘們兒,扭在一起推來搡去,沒一點技術含量。重慶話稱這為「打婆娘錘」。屋裡一遍狼藉,拋灑了一地的吃食,真正成了垃圾食品。十幾個啤酒瓶全破了,泛

著白沫的地面溼漉漉的。魯勇指著地面，笑著對我說：「真他媽的可惜，一瓶也沒剩。」我爬上上鋪，從擱在上面的木箱裡，掏出了瓶瀘州老窖，遞給了魯勇。魯勇邊「哈哈」大笑，邊罵我：「雙林，你不地道，這麼好的酒，一直藏著。走，到我哪兒喝去，你這太髒亂差了。」我一把拉住了他：「我帶你去另一個地方喝。」

　　帶魯勇去武大的六一紀念亭喝酒，是我瞬間冒出的念頭，如流星在腦際間掠過，沒有預設更沒有邏輯性。從楓園走到大校門，我們都要途經六一紀念亭，去時它在左側，歸來時它在右側。雖然它離主路並不遠，但小小的紀念亭已被樹木遮掩，不走近，看不見它，但每次從它身邊經過，特別是遊行時，我都會下意識地扭頭朝它聳立的方向望去。我第一次走進武大、走進這座紀念亭時，是小學五年級的學生。二十多年後，我又一次進入這座六圓柱六翹簷的六一紀念亭，除了圓柱、立在亭中的石碑刷了紅漆、亭內沿柱修了一圈木凳外，與二十五年前並無差異。此時，附近路燈、建築上散射過來的光亮，使亭內一切都影影綽綽，卻並不黑暗，魯勇一手撫在碑上，環顧亭內，很詫異地問我道：「為什麼拉我到這兒來喝酒？」我如實回答：「不知道。」他沉吟片刻，又開口道：「有點弔詭，都在六月。六一，國民黨開槍槍殺共產黨領導的學生運動裡的學生，六四，共產黨開槍槍殺學生。還是共產黨厲害，國民黨在武大殺了三個學生，四十餘年

後,共產黨在北京殺了幾千學生。唉⋯⋯」他從我手中取過酒瓶,撐開瓶蓋,舉瓶仰脖喝了一口,又把酒瓶遞給了我。我把隨身帶來的袋裝魚皮花生和榨菜撕開,鋪在條凳上,接過酒瓶也仰脖喝了一口。我告訴他,江湖的舅舅、秦雲潮的博士導師甄國光教授,抗議北京槍殺學生,一人在家絕食了近三天,才被人發現送進了醫院。他,當時就是中共地下黨員,武大的老師,那場學運的組織者之一。六一慘案發生後,他也被捕入獄了。已把酒瓶遞到嘴邊的魯勇驚住了,沒喝酒,嘴裡發出了一個「啊!」

剎那間,我突然明白我帶魯勇到六一亭來,並非是流星劃過腦際的心血來潮,而是和兩腳獸打過架後心頭湧起的那句話「我們終究是喝狼奶長大的一代人」。我親歷了饑餓時代文革時代知青下鄉時代,恢復高考我又被扣下准考證,不能入大學讀書,誰知十年後,人已中年,竟又成了武大的學生,親歷了這場六四⋯⋯這一切似是天意又似是宿命。我從愣怔著的魯勇手裡奪著酒瓶,舉瓶喝了口酒,又把酒瓶還給魯勇,對他說道:「年近中年,我能成為武大學生,而且親歷了這場學運,感覺一切都是命定。跟你講個我跟這六一亭有關的真實的故事⋯⋯」

16

　　一九六四年六月一日,是戴菱角戴上紅領巾、正式入隊的日子。我和戴菱角走到學校時,天已漸漸亮了,但天色並不好,天幕低垂很陰沉的模樣,一副別人借了他的米還給他糠的表情。在我的印象裡,武漢的每個六一兒童節幾乎都這樣,不是烏雲滿天就是細雨翻飛,這一天從不陽光燦爛。

　　電影《林海雪原》風行時,留級到我們班的戴菱角除了「留級包」外,又有了個新綽號:傻大個兒。電影裡一個土匪的綽號。這土匪人高馬大、邋裡邋遢,一副蠢相,傻了巴嘰的。戴菱角留了兩年級、比同班同學大兩、三歲,排隊站在一起時,戴菱角比所有同學都高出半個頭。戴菱角學習成績不好,穿得破破爛爛,跟電影裡那土匪不僅神似,還很有幾分形似。因為貼切,傷害性大侮辱性更大。戴菱角為這綽號,跟人打了無數次架。打架,他幾乎全贏,卻從沒有過勝利的喜悅。當他又一次把一個喊他綽號的男同學,摁地上磨擦時,幾個對他行為表示憤慨的女同學,站在遠處有節奏地齊聲高喊:「傻大個兒!傻大個……」意想不到的一幕出現了:戴菱角鬆開挨揍的同學,自己一屁股墩坐地上,號啕大哭……班主任胡老師被激怒了,放學後,他把全班留下開會,問了大家幾個問題:「為什麼大家要孤立根紅苗正的

戴菱角？為什麼戴菱角接連兩次留級？胡老師的解釋是，這是階級、階級鬥爭意識薄弱的體現。親不親階級分，你們為什麼要欺侮一個真正的貧下中農子弟、工人階級後代呢？」其實，我們班絕大部分學生都是工人子弟，這所學校絕大多數學生也都是，不然我們這所小學就不叫工人子弟小學了。胡老師還把戴菱角的頑劣和兩次留級，歸究到學校沒把政治擺在第一位的結果⋯⋯說著、說著，胡老師淚眼婆娑了。胡老師把這件事情上升到了政治層面的階級鬥爭意識淡薄時，同學們不是被胡老師的話胡老師的淚感動了，而是被震懾住了。從此，全班主動接近幫助戴菱角成了一股風氣。

胡老師自己的成分並不好，一九六五年的農曆春節前，胡老師寫了份公開聲明，正式和剝削階級的父母斷絕了一切關係。至今我仍相信當時胡老師的真誠，並非虛偽也並非矯飾，他真誠地改造自己，也真誠地改造著我們。胡老師的改造是有成效的，奇跡也發生了，戴菱角期中期末考試成績全及格，也幾乎不打架鬧事了，學校少先隊(註17)大隊部批准了戴菱角加入少先隊的申請。從此，我們班成為紅領巾班，全班所有同學，脖子上圍著、胸前垂著象徵被烈士鮮血染紅的紅領巾。也就在此時，胡老師徵得戴菱角媽媽同意後，把他「菱角」改為「永革」。永革，永遠革命之意。胡老師也成為我們學校和青山區學習毛澤東思想的標兵和優秀教師。

戴菱角入隊宣誓儀式放在武漢大學六一亭舉行，是胡老師的倡議，不僅得到學校的支持和同意，校廣播還進行了公開表揚。我們學校地處城市邊緣，如果不是胡老師偶爾弄出些動靜，社會上沒人會注意到它的存在。胡老師說為鍛鍊我們，選擇走鄉間小路、穿越東湖去武大。如果坐公交車，恐怕戴菱角家裡也拿不出這一、兩毛錢來。很多年以後我才能想明白，戴菱角的顢頇頑劣甚至愚笨，是因為貧窮。跟階級、階級鬥爭，風馬牛不相及。因為我們絕大多數同學的父母和戴菱角的父母，同屬一個階級。我們學校的同學，絕大多數是隨父母從四面八方來到這裡的外來人，戴菱角是真正的土著，他生活的戴家灣，很有點像美國印第安人的保留地──大片的農村，已被武鋼大規模的工廠和簡陋的工人居民區所淹沒，戴家灣這個二、三十戶人家的小鄉村，出於某種偶然而存留了下來。雖然戴菱角死於工傷的父親是武鋼工人，但他也只是因為土地被徵用而進入了工廠。因為土著因為農民因為戴家灣，甚至因為土得掉渣的「戴菱角」三個字，一口濃郁標準武漢青山話的戴菱角，很難融入到這個以東北腔普通話為主的外來戶的人群中。只要數量足夠多、只要數量足夠集中，強龍完全可以碾壓地頭蛇。

　　胡老師對於我們，充滿了魅力，為錘鍊意志，他不穿毛衣棉襖，僅憑單衣或夾衣熬過武漢可達零下十度的冬天。胡老師不

僅是青山區萬米長跑的冠軍、還能用帶點江浙口音的普通話，神采飛揚、抑揚頓挫地背誦所有已公開發表的毛主席詩詞……當胡老師宣布，讓同學們帶上鍋碗瓢盆、柴米油鹽，為戴菱角舉辦入隊宣誓後，我們將在武大校園或東湖園內進行野炊。胡老師這個決定，在班裡引來的歡呼聲比宣布戴菱角在六一紀念亭宣誓入隊還要熱烈。戴菱角敲我家窗戶時，背上已背著一口比天黑還黑的鍋了。兩隻鍋耳用麻繩拴著，戴菱角斜挎在背上。天亮時他才發現，他潔白的新襯衣上，肩部已被鍋灰染黑了一小塊。大約走不到武大，他的白襯衣會變成黑白相間的襯衣了。全班同學衣著是少先隊員的標配，藍褲子白襯衣，脖上一條紅領巾。戴菱角也如是，不同的是，他脖子上沒有紅領巾，那是他宣誓入隊後才能戴的。戴菱角扭頭望著肩上的那塊黑汙跡，癟癟嘴想哭，胡老師沒讓他哭出來，他先解下戴菱角背上的鍋，又用粉筆塗抹襯衣上的汙跡，又皺著眉想了想，讓戴菱角把白襯衣脫下來反著穿，果然，襯衣上那些黑跡就顯得很淺幾乎看不著了。而那口鍋，就被胡老師一直拎到了武大。

　　一隊身著白襯衣、胸前垂著紅領巾的男女少年，被火炬加五角星的少先隊旗導引著，行進在鄉間小道上。少先隊隊旗在風中飛揚，「我們是共產主義接班人……」的隊歌在烏雲低垂的田野上激蕩……革命和理想，無論真的或假的，天生就具有浪漫主義的色彩。

在中共武漢地下黨領導組織下,一九四七年五月二十二日,由武漢大學發起並聯合武昌各大中學校學生,舉行了「反饑餓、反內戰、反迫害」示威遊行。學生遊行隊伍去往漢口行轅請願被阻,武漢大學一千四百多學生,轉往位於彭劉揚路的湖北省國民政府,占領了除湖北省財政廳外其餘各廳局辦公室,並搗毀了部分辦公室,砸毀了蔣介石的畫像⋯⋯一九四七年六月一日凌晨三點鐘,一千多名國民黨軍警,以抓捕共黨為名,包圍了武漢大學,開始了大搜捕。早晨六點鐘,有學生首先衝出宿舍,試圖營救老師和學友。軍警的汽車被圍,車上的司機被強行拉下車,玻璃和方向盤被砸⋯⋯突然,一顆信號彈升空,軍警們齊開槍,頓時,校園內槍聲大作、硝煙瀰漫。這次慘案中,黃鳴崗、王志德、陳如豐三名學生被槍殺,重傷三人,輕傷十六人,逮捕師生員工二十四人,其中有教授五人,江湖的舅舅甄國光教授就是其中一位,是為六一慘案。在全國各界各大學聲援之下,六月四日,所有被捕人員均被釋放、武漢警備區司令被撤職,同在六月四日,武漢大學「六一」慘案善後委員會召開聯席會議,決定在校內建造一座「六一紀念亭」;六月二十二號武漢大學舉行追悼六一慘案死難烈士大會;十一月六一紀念亭建成⋯⋯

　　六一紀念亭並不大,亭子裡容不下全班同學,幾乎有一半同學站在亭外參加了戴菱角的入隊儀式。當戴菱角面對少先隊隊旗

宣誓畢、脖子上圍上簇新鮮紅的紅領巾、全班高唱起「我們是共產主義接班人」的少先隊隊歌時，一直陰霾著的天空，飄下了細密的小雨。我們打著隊旗，來到一幢必須通過又高又長的臺階才能抵達的宿舍（老齋舍）前。沿臺階，有一條蜿蜒的血痕，是比照六一慘案死難學生流血的原跡鑿成。戴菱角俯身用手摸了摸血跡，驚訝地說：「油漆！」二十多年後，我入武大讀作家班時，去過已成為愛國愛黨教育基地的六一紀念亭、也去過櫻園尋覓過蜿蜒在高高臺階上的長長血痕。六一紀念亭依然在，但用油漆塗出來的血痕已無存。

中午時分，小雨越來越細密，我們的衣服基本溼透了。我感到又冷又餓，除了戴菱角依然亢奮、依然精神抖擻外，其他同學都顯得蔫頭耷腦、有氣無力。野炊，肯定是泡湯了，餓著肚子在雨中行走一、二十里路回家，也是不可能完成的任務。胡老師領著我們到距六一亭幾步路的武大體育館避雨，他帶著戴菱角和另兩個同學，出去為大家找吃的。藍琉璃瓦蓋頂的武大體育館，給了我雄偉金璧輝煌的感覺，震撼了我。我從沒見過室內的籃球場，更沒想到，巨大的籃球場竟然可以安放在這麼漂亮宏偉的屋子裡，籃球場的地面竟然還是鋥光瓦亮的木板。我考入武大作家班後才知道，這座中西合璧的建築，是民國原總統黎元洪的兩個兒子捐建，曾名宋卿體育館（黎元洪，字宋卿）。一九四七年，武大六一慘案追悼大會就是在這裡舉行的……

「哎呀」一聲尖叫，我從被武大體育館震撼的愣忡中醒了過來，我手裡拎著的鍋，鍋底蹭到了一位武大女學生的腿上，她的淺色褲子上留下了很大一塊黑黑的汙跡。鍋是胡老師走時，交給我的。女同學一副要哭的模樣，埋怨我說：「你怎麼能把鍋帶到這裡嘛。」我低下頭，囁嚅著說不出話來，真想手上有根隱身草，把自己隱身了。她身邊一位男同學，很不屑地瞟了我和我的同學們一眼，又用很鄙夷的口吻說道：「你們是從那裡來的喲？拎著口鍋亂竄，像一群討飯的小叫花子嘛。這裡就不是你們該來的地方。趕快滾出去！」我很內疚，一年，甚至兩、三年，我媽才可能給我做條新褲子，而我用一口鍋，幾秒鐘就把人家一條褲子給毀了。但那位男同學鄙視的目光、侮辱性的言詞、粗暴的驅趕，又深深刺痛了我，也激怒了我，我的野性隨著工人村賦於我的粗話髒話飆了出來：「操你媽！誰要飯的？誰小叫花……你他媽的有什麼了不起？老子也會到這個學校來讀書的！」野性迸發的同時，我也立下誓言：我要成為武漢大學的學生……

　　我的故事講完成後，魯勇問我：「戴菱角後來呢？」我告訴他，戴菱角在文革後期的一九七〇年被槍斃了。一九六七年八月，因他端著的機槍走火，誤殺了對立派組織的兩、三個人。魯勇沉吟不語，我又補充說：「槍斃他那天是臘月二十八，年三十的前兩天。我親眼見他被五花大綁、架在解放牌汽車上遊街示

眾,他胸前吊著的『戴永革』三個字的牌子上,用紅筆打了三個X,特別刺眼、特別醒目!當時,他未滿二十歲。」魯勇仰脖悶了一大口酒,依然不語。隱約間,我似乎聽他似有似無地歎息了一聲,我不敢確定,也許只是我的幻聽。毫無徵兆,魯勇突然就開口唱起了歌:「長亭外,古道邊,芳草地連天／晚風拂柳笛聲殘,夕陽山外山／……／一瓢濁酒盡餘歡,今宵別夢寒。」這本身自帶空寥悲涼的歌,我聽過無數次,即使童聲合唱,除添幾分空靈外,我從沒有從中聽到輕鬆歡樂。如今魯勇嘶啞的男低音在亭中低迴,我雖感受到了悠悠的蒼涼淒美,感受更多的卻是一種身體懸空後緩緩下墜的感覺。

很多年很多年以後的二〇一六年,我把戴菱角和他姐姐戴荷花的故事寫進了長篇小說《八月欲望》裡,而魯勇已無可能讀到我這部小說了。我解讀他寄給我的最後一封明信片裡的「回家」,就是蹈海……

17

  晚上七點鐘了,天還未完全黑透,華燈已初上,而蒸騰的暑氣依然逼人。已是九月中旬,秋老虎依然兇猛,太陽的萬丈光芒讓難以散熱的山城重慶,形若巨大的烤爐。即使夜裡的空氣也如曬乾了的毛巾,擰不出一絲水,電扇攪起的風,燥熱而有質感,恍如床單被拖曳著滑過了全身。沒什麼食慾,勉強喝了碗涼稀飯,便在毫無涼意卻有類安慰劑作用的電扇下抽著香菸。我的心境比天氣還焦躁。今天冒著酷暑又去了一趟重慶市教委,近兩個月了,這是我第四次到重慶市教委。重慶市教委仍然沒有接收到我的檔案。市教委接待我的一位女士,雖很客氣,但我從「收到了,我們肯定會通知你的」話中,隱隱感覺到一絲絲不耐煩。我給武漢大學學生處寫了封信,告知他們重慶市教委沒收到我的檔案,我的工作分配被擱置了。至今,我未得到武漢大學學生處任何回音,這讓我感到極度不安,總覺得這背後有點什麼,但我又無法知道背後的什麼是什麼。我數著日子,寄給安寧教授的是二角錢一張郵票的航空信,已經十天了,安寧教授應該早就收到了,他為什麼還沒回信呢?我的心境比重慶的氣溫還要焦躁,但我極力忍耐著,沒有表現出來,因為卓嫚的心境比我更惡劣。

  卓嫚也只吃了幾口涼稀飯,就陰沉著臉、步履沉重的又去

系裡參加政治學習了。一九八九年九月七日,中共中央下發文件〈關於在部分單位進行黨員重新登記工作的意見〉文件稱,平息反革命暴亂後,通過清查、清理和黨員登記,堅決肅清黨內敵對分子、反黨分子,清除政治隱患,保持黨的純潔性和先進性……所謂部分單位,就三大類:一,中央及各省、自治區機關的黨員;二,發生動亂的大中城市的機關、大專院校的黨員;三,省、市委認定發生動亂的單位……有組織大規模的清查清洗清算的秋後算帳,就這樣先從黨內全面展開了。妻子卓嫿從小學、中學、大學到研究生畢業後又進了大學做老師,典型的從家門到校門又到校門的「三門」人士,嚴重缺乏社會經驗。作為學霸和乖孩子,她大學二年級就入黨了。我嚴重懷疑,她愛上我嫁給我,或許就是出於逆反,因我是個典型的壞孩子。出門前,她又低聲跟我說:「老公,我就承認我在武大已公開退黨了,不勞他們清查、清理了。天天這樣子學習,昧著良心開口就是假話,不開口不表態,還不得行……人硬是要被整瘋,心裡好煩好煩,我感覺我現在特別分裂,真的要崩潰真的要瘋了……」為這事,我們討論過,於是我再次安慰她叮囑她,忍,只有忍,儘量少開腔少說話,武漢大學的事提都別提。我也告訴她,這事牽扯面比較多,如果妳承認了,需要妳指證他人時,妳指證還是不指證?萬一妳不僅被開除出黨,還要被開除公職,我現在又處於這麼個狀態,我們怎麼辦?這需要認真考慮、從長計議。我告訴她,我的內心也很糾結很分裂。我很想告訴她,妳加入的不是一個現代社會的

政黨，而更像一個清幫紅門似的幫會組織，你們的入黨誓詞就充分體現了這一點。要想從中退出來，必須要有遭受三刀六洞的身體和心理準備。妳一個弱女子，承受得起嗎？這後一句話，我沒敢告訴她。

卓嫚剛走不久，門簾突然又被掀了起來，一個平頭小個子男人闖了進來。天熱，我家的大門是敞開著的，只有一副薄薄的花布門簾象徵性地把門攔腰截斷。我很生氣地抓住了這人的胳膊，叱道：「你怎麼亂⋯」我「闖」字還沒說出口，來人抬頭望著我，我怔住了。眼前這個被我抓住胳膊的人，竟然是黎含章！我鬆開她細小的胳膊，也不管天熱不熱，反手把門關上，急不可耐地問她：「你們不是到了海外了嗎？雲潮一個人去了？妳沒跟他走⋯⋯」這時我才仔細看了看黎含章，跟她走之前相比，顯得又黑又乾瘦，上身罩一件寬大的男式 T 恤，更淹沒了她已沒剩多少的女性特徵。我看走眼抓住她的胳膊也正常。說他們到了海外，只是我根據與他們失聯時間的長短，主觀臆測的。因為這是最好的結果，我就把這臆測當真了。黎含章望著我，嘴唇微微顫抖著，卻遲遲說不出一句話來，突然轉身坐下來，埋頭大哭，哭得撕心裂肺，哭得渾身劇烈抖動。我沒有勸她，只是默默站在她身邊聽著她哭。從她的哭聲中我就知道，他們的廣州之行，結局肯定是個悲劇。她的哭引得我也想痛哭一場，我的眼睛潤了，但我極力強忍著沒哭。就讓黎含章痛痛快快哭一場吧，這哭也不

知她憋了有多久忍了有多久，十天二十天還是一個月了？大約五分鐘又或者大約十分鐘，黎含章的號啕慢慢變成了抽泣，我遞給她一張溼毛巾，待她擦拭了把臉後，又遞給她一杯涼開水。涼開水她一飲而盡，我又給她倒了一杯，她沒喝，把杯子放在了桌子上。我問她：「吃飯了嗎？家裡正好有涼稀飯。」她搖搖頭，說：「不餓，不想吃。」稍頓，她長歎了一口氣，哀哀地告訴我：「我們到達廣州的當天晚上，就被抓了。」我驚愕地看著她：「連妳也被抓了？」她點點頭。

秦雲潮和黎含章是一九八九年八月七號清晨抵達廣州的。他們八月五號晚上離開重慶，二十四小時後就到了廣州。近兩千公里的路，沒有高速路，走國道，即使人休車不休，這長途客車的速度也夠驚人。秦雲潮和黎含章並沒有我想像得那麼不老練，下車後就貿然闖去秦雲潮大伯的家裡。他們在距秦雲潮大伯家大約三、四條街的路邊攤上吃了午飯後，黎含章隻身一人去了秦雲潮的大伯家，投石問路探察情況。秦雲潮大伯住在約有十幾幢四層樓的一個小院裡，小院圍了圈象徵性的低矮柵欄，沒設大門更沒有門房門衛。黎含章沒去秦雲潮大伯家，只在這個院子裡、秦雲潮大伯居住那幢樓的四周轉了轉，沒發現什麼異樣，黎含章回去報告了秦雲潮。秦雲潮仍然很謹慎，並沒有立即去大伯家，而是決定天黑後再去。他們走進秦雲潮大伯居住的小院時，小院裡的所有路燈都沒亮（黎含章似乎是在跟我講述這件事時，才回憶

注意到了這個細節），沒有路燈，小院裡並不顯得特別黑暗，因為絕大部分住戶家中的燈都亮著。秦雲潮大伯家居住在二樓，當秦雲潮走近這幢樓時，抬頭望著他大伯家的窗戶時，頓時感覺到他大伯家的燈光是這小院裡最明亮燦爛的。他們走進了秦雲潮大伯這棟樓大門的過道時，這才感覺進入了伸手不見五指的暗夜。他們伸手伸腳去摸索臺階和樓梯扶手時，不知從何處衝出了四個人，衝向秦雲潮，然後緊緊地把秦雲潮摁倒在地上，一個低沉有力的聲音喝斥道：「不許動。我們公安局的，你被捕了！」樓道的燈「啪」一聲也亮了。黎含章先是被這一切驚住了，愣愣的不知所措。燈一亮，又見沒人理會她，下意識調頭就朝門洞外奔去。門洞外也站著兩個人，見她衝出來，抬腿使了個絆子，黎含章倒了下去，慣性讓趴著的她又朝前衝出去了大約一米，頭撞在路階上，就人事不知了。

　　我知道黎含章為何是個平頭了，應該是為了縫針，醫院給她刮了個光頭，一個月後，就平頭了。我問黎含章：「頭上縫了幾針？」她回答說：「不曉得縫了幾針。收了口的傷口我摸了摸，大約有兩寸多長。」她又苦笑著對我說：「幸虧我撞傷了，不然受的苦或許更多。頭被撞破後，我有段時間頭也一直發沉發暈，醫生說是輕微腦震盪，管它輕或重腦震盪，反正我就腦震盪，每次他們提審我，就是反覆詢問我和秦雲潮什麼關係、怎麼來到廣州的，之前去過什麼地方⋯⋯我要麼裝傻不說話，要麼就說啥

也記不起了，⋯⋯要不是他們從我身上搜出武大插班生錄取通知書，倒起查，查到我是重慶人家住重慶在重慶某單位上班，他們可能連我是誰都不會知道⋯⋯」

　　黎含章在醫院待了四天，在拘留所裡被拘留關押了十五天。出了拘留所，她找到了她在廣州的一個朋友，休整了一天，第二天她就離開廣州去了武漢。提審她的警察，雖然操的是普通話，卻帶有較重的武漢口音；顯然，抓捕秦雲潮的是武漢警察，這也是黎含章只被關押十五天，就放出來了的原因之一。主要原因還是警察用腳使了絆，讓她跌了一跤，摔破了頭摔出了腦震盪。雖然她已錯過武大的報到時間，但情況特殊，她希望武大能體諒原諒她。武大學生處一位辦事人員問她：「妳沒有收到我們寄給妳那份緊急通知書？」「緊急通知？」黎含章茫然地搖搖頭，「這一個月來，我人都不在重慶。」辦事員「哦」了一聲後，遲疑片刻，很有些歉疚地對她說道：「在有關方面的要求下，經緊急研究，學校決定取消妳的入學資格。寄給妳的這個通知書，就是取消妳入學資格的決定。」當學生處這位辦事員，忙著去請示領導、在文件櫃裡查找存檔的取消黎含章入學資格通知書副件時，黎含章已雙眼含淚，衝出了武漢大學的建於民國時代的行政大樓，跑到大樓側邊角落裡的一棵樹下，捂著嘴痛哭，渾身劇烈的抖動著，淚如雨下，卻沒有發出聲音。

短短幾天內，黎含章已經慟哭了兩場。前一場我雖沒見到，我可以想像到她大山一樣重的悲痛。她如同在懸崖絕壁上攀爬，即將登上命運轉折之頂時，手中握著登頂的繩索，卻被一刀斬斷了，她又跌落到迷茫的深谷中。今天見她哭，我雖不由為之動容，卻也沒有上前勸解她，凡事都有盡頭，哭也如是。讓她哭吧。我也不忍指責她，如果她當時聽我勸說，考試完了就返回重慶，事情的結果或許不是這樣的。但她反駁我、衝出門扔出的「哪還算個人嗎？」那句話也沒錯。所謂性格決定命運，其實，命運也決定了性格。

　　秦雲潮被捕，我也面臨著和黎含章一樣的問題。如果秦雲潮交待曾在我家裡躲藏過，我就有窩藏反革命的嫌疑，我查過，窩藏反革命罪，最高七年刑期。因檔案遲遲沒到重慶，我的工作單位無法落實，檔案的事我還沒弄清楚緣由，秦雲潮的被捕，又如在我心頭上添加了一塊大石頭……

18

二〇一四年五月三十日,江湖從大理飛到了北京。北京某個知名人士,邀了一堆全國知名人士,在自己的家中舉辦「六四二十五周年紀念座談會」,江湖也是受邀者之一。這個座談會還沒結束,與會的知名人士們坐在「六四二十五周年紀念座談會」橫幅下的合影,就已經發到了網上。江湖知道要出事,匆匆忙忙就離開了北京,飛回了成都,鑽進了四川洪雅縣的一座大山裡。他前腳剛走,參加會議的其他人,一一被警察帶走,或被傳訊或被拘留。在大山裡,江湖給女兒、大姐、二姐各寫了一封遺書,開出了一份詳盡的清單,列出他的上萬冊書籍、兩處房產、存摺和現金……的分配方式;然後,靜下心梳理了一下債務──人情債和實際債務,實際債務幾乎沒有,人情債倒是一大堆,朋友托辦的事,他都需要有個交待。於是,又提筆寫了十幾封信,交待各種未了未竟的瑣事,花了大約半個月時間,料理完這些事情後,他鑽出大山,一飛機飛回了北京,找警察報到去了。

七年後,二〇二二年七月,我抵達泰國清邁,江湖為我接風洗塵後的第二天上午,我們一起喝茶時,他問我:「師父,你寫了遺囑沒有?」雖然他的問話讓我很感唐突,我還是回答說:「沒有。」他說:「你應該寫了。我到泰國後,又重寫了幾份。」

我笑了笑，沒有回答。我能理解江湖，隨時隨地的危險危機造成的不安全感，以及生命的無常感，已深深浸到他的骨子裡去了。

我能迅速下定決心去泰國，到清邁寄居養老，很重要的原因之一，是江湖已在清邁定居近兩年了，為後來者奠定了很好的基礎。江湖是二〇二〇年春節前到的泰國，根據他小說《草》改編的一部電影，正在曼谷做後期剪輯，導演邀他到泰國探班，順便在泰國旅遊散心。導演選擇泰國做電影後期剪輯，就是為了省錢，這部預算本就很低的電影，費用已超出了預算。電影剪輯還未完成，新冠疫情就大爆發了。江湖被困在了清邁，而在這期間，又接連發生兩件事：一是他領隊去泰國北部清萊府美斯樂慰問國民黨老兵的視頻被發到網上，慰問老兵們的畫面上，一面青天白日滿地紅的大旗和無數面青天白日滿地紅的小旗，在風中舒展張揚，這引起了國內密切關注著江湖的有關部門極大的反感。這些老兵，既是抗戰的老兵，更主要的是，中共建政後，他們也是反共的老兵；第二件事，江湖的另一部長篇小說《營盤鎮》在海外出版，書悄悄流進國內，並有人組織召開了兩次網上研討會，引起了不小的轟動。有關部門怒了，舉辦網上研討會的網站被查封，各省市公安，開始追查書的來源，對購買此書或擁有此書者，依次傳訊、書被收繳……即使在黑暗的系統中，良知者也總會有的。有人從內部傳話給江湖：張網以待，方無當歸。江湖不能歸了，他把旅遊簽證，換成長居的養老簽證。他已年近

六十，符合泰國五十歲以上年齡可辦養老簽的要求。

二〇二一年七月七日清晨五點多鐘，我和妻子卓婭就靜悄悄出門了，怕行李箱輪子在地上發出響聲，我就一直拎著不算太重的行李箱，不敢讓行李箱在地上行走。我的這次遠行，除了雲樹教授，我們幾乎沒有通知任何親朋好友。就像拎著行李箱出門一樣，我們不想驚動任何人。因為我對我能否順利出境，心裡毫無把握，江湖也擔憂。一者，新冠疫情仍在持續中，不確定的因素太多；二者，二〇一七年三月的某一天，重慶文聯黨組一位副書記和市公安局國保大隊一位隊長，帶著幾個人來到我家裡。副書記用很沉重很慎重很嚴肅很惋惜也很遺憾的口吻對我說道：「我們受組織委託，特在此向您宣布，今年全市維穩工作會議上，您被確定為文學藝術界的異見人士。」我不知道被組織認定為「異見人士」是否和一九五七年反右劃分的「右派」性質是否相同，也不知道對我的管控將處於怎樣一種狀態，更不知道被認定這個「異見人士」有沒有時間限制，是臨時性還是長期性，二〇一七年重慶維穩會上確定的，是不是這一年過去了，這個「異見人士」的認證就失效了……從開始籌劃去國，這個「異見人士」的帽子就讓我感到悽惶恐懼，所以，我避開了為我戴了這頂「異見人士」帽子的重慶，選擇了從成都離境。我明白，我還不夠資格登上「禁止出境」的黑名單。早上六點鐘，我和妻子去火車站坐動車**(註18)** 去往成都。從不起早床的江湖，早上五點鐘（中國

六點）就從清邁給我打來電話，說：「莫要擔心，昨夜我占了一卦，坤卦。吉。出關應該沒問題。」

江湖的話讓我渾身一激靈，手機隨著胳膊不由抖動一下。他的話，突然間就激活了我三十五年前的一個記憶。三十五年前是坤卦，三十五年後還是個坤卦。天意，還是偶然？送我去成都的卓婭，感覺我神色有異，馬上停住腳步，焦急地問我：「怎麼，江湖那邊有壞消息嗎？」我笑了，告訴她說：「是好消息。」

一九八六年春天的某個星期六的下午，受我鼓動，辭職離開都亭，已借調到湖北省詩歌協會工作的江湖，和我一起回青山紅鋼城，他要去看望他大姐，我回家取些衣物，準備去重慶見卓婭。我已被離婚撕扯得傷痕累累，工作和生活也因此處於極端混沌不堪中，卻還要去重慶尋找愛情。江湖對此很不以為然，說得唇乾舌燥，極力勸我不要去重慶，但我毫不為之所動。漢陽門公交站附近有許多算命打卦的攤，江湖便拉著我說：「師父。這樣，我們去打一卦，若吉，你去重慶，若凶，便不去。我不再勸你。如何？」我點頭應允：「一言為定。」江湖四處看了幾眼，選了個卦攤，攤主是個瞎子。江湖跟他說好，只抽籤不算命。攤主說，一次抽兩籤兩毛錢。江湖說，我只抽一籤依然給你兩毛錢。說罷遞上兩毛錢，從卦攤上拿起籤桶搖了幾搖，讓我抽出一籤。竹籤上毛筆寫了四句話：腳蹬樓梯步步高，火燒竹子節

節響。好事隨風上柳梢,壞運脫了好運交。毫無文采和禪機的籤詞,下方還有兩個字:中上。中上即中間偏上的吉籤。江湖無話可說,對我一攤雙手:「我不再勸你。」說是不勸,坐在公交車上,他從兜裡掏出火柴盒,倒出了一把火柴,掏出鋼筆,把大約一半塗了些藍色,權當陰爻,不塗者為陽爻。他把陽爻陰爻混在一起,握在右掌中,讓我抽了六次。他把我抽出的六根火柴依次擺在左掌心,他吃驚地抬頭看了我一眼,又低頭盯著那六根火柴看。我也覺得很神奇,我從江湖手中一把火柴中盲抽的六根火柴,全是鋼筆塗了些藍色的陰爻。坤卦。江湖說:「占卦沒這麼簡單,我這只是便宜行事,事急從權。也不論初六或上六等爻詞了。我大致記得此卦卦詞『西南得朋,東北喪朋。』重慶西南方,你走得。」一改最初的態度,江湖似乎還有些鼓勵我走的意思了。我一直佩服江湖的記憶力,回去後,我翻書查了一下「坤卦」:「元亨,利牝馬之貞。君子有攸往,先迷,後得主,利。西南得朋,東北喪朋,安貞吉。」我愈發佩服江湖的記憶力。

或許就是這個「坤卦」給我的命運帶來了轉折。我去了重慶後的第二年,一九八七年,我離了十年也未離成的婚,終於離了;我考入了武大作家班;我娶了卓嫚⋯⋯這一年,我三十六歲。二〇二一年,我已七十歲,這年七月,將要背井離鄉寄居異國,而僅僅為了出境,我和江湖在電話裡像排演話劇一樣,虛擬了各種場景和狀況、設計了應對各種場景和狀況的臺詞⋯⋯他

還為我占出了個坤卦。從中國地理位置看，泰國依然是處在西南方向，我相信我能順利出境。「詩無達詁，易無達占」我堅信這個坤卦，帶給我的就是吉就是順利。我也不由在心中苦笑，我的生命過程，似乎就是從那個坤卦到這個坤卦，畫了一個很圓很圓的圓圈。在心底，我對神祕文化，很尊重但並不一定信服。嚴格說，也非信服或不信服，而是有意迴避。如果一個人真能預先知道生命全過程的每一個細節，那活著還有什麼意義、生命還有什麼意義？我的尊重，卻是真誠的，我認同一位作家說過的這樣一句話：算命、賭博……就是不服輸，就是要向不可知的命運和神挑戰。

我抵達曼谷後，雲樹教授為我寫了首詩，還在微信中給我留了一言：自由，似乎總在太陽的背後，追求自由比夸父追日還難……

19

　　武漢第一看守所的所有監房，大致都一個模樣：面積大約十多平米，而供囚徒們睡覺的倚牆大通鋪，幾乎占去了一半的面積，偎在角落裡的蹲坑，又占去了一米多的面積，餘下給囚犯們能夠活動的空間，不足三平米。所謂蹲坑，就是看守所監牢裡囚徒的廁所，囚徒們洗漱大小便的地方，一個逼仄的毫無隱祕隱私的全開放廁所。張瀚是從青山區看守所被轉移到漢口的武漢第一看守所的。突然從青山轉移到漢口，估計對他的開庭審判，即將開始。因此，張瀚就和李漢生同在一間監房裡呆了三天。這座監室裡還關有一個武漢重型機床廠的青年工人，他被抓進來，是因一九八九年六月五日，他給中共中央寫了封公開信，抗議和譴責解放軍槍殺學生。在他的苦苦哀告之下，頭兩天，張瀚暫時躲過牢頭的霸凌和虐待，他並不認識張瀚，他為他求告，或許只因為他和他都是大型工廠裡的青年工人，犯的也是同樣的事。和尚不親，帽兒親。第三天，牢頭說，事不過三。牢頭又說，躲得了初一，躲不過十五。牢頭喊他的兩個馬仔（註19）把張瀚押到自己跟前，他對張瀚笑道：「老子問你幾個問題，答對了。我就放你一馬。」張瀚只好點點頭。牢頭問：「煤炭，是黑的還是白的？」張瀚未加思索，立即答道：「黑的。」「啪！」牢頭揚手就搧了張瀚一耳光：「回答錯誤，煤炭，白的。」張瀚欲朝前衝，衝向牢

頭,牢頭的兩個馬仔緊緊反撐住了張瀚的胳膊,使他動彈不得。牢頭又問張瀚:「足球是圓的,還是方的?」這次張瀚想了想,回答說:「方的。」「啪!」牢頭揚手又給了張瀚一耳光:「錯。足球是圓的。」暴怒了的張瀚突然掙脫了馬仔的束縛,反手就給了牢頭一個大耳光。牢獄裡的囚徒之間,並沒有法律,只有叢林法則,誰拳頭大誰拳頭硬,誰就是法律。牢頭能成為牢頭,除了他人高馬大,還因他是殺了人的重罪犯,張瀚根本不是牢頭的對手,牢頭抬起一腳,踹在張瀚的小腹上,張潮朝後一仰,就倒在了地上。牢頭一聲喊,「都給老子上,打他狗日的!」牢頭威嚇下,監室裡的囚徒們只有一擁而上,圍著張瀚就是一頓拳打腳踢。牢頭似乎仍覺不解恨,從通鋪上扯起一床被子,甩過去,吩咐道:「把他裹起來。」牢頭的兩個馬仔立即把已被打懵了的張瀚緊緊裹在被子裡。牢頭跳過去和兩個馬仔一起,把張瀚扛上肩,邁上離地約五、六十公分高的通鋪,走在前面的牢頭,臉上帶著笑,被笑撕裂的大臉龐,顯得猙獰,但這並沒影響他大聲哼著節奏緩慢的哀樂。三個人抬著被緊緊裹在棉被裡的張潮,踏著哀樂的節奏,如同抬著一副棺材,緩緩地從通鋪這頭走向了通鋪靠近蹲坑的那一頭。牢頭面向蹲坑時,嘴裡的哀樂停了,高喊一聲:「舉起來!」三個人把裹在棉被裡的張瀚高舉了起來,牢頭又一聲:「一、二、三,扔!」被棉被緊裹著不能動彈的張瀚,被扔進了蹲坑,他的頭,砸在了堅實的蹲便器的邊緣上,悶響聲中夾雜著頭骨破碎的「哮哮」聲,張潮的腦袋崩裂,雪白的腦漿

濺得蹲坑四處都是⋯⋯

可能我的臉色顯得很陰沉、也可能我的眼睛發紅了，坐在我對面的李漢生不再看著我，垂下眼睛，很小聲很歉意地對我說道：「他們也曾這樣整過別的新來的獄友，但沒死過人。棉被沒把張瀚的頭包好⋯⋯這牢頭後來被判了死刑。」事情雖然已經過去了三十多年，我仍然覺得張瀚的慘死，我負有一定的責任，我明知道當局對工人反抗的容忍度遠遠低於學生，我就不該帶他去找秦雲潮。殘暴血腥的「六四」之後，北京被逮捕的工人中，有好幾個被判了死刑，但他們沒敢判任何一個學生死刑——即使暗地裡用其他手段弄死，也不會公開宣判學生死刑。我想，我敢於肆無忌憚地去遊行示威，或許就因為我披著一個學生的身分。如果李漢生是在校生，他的作為也許不會導致他入獄判刑。我也能感覺到李漢生剛才那番話中，有自責有內疚，但他為什麼會自責內疚呢，難道他也在牢頭脅迫下，參與了對張瀚的群毆？

二〇二三年十月十六日下年兩點，只在清邁逗留了兩天的李漢生，匆匆而來又匆匆返回了老撾（臺譯寮國）的琅勃拉邦了。顯然，李漢生並不是來旅遊訪友，他是有事來找江湖。住在江湖家裡，他幾乎連門都沒出過。接風宴、送行酒都在江湖家裡，江湖下廚做的菜，也沒邀請他人，我住在江湖隔壁，又和李漢生有過一面之緣，江湖就只請了我作陪。也正因為如此，時隔三十四

年後，我才在無意中知道了張瀚的慘死。李漢生為何來清邁、為何來找江湖，我沒問，江湖也沒告訴我。但從他們交談的隻言片語中，我猜測李漢生此行，是來找江湖借錢。大約半年後，二〇二四年三月，江湖來找我問有沒有塞爾維亞的朋友，或是朋友的朋友有在塞爾維亞的朋友，我這才知道，李漢生去年從清邁返回老撾不久，就偷渡到了荷蘭，成了政治難民。江湖明知道我的交友範圍很窄，而他的朋友、讀者，遍布世界各國華人圈，他來問我有無塞爾維亞的朋友，有點問道於盲、死馬當作活馬醫的意思了。我笑他，他搖搖頭，說：「塞爾維亞太冷僻了，那兒，我也真沒有朋友，七彎八拐，也沒找到熟人的熟人、朋友的朋友。」我問江湖發生了什麼事，江湖告訴我，去年年終李漢生去了荷蘭成了政治難民後，今年就照方抓藥，給妻子兒子買了曼谷飛往貝爾格萊德的機票，飛機經停阿姆斯特丹時，她們溜出機場就應該去找荷蘭警察或前往荷蘭難民收容所。不知是那一個環節出了問題，母子倆沒出機場，竟然跟隨飛機飛到了貝爾格萊德。塞爾維亞對中國是免簽證國，於是母子倆就流落到了舉目無親的貝爾格萊德街頭。後來，一個世界性的慈善組織或人權組織，收容了李漢生的妻子和兒子，估計他們一家人團聚，可能還有一個比較漫長的過程⋯⋯

李漢生來時，我沒去機場接他，江湖一個人開車去接的，他走時，我說我也去送送他，江湖說：「好。」當李漢生拖著行李

箱,過了安檢,背影消失在機場深處時,江湖仰天歎息道:「我並非絕對相信命理術數,但每每見到漢生,細觀他的相貌,便知道他就是個苦命的人。唉⋯」我知道,江湖他不僅古文學養深厚,雜學也深得其髓。他說他是個自由主義者,同時也是個文化保守主義者。對文化保守主義,我雖並不以為然,但我能理解。我雖年長江湖十餘歲,但對傳統文化知之並不深,遠不如深浸其中的江湖,或也因此,江湖為其所困也未可知。我是在所謂唯物主義教育環境中長大的,但慢慢體會到,沒有任何人也沒有任何理論能解釋、解決這世界上存在的一切問題,於是,我對神祕文化充滿了好奇和興趣。我問江湖:「李漢生的面相不好,問題出在耳鼻口喉眉唇,還是額頭顴骨和紋⋯⋯」江湖對我苦笑著,連連擺手不答。

我見開車的江湖情緒比較低落,就要他把車停在一個叫大樹的咖啡館門前,邀他到樹上去喝杯咖啡。我和江湖除好酒好煙外,也好茶,但並不好咖啡。清邁的咖啡館無處不在、星羅棋佈般站立在街邊路邊擠在深巷裡掩映在林間臥伏在水邊田疇中⋯⋯這些咖啡館並不奢華,卻個個都洋溢著小資趣味的不同個性,會讓人不由自主地走了進去。泰國盛產咖啡,咖啡館裡的咖啡都不貴,一杯拿鐵或卡布其諾,五十泰銖,折合人民幣十元上下。在我看來,說咖啡館售賣咖啡,莫如說售賣的是閒暇和舒緩。大樹咖啡館,這咖啡館就真建在一棵巨大的傘狀的樹上。我們拾級盤

旋而上,到頂層也就第三層,找了個角落坐了下來。

　　江湖雖然被抓捕的時間,比李漢生晚幾個月,但他們被判刑的時間,卻幾乎相同。他們也同時被關進了武昌某座監獄,而且是同一個監房。於是,張瀚死前的一幕又開始上演,牢頭先挑李漢生問話,李漢生對我說:「我當時雙腿打抖,站都站不穩了,尿差點都流出來了。」江湖一把拉住了李漢生,很客氣地對牢頭說:「我來。」牢頭一愣,遂大笑道:「喲,他的褲襠破了,把你露出來了?」牢頭話聲剛落,江湖對他躬身作了個揖:「拐子(武漢話,有頭頭、大哥意),大家同是落難之人,何必再相互作賤。」牢頭大怒,一揮手,招呼眾人:「呵,還敢跟老子講這些?都跟我上,打他個狗日的!」江湖轉了個圈,依然雙手抱拳,對眾人道:「一手難敵眾拳,但如果我拼命,恐怕也會傷人。我請諸位兄弟給我個機會,讓我和這位拐子單挑……」眾人被江湖的氣勢鎮住了,何況提出和牢頭單挑,也合乎道上的規矩。牢頭暴跳如雷,一言不發,揮舞雙拳直撲江湖,江湖側身低頭,避過牢頭雙拳,然後把全身力量集於右手,指頭微曲拳如虛握,這拳不似拳,掌不似掌的四指骨節,直擊牢頭咽喉。江湖的力量加上牢頭前撲的力量,兩股力量疊加,只聽「歐」的一聲,牢頭前撲倒地,身體抽搐了幾下,竟沒了聲息。江湖立即上前,把牢頭翻轉身來,在他的背上猛擊幾掌,牢頭在大喘氣的一連串的「歐歐」聲中,醒轉了過來。在江湖家裡,李漢生呷了一口

酒，笑著對我說，就是從那一刻起，他決定崇拜江湖、做他的鐵粉……

李漢生和江湖在同一監室並沒多久，就調到另一個監獄了。江湖說，李漢生被弄走，是警方刻意安排，要脅迫他成為線人。一位監獄裡的管教，很同情李漢生的懦弱，就教了些他應對審訊逼供、被談話匯報的方法，李漢生竟以線人的身分，第一次告密，就告密了這位管教，導致這位很同情「六四」的管教被調離而不知所終。第一次告密，或也成了李漢生最後一次告密。出獄後，除了江湖，李漢生和所有朋友、獄友，完全斷絕了聯繫。無論餐聚茶聚，他一概拒絕，他也自曝了他的祕密身分，公開說：「我就是個下賤的線人。去了，我就必須去匯報，不去，不跟任何人接觸，我就沒什麼可以告密的了。」江湖說到此，又對我感歎道：「他這個人也真的是懦弱，抗不住脅迫，偏又良知尚存，又還有底線。活得很扭曲。唉…」

江湖情緒突然低落沮喪，不僅僅是因與李漢生的離別，而主要是李漢生淒苦的境遇，讓他感傷。在大樹咖啡館，江湖告訴我，李漢生好像就是個天生的倒楣蛋。入獄前，他的戶籍掛在省社科聯的集體戶口上，出獄後，省社科聯不同意他的戶口再遷回，他已被這個單位開除，沒資格沒理由遷回；省社科聯所在地的街道辦事處也不同意遷入李漢生的戶口，憑什麼？他既不是

我們的職工,又不是我們的居民。李漢生又不能把戶籍永遠落在監獄裡。警方告訴李漢生,他們可以讓他戶口落地武漢,但必須繼續做線人,李漢生拒絕了,他的戶口就一直懸浮在武漢的半空中。於是,李漢生只好回到老家,一個依傍在漢水邊的村落。他名漢生,也源自漢水這條大河。他曾是這個村落的驕傲、甚至是周邊百里數十個村落的驕傲,幾十年來,李漢生是這一帶唯一考上京城名牌大學的大學生。村裡同意收留他,但又不同意他落籍,告訴他的理由是,你是大城市的戶口,現在沒解決,將來總有一天會解決的。你把戶遷回來,就再也沒有機會解決了。沒告訴他的理由是,他戶口遷回來,可能會牽一髮而動全身,會涉及到全村土地、池塘承包、宅基地等一系列問題。回到村裡的第二年,李漢生聯合幾家鄰居,做了個綠色食品試驗小基地,綠色蔬菜、有機稻米⋯⋯收益不錯。第三年,亢奮中的李漢生就準備把整個村子弄成個大聯合體,種植養殖業全面綠色化。規模大、投資當然也不小,李漢生沒能在銀行貸到款,就發動村民們集資、借貸。第三年,汛期的漢水沖破一段堤壩,恰巧就讓李漢生他們村成了一遍水鄉澤國。李漢生的農業聯合體破產了,洪水退去,有不少村民提著菜刀,讓李漢生退還集資款,李漢生逃到北京投靠做了書商的江湖,不久,那些村民探得消息後,又追討到了北京⋯⋯中國雖大,似乎已沒有李漢生這個倒楣蛋的容身之地。二○一○年左右,李漢生在一個朋友的幫助下,到了老撾的琅勃拉邦。

江湖說到李漢生承認自已是線人並說線人下賤時，我的思緒發生了飄移。一九八六年，幾位當年反右運動中的受害者許良英(註20)、方勵之(註21)、劉賓雁聯名，給全國三、四十個有聲望的「右派分子」寫了封私人信件，建議召開反右運動三十周年座談會，讓大家通過座談，回憶歷史，認真汲取反右運動的歷史教訓，深入研究這個運動產生的原因和結果。為此，徵詢對參加會議者的意願和意見。其中有一位著名的科學家。這位著名科學家收到了這封私信後，他通過關係將此信交給了鄧小平，並又附上了幾句話，其中一句：「方勵之是一個政治野心家，他自稱是中國的瓦文薩。」因這位科學家的告密，不僅使這個座談會沒有開成，一九八六年十二月三十日，鄧小平召見胡耀邦、趙紫陽、萬里、胡啟立及何東昌等人談話，他說：「我看了方勵之的講話（應該是那封信）根本不像一個共產黨員講的，這樣的人留在黨內幹什麼？對方勵之、王若望(註22)、劉賓雁等人不是勸退的問題，要開除。」鄧小平在這裡，把寫信的許良英，誤認為了王若望。方勵之、劉賓雁、王若望很快被開除出黨。而那位告密的著名科學家，指望借此復職他反右時被免職的清華大學副校長，一個副部級的職位，沒想到他很快就成了全國政協副主席，遠遠超出他的期望值，成了副國級領導人。如果把吳天芒陷害江湖，也說成告密，那麼他的名、利、地位上，收穫也巨大。公開宣布退黨後，竟然很快就成了省文聯專職副主席、省政協常委，還成了

富翁。和簡單一樣，吳天芒以前的作協副主席，是個虛銜，只是榮譽的象徵，而文聯專職副主席，是配有專車、單獨辦公室、在編的省管廳局級幹部。著名科學家、吳天芒、李漢生同是線人，同是告密者，境遇竟然也大不相同。江湖說李漢生是天生的倒楣蛋，也不是全無道理。

哏了口不加糖的拿鐵，品咂著比較純正的苦澀，我把話題扯到吳天芒身上，再次和江湖討論起已無數次討論過的一個問題：我認為，吳天芒成為線人，應該始於一九八九年六月五日他在簡單退黨公開聲明以後。簡單退黨後即流亡海外，而吳天芒留了下來，並沒有走；簡單被雙開（黨籍公職），吳天芒雖被開除了黨籍，卻保留了公職。換言之，吳天芒後悔了他一時的衝動，為保留他已得到的名譽地位，妥協後做了線人，是種交易。雖然我的判斷，符合邏輯，江湖卻不太認同我的判斷，他認為吳天芒早就是了。當他從部隊復員到雲山縣文化館時，應該就被定向重點培養了。說他是線人似乎不夠準確，說特務間諜雖準確，但又不符合人們通常對特務間諜的認知。地下工作者，或許比較準確。吳天芒有才華，大家看得見，組織上也看得見。他有成為線人的潛質，組織上看得見，大家未必看得見。吳天芒成名進入省作協，成為作協副主席，有他自身的努力或許更得益於組織的路徑設計。我知道江湖的判斷也很邏輯，甚至比我的判斷更有說服力，但我希望江湖的判斷是錯的，因為吳天芒在雲山縣時，我和他只

是很一般的朋友，我們成為鐵哥們，開始於他從雲山縣調到武漢後。和一個線人曾是鐵哥們，我會有很強烈的羞恥感和深深的內疚，因為是我介紹江湖和吳天芒相識並成為朋友的⋯⋯

太陽西斜著要落山了，強烈的夕陽把大樹每片樹葉都映照得透出柔和的淡黃色的光。我和江湖喝完最後一滴咖啡，離開了大樹咖啡館。

20

　　二〇〇八年十月的某一天午後，我的手機響了，來電號碼是我的好朋友、重慶著名詩人袁盛的，來電位置顯示卻是四川瀘州：

　　——我問袁盛：「你跑到瀘州去耍，怎麼不喊我？」
　　——袁盛解釋道：「不是耍，是來瀘州酒廠參加中國作協組織的一個全國性的文學活動。回來，我給你帶兩瓶瀘州老窖。給你打電話，是有人托我問你一點事。你認識吳天芒吧？」
　　——我回答說：「當然認識。但我們之間好多年都沒有了來往、聯繫。」
　　——袁盛：「哦。他也參加了這個會。就是他托我問你。」
　　——我有點奇怪：「他托你問啥？」
　　——袁盛：「我們明天散會。他說，你如果願意見他，他就和我一起來重慶，和你聚聚，你不願意的話，他就從瀘州直接回武漢了。」
　　——我絲毫沒有遲疑，立即回答道：「不願意。」

　　這個時候，江湖討伐吳天芒的檄文〈恩怨情仇須了斷〉還沒有在網上發表，我對吳天芒陷害江湖的詳情並不十分清楚，我不

願意見吳天芒，似乎依然是出自我的本能和直覺。

一九九〇年三月的某日，一艘中國新型潛艇，正在西太平洋南中國海水下進行海試，另一艘三、四千噸排水量的中國海軍的中型軍艦，輔助海試，跟隨潛在海下的潛艇，航行在海面上。海浪捲著浪花拍打著這艘中型軍艦，飛濺起的海水珠玉般落在甲板上，又化作了一股股一汪汪海水從甲板上流歸了海裡。這艘航行在海面上的中型軍艦，除艦上的海軍官兵外，還有許多設計和工程技術人員，他們是來參與海下那艘潛艇海試的。靳非常所在的那家七八九或四五六的保密廠，也有工程技術人員參加了海試，因為這艘潛艇上，安裝了這家工廠生產的某個比較重要的部件。至今仍讓我迷惑而不解的是，靳非常竟也能參加這次海試，靳非常並非工程設計人員，只是這個廠黨委宣傳部的一個宣傳幹事。他能參加這個十分祕密海試的原因，看上去很有幾分荒唐，因為靳非常是他們廠唯一會使用宣傳部那臺攝像機的人，而帶隊參加海試的廠領導，希望靳非常用攝像機記錄下四五六或七八九廠的高光時刻，就帶上了靳非常。靳非常的父親，就是這個廠的黨委書記，轉業地方前，曾是某海軍基地作訓部的部長。靳非常的童年幾乎是在海邊度過的，他懷念大海懷念軍港懷念軍艦……他最喜歡的流行歌曲，不是已風靡大陸的鄧麗君的歌曲，而是蘇小明唱的〈軍港之夜〉。因此，靳非常要求去參加海試就顯得不那麼荒唐了。而實際上，海試中能允許靳非常拍攝的內容非常有限，

軍港不准拍、浮出海面的新型潛艇不准拍、他們廠製造的關鍵部件更不准拍⋯⋯靳非常只好拍大海拍海鷗拍海上的日出日落，拍海試論證會的會場和參加論證會的廠領導。不知道靳非常是預先就有了準備，還是臨時起意，他偷拍了浮在海面上的新型潛艇的全貌、堆放在那艘中型軍艦會議室桌子上的幾份文件⋯⋯後來，這些文件被法院定性為機密級，換言之，靳非常取得的這些東西，在保密度級別的劃分中，屬最低級別，即使洩密，傷害性也有限。也就是說，靳非常得到的情報價值並不高，不高到讓我懷疑這些東西就是一個誘餌⋯⋯

同是一九九〇年三月，武漢的春寒料峭中，江湖的「江海商貿公司」開張了。公司在黃鶴樓腳下的仿古街上租了一套二樓房，樓下辦公室，樓上是江湖的宿舍兼各路朋友的落腳點、接待處。有人問江湖，為什麼這公司不叫江湖，叫江海？江湖說，我弟弟就叫江海，借他名字一用。江湖是老么，有姐姐沒弟弟。事起倉促，來不及仔細琢磨推算，江湖就從街面上滿眼皆是的「生意興隆通四海，財源茂盛達三江」上下聯中各取了一個字。江湖不想與人細說，於是憑空他就有了個弟弟。我能在都亭與江湖的初見中，強烈建議江湖走出大山，就是他身上那股可見的濃郁的文人氣、軍人的血勇、江湖上的豪俠⋯⋯讓我直覺到，此年輕人非池中之物，都亭這地兒太小，難以讓他馳騁。江湖雖然呈現了極為複雜的一種個性，但我在他身上，並沒看出他有經商的天

賦,因為,無論文氣血勇豪俠……都與算計不相兼容,江湖辦商貿公司,起因於吳天芒的謀劃,不過吳天芒謀劃的並非生意,而是革命,或者說準備、籌備革命。營救汪濤失敗,回到武漢的江湖,很消沉,天天都借酒澆胸中難平的塊壘。而就在此時,往昔交往並不特別頻密的吳天芒,卻成了江湖三天兩頭聚在一起喝酒的酒友。一次,只有他二人在江湖小東門租住的小破屋裡對酌時,吳天芒激勵江湖:「江湖,我怎麼覺得你很消沉,我們不能消沉啊,要振作起來做些事,這樣,才對得起天安門的烈士們、牢獄中的弟兄們,對得起我們的良心……」沒等江湖品咂出吳天芒話中的滋味,吳天芒起身告辭了。幾天後,吳天芒邀江湖到他家中喝酒。酒和兩、三個菜,擺在吳天芒書房的書桌上。關上書房門,幾杯酒入腹後,他略微壓低聲音問江湖:「記得我上次跟你說過『要振作起來做些事』嗎?」江湖笑著回道:「當然記得。老兄說話做事,向來神龍不見首尾。這幾天我正在揣摸領會呢。」吳天芒對江湖不無譏誚的話,報以一個寬容的笑,繼續說道:「我反覆思考,覺得天安門大屠殺後,改革已死。改革必然會死,因為改革深入下去,自然會危及到共產黨的核心利益、政權。而這場改革本質上是為了維護政權,當改革危及到共產黨的政權時,天安門大屠殺就出現了。天安門學生運動的失敗,恰恰就因陷在這個誤區裡了。當然,從策略上說,導致失敗的因素也很多,這,我就不多講了。我的意思是,如果要形成真正的改革,就是必須從根本上改變、改造共產黨、甚至推翻共產黨。而

我現在想做的具體事情,是儘快籌辦一份地下刊物和報紙,聯絡各方志同道合的朋友,逐漸建立起一個以爭取民主自由為目標為綱領的嚴密組織,以此為基礎,掀起一場真正的非暴力的改革運動⋯⋯」吳天芒臉色泛紅、情緒亢奮的侃侃而談,江湖那一腔有些冷卻的熱血,很快就被吳天芒的話燒熱了、點燃了。如果江湖的血,不那麼容易被點燃的話,他能夠察覺到吳天芒的話很空洞、策劃極粗疏,具有表演性,因缺乏細節,而實施操作的可能性很低。熱血已沸騰的江湖,端起酒杯,仰頭一口悶了,然後只對吳天芒說了一個字:「幹!」

這一年,江湖二十六歲多點,吳天芒三十六歲,江湖是很講究長幼尊卑的,當然尊吳天芒為大哥。大哥提規劃,細節和實際操作就落在小弟身上了。真正的刊物和報紙,不可能用蠟紙刻鋼版、用油印機印刷,而小印刷廠或許敢接盜版書籍類的業務,但絕不敢承印地下的政治刊物和報紙,盜印最多是刑事或經濟犯罪,罰罰款、頂多坐兩年牢,而印刷反黨的地下刊物和報紙,是反革命罪,不殺頭也可能把牢底坐穿。即使他們敢接,江湖也未必敢交給他們。江湖不消沉了,積極行動了起來,他對吳天芒說,如果要辦報辦刊,必須先要有自己的印刷廠,這需要錢。吳天芒說:「你先去摸情況,錢我來想想辦法。」江湖考察了印刷機的市場,購買新的印刷機,基本是不可能的事。印刷業屬管控極嚴的特種行業,先不說辦印刷廠,即使採買印刷機,繁複的資

質審核,就需蓋幾十個公章,其中包括公安局的公章。二手印刷機的管控,要鬆弛些,只要有印刷廠的資質證明,就可以購買。為此,江湖專門去了趟廣東,全國二手印刷機最大的市場在廣東佛山。從廣東歸來,他把考察得到的情況,告訴了吳天芒,一臺單色的半自動二手、三手印刷機,價格就在三十萬人民幣左右,一臺進口的二、三手海德堡自動四色印刷機,人民幣三百萬以上。江湖就說:「這可是一筆不小的錢呀。」吳天芒曾對江湖說過錢他來想辦法。吳天芒連連點頭:「數目不小,需要從長計議。」

　　吳天芒說錢他來想辦法,而兩個月裡,吳天芒給江湖送來三千塊人民幣,說是某個朋友的捐助。這點錢,只具有象徵意義,也許只夠購買印刷機上的幾個螺絲釘。江湖沒收這錢:「先放你那裡,需要時,再取。」就是在這種情況下,江湖的江海商貿公司誕生了。公司成立前,江湖專程回了故鄉都亭一趟,都亭縣有一個中型煙草廠,廠長是他父親的老部下、供應科長是他高中同學,江湖的迷弟和鐵哥們。江湖不僅拿到這個廠的部分原材料代理採購權,連江海公司的註冊資金二十萬,也是煙廠墊付一個月後,又返還給了煙廠。回都亭一趟,江湖不僅拿到了煙草廠部分原材料代購採買權,連都亭齊躍山煤礦部分原材料、都亭釀酒廠部分原材料代購採買權也拿到了。江海商貿公司有了個好的開頭,兩個月下來,帳上有了盈餘款兩萬一千八百元人民幣,江

湖框算了一下，照這個勢頭下去，一年多以後，有可能賺回一臺二、三手的單色印刷機。欣喜之餘，江湖猛然間想到，辦印刷廠需要租賃廠房和購買與印刷機配套的設備，這些費用加在一起，恐怕是一臺單色印刷機的幾倍。而且，印刷是個極專業的行業，必須聘請專業的檢字工、製版工、印刷工……此時，一直埋頭於創辦公司籌錢等具體事物中的江湖，這才意識到，即使辦一個小印刷廠，開支也在百萬元以上。如果不拓展業務，而以江海公司目前的盈利能力，恐怕需要五到十年的時間，而在達成目標的過程中，他很可能就會從一個詩人、文化人、革命者……逐漸演化成了一個以賺錢為目的商人。他在心中警醒著自己。雖然吳天芒有過一句「錢我來想辦法。」的話，似乎也只聽見樓梯一直響，卻很少見人下樓。這，江湖也能理解，雖只經商了短短一段時間，他發現經商賺錢，其實是件非常非常困難的事。

「吳天芒老師商海取得巨大成功後，終於開始厭倦了這種堆金積玉的生活，他脫下幾萬塊錢一身的西裝，套上汗衫，回歸寫作了。用他的話說，『一天掙個百把萬都難得興奮，書房才是我的歸宿。』」這也是摘自湖北某官網專訪吳天芒的那篇文章裡的文字。此時，距吳天芒當時對江湖說「錢我來想辦法。」不過十餘年的時間。或許，錢，對吳天芒來說，可能一直都不是問題……

一九九〇年七月，靳非常到了武漢，找到江湖的江海商貿公司。他很詫異，見面就問，有志於文學的江湖，出於正義而辭職的江湖，何以辦了個貿易公司：「你辭職回武漢，就為辦公司賺錢？」靳非常的詰問，江湖一時也難以回答。晚上，江湖請靳非常到路邊一蒼蠅館吃飯時，江湖一人獨飲，已經不喝酒的靳非常以茶代酒陪江湖喝著。喝著酒，江湖很曲折很隱晦很低聲地告訴靳非常，他經商賺錢，只是為了另一件大事，要想辦成另一件大事，沒錢就辦不成。靳非常似乎有所悟，他抬頭環視下四周，見沒人注意他們，便伸長脖頸、壓低聲音，對坐在他對面的江湖說道：「我來武漢找你，就是有一件極機密極重大的事情跟你商量……」見面呈神祕和莊重的靳非常要和自己商量一件機密重大事情，他搖搖手，攔住了他：「這裡太嘈雜，吃完飯，咱們回去說。」江湖喝乾杯中酒，草草刨了幾口飯，匆匆離去，回到江海公司辦公室。當靳非常把他偷拍新型潛水艇和一些文件的事告訴江湖時，江湖驚愕得張開的嘴都合不攏。江湖定了定神，以大哥的口吻對靳非常說：「為什麼、為什麼，你要做這樣一件冒險、看起來也沒多大意義的事？你趕快回去，把這些東西趕快燒了。我沒聽見你說這件事、你也當沒發生過這件事。」靳非常對江湖歉然地笑了笑：「從小，我的理想就是做一個情報人員，而我覺得我自己也特別適合做情報工作。這事雖然冒險，但並非毫無意義。六四的血不能白流，比如說，將這些情報賣到海外，得來的錢，全部捐給那些流亡海外搞民主運動的組織，比如也可以捐給

你們公司，去做你說的另一件大事。可是，我雖然搞得到情報，卻沒有出售這些情報的渠道，你人脈廣、朋友多，看有沒有這方面的途徑，我就是專程來找你商量這個事的……」

第二天，靳非常走了，江湖很快就把靳非常說的這件事丟在了腦後，他太忙，也因為他知道靳非常為人雖好，行事有時卻不大靠譜。他甚至懷疑靳非常說的事，就是個玩笑和故事。多年後，江湖和我提起這件往事時，長歎了一聲：「可能我這一生中最後悔的事，就是不該把這件事，當故事講給吳天芒聽……」我沉吟了片刻，對江湖說：「辦印刷廠搞地下刊物、報紙……其結局，和靳非常這件事的結局完全可能是一樣的。恐怕你最後悔的事，是和吳天芒成了朋友……」我沒好意思說出我的後半句話是：我今生最後悔的事之一，就是介紹你認識了吳天芒。

二〇〇九年五月，江湖討伐吳天芒的文章發表了。網上掀起了軒然大波，輿論一邊倒的批判責罵吳天芒，也就是在這個時候，我去了大理看望江湖。江湖在大理喜洲的家，比我想像的還要熱鬧，人進人出，絡繹不絕，多數人和我一樣，是來看望並表示支持江湖；江湖的手機似乎也一直不停響著，江湖連聲「謝謝」中，我知道絕大多數電話對江湖表示了慰問和支持，但其中有兩個電話，讓江湖突然間變得異常嚴肅，江湖說：「賴總，謝謝您的好意。我和他，沒有和解的可能，也不可能相逢一笑泯恩

仇，因為這不僅僅是我與他私人間的恩怨……」因為吳天芒，我也曾與這個賴總見過幾次面，每每見面他都要講他為了與外商辦一個合資汽車修理廠，認識了北京某個部長家的嬤姆，就天天跑到部長家幫嬤姆打掃衛生，馬桶都被刷得光彩熠熠……最終賴總通過嬤姆接近了部長而拿下了營業執照。八〇年代初，取得這種執照，據說比登天稍微容易點。不論賴總這故事是真是假，反正都讓我覺得有點噁心。我的噁心比空氣還輕盈，一分錢都不值，跟江湖通話，希望他和吳天芒和解的賴總，此時的身價早已超百億，是湖北、武漢最大的房地產商之一。其間，江湖拒絕和解的電話中，還有一個據說在湖北黑白兩道通吃的柳大哥，我不認識、但知道這個人。直到深更半夜，江湖家裡才算清靜下來，我倆坐下喝夜酒時，我把吳天芒要來重慶被我拒絕的事，說給了江湖：「我很奇怪，二十多年了，他從未主動聯繫我，為什麼突然要見我？」江湖說：「我也很奇怪，我的文章發表前，很多朋友告訴我，吳天芒突然主動聯繫了他們，或茶敘或酒聚或電話問候……而這些人與他平常並無多少來往。」我問江湖：「有多少人知道，你準備寫這篇文章？」江湖想了想，說：「我基本沒跟人提過這事，應該沒人知道，如果有，也極少。」我和江湖突然同時陷入了沉默，端著酒杯，都做若有所思狀。我不知江湖在想什麼，我想的是：吳天芒的能量，遠超出了我們的想像，他是個有神通的人。

江湖的文章，大約在網上停留了三、四天，就全網被刪除的乾乾淨淨。江湖的大姐給我打了個電話，口氣很焦急，聽說我就在江湖這裡，在電話那頭長長籲了一口氣：「你一定要勸勸湖海，吳天芒這件事就不要再說了，到此為止。我和他二姐都接到有關方面的電話，喊我們勸勸湖海，說事情真鬧大了，只會對湖海不利。有關方面跟我們打電話的事，你就莫要跟湖海提了哈……」江湖已名動天下，但他的大姐一直堅持叫著江湖的本名，湖海。

　　江湖並沒把靳非常說的事放在心上，因為他也沒有靳非常所需要的渠道，也因為他覺得靳非常這事做得多少都有些魯莽，更重要的是，他太忙，忙到沒時間去認真仔細琢磨這件事，甚至忙到忘了還有這回事。江湖現在的生活和奮鬥的目標很單一很明確，儘快能找到辦一個印刷廠的錢。為此，他正在努力擴大著江海公司經營範圍。靳非常走後大約半個月後的一個黃昏，吳天芒來訪，江湖留吳天芒喝酒時，就把靳非常說的事當故事講給吳天芒聽了。吳天芒三天兩頭就要到江海公司走走，詢問一下江湖公司的進展情況，訴苦籌錢真是很艱難，交流一下海內外民主運動的訊息，這些消息，絕大部分來自收音機裡的美國之音、自由亞洲電臺和法廣等海外媒體，還有一些消息，或是道聽途說或是吳天芒說來自他高層的朋友。喝著酒，談笑風生中，一直很鬆弛的吳天芒，當聽到江湖很隨意地講起靳非常和那件事時，神色

為之一變,變得異常嚴肅。他批評江湖:「你怎麼可以拒絕呢,這是有助於有利於海外的民主運動的好事。」江湖說:「好事是好事,但我確實幫不上忙。我跟海外民運人士,起碼暫時毫無聯繫,而我也不知道這些東西能夠賣給誰。」想了想,吳天芒對江湖說:「你去把東西取回來,其他的就交給我好了。」江湖很忙,似乎也不太相信吳天芒有這方面的關係,因為吳天芒也曾對他說過:錢不是問題,他來想辦法。而至今,錢仍然是最大的問題。江湖對去宜昌取東西,並不積極。一周內,吳天芒催了江湖不下七次,第八次他帶著幾大疊十元鈔票來了。他把錢擺在江湖的桌子上,對江湖說:「五千元差旅費,應該夠了吧。這邊的下家我都聯繫好了。」江湖再也無法推脫搪塞,他把錢推還給吳天芒,「這不是錢的事。再說,去宜昌坐火車住賓館,兩、三百塊足夠了。」因生意上的事,他無法脫身,就喊了他的一個小兄弟去宜昌找靳非常。他給靳非常寫了個便條:「阿非,請將東西交給阿壯。阿壯左肩胛骨處有一月牙型疤痕。餘言不贅。」四天後,既是江湖的小兄弟、又是他員工的阿壯,回到公司,把一包東西交給了江湖。江湖立即打電話給吳天芒,吳天芒匆匆趕來,又帶著那包東西匆匆離去。又是三天後,吳天芒提著個密碼箱,到了江海公司。進了江湖的辦公室,順手把門反鎖了,把密碼箱放在江海的辦公桌上,輸入了幾個數字,打開密碼箱,有意把聲音壓得很低對江湖說:「密碼三六一八。一萬人民幣和東西都在裡面。」江湖端詳著正方形密碼箱,心中正在感歎:這方方正

正、長寬不過一尺左右的玩意兒,真他媽的精緻漂亮。不像是內地生產的產品。聽吳天芒對他報密碼鎖密碼,江湖就笑:「這鎖是鎖自己的,別人想開,兩手用力一扯就開了。」

三天後,江湖安排好公司業務,帶著阿壯,去了廣州,住進了吳天芒指定的五羊賓館。按約定,江湖住進賓館的第一時間,就在房間裡要了個長途電話,告知吳天芒,他和阿壯住在五羊賓館的某樓某房間。吳天芒在電話裡,只說了一個「好」字,就掛斷了電話。行前,吳天芒告訴江湖,他們住進賓館後,自然會有人到賓館來找他,也可能電話通知他另外的會面地點。江湖和阿壯只好待在房間裡,守株待兔,連吃飯二人也分別下樓去吃。香菸沒了,阿壯出門下樓去街上買菸,走出賓館大廳時,阿壯感覺有人從大廳的沙發裡站起來,尾隨著他也出了大廳,他回頭瞅了瞅,又沒見有人尾隨。阿壯把這事告訴江湖,江湖突然心頭一緊,他感覺到了一種莫名的迫在眉睫的危險。他們在房間裡待了六十個小時,既沒有電話,也沒有人上門找他們。這就很有點蹊蹺了。江湖撥通了吳天芒家的電話,「快三天了,我們還等嗎?」吳天芒遲疑了一會,說:「回來吧。我再作安排。估計某個環節出了問題。」江湖回到武漢,吳天芒立即趕了過來。江湖把密碼箱遞給了吳天芒:「東西在裡邊。住宿費、火車票……總共花費了三千多,剩下的六千多也在箱子裡。」

吳天芒拿起密碼箱,對江湖說了句:「等我消息。」就走了。二十多天後,江湖在武昌司門口的街上被公開逮捕,此時,靳非常也已在宜昌被捕,正在被警車押解武漢的途中。幾乎與江湖被捕的同一時間,吳天芒也在家中被捕了。後來,靳非常被判刑十年,江湖被判刑六年,而吳天芒被關押了不到一個月,就回到了家中。

　　初審江湖時,除了回答例行的問話,比如年齡職業等,涉及到案情本身時,無論審訊員怎麼誘導啟發,江湖就是一言不發。審訊員有點惱怒,說:「你過去也算是我們的同行,應該懂,我們不可能讓你不開口。辦法多的是,有這個必要嗎?」江湖回答說:「這個我當然懂。我肯定會開口,只要他們先說了,我就會說。他們不說,弄死我,我也不會說。」兩個審訊員相互看了看,嘴角都掛著不易被察覺的笑。「他們都已經交待了。」其中一個審訊員說道。江湖說:「這個我要先確認。」審訊員無奈地站立起來,從桌上抓起一個文件夾,走到江湖跟前,翻開文件夾,遞到江湖眼邊,是靳非常的審訊記錄,審訊員收回文件夾,翻了幾頁,又遞到江湖眼邊,是吳天芒的審訊記錄。江湖無話可說,開始講述整個事件的始末。審訊接近結束時,審訊員問了江湖另一個問題,阿壯失蹤了,怎樣才能找到阿壯。因為他們搜查江海公司時,沒有阿壯的身分證登記。初創的江海公司還沒有建立員工人事檔案,只有一個工資發放的花名冊,而花名冊上,阿

壯依然叫阿壯。一番調查，警方仍不知阿壯是哪方人士姓甚名誰。江湖知道，但他不會說，他回答道：「這事，阿壯毫不知內情，他參與其中，都是我以工作的名義安排他做的，不誇張地說，他被我蒙在了鼓裡……」

多年後，江湖跟我說起這件往事時，竟不由「呵呵」笑了。他說：「面對審訊時，我竟然想跟他們背一句愛德華・摩根・福斯特(註23)的名言：『如果我必須在出賣朋友和國家中選其一的話，我希望我有勇氣出賣國家。』當時我好傻喲。」我也笑了，這頗為深刻而又充滿倫理悖論的話，要背給審訊員聽？是有點傻，還有點搞笑。我看過根據這位英國作家小說改編的電影《印度之行》(註24)、《看得見風景的房間》(註25)，但他給我印象最深刻的是他的文學創作談《小說面面觀》中，關於扁平人物和圓形人物的論述。對忠誠和背叛，亞里士多德也有一句名言：「人類的美德需要更廣泛的忠誠——對善的忠誠。」

21

薄薄的霧嵐在山林在草甸上浮浮冉冉,如果遠觀,確如電視電影裡的仙境一般,身在其中,只感覺到涼涼的溼氣拂面。草甸有一條小路,通往一個小山包,我就沿著這條看上去常有人行走的小路,信步走了過去。看似一個山包,走過去才發現,這只是一個高於這片草甸的平臺。平臺被開墾成一個很規範的菜園。因高海拔,許多可能已在低海拔地區下市的菜蔬,正在這菜園裡蓬勃生長。我看菜園的深處似乎有個小建築,因豆角架的遮擋,看不真切,就繞過豆角架走了過去,見是一座很簡陋的墓,有點失望。墓面向整個菜園子,我還在心中暗笑,這墓不錯,菜園如貢盤,菜蔬就是貢果。走近看了看墓碑,我腦袋似乎被猛擊了一木棒,轟轟作響,懵了。墓碑上刻著:夫 秦雲潮 墓 妻 黎含章 立。良久,我平靜下來,確認了這是秦雲潮的墓,因墓碑上的字體我非常熟悉,這是黎含章的字。墓碑兩側的石條上也刻著兩行小字,左側:福輕乎羽,莫之知載。右側:禍重乎地,莫之知避。這也是黎含章的手筆,取自於《莊子・人間世》。

一九八九年六月十四日的晚上大約八點多鐘,滿面疲憊憔悴的秦雲潮拿著退黨簽名冊,到我宿舍找我借打火機時,我問他:「你不抽煙,要打火機幹什麼?」他朝我揚了揚手中的退黨

簽名簿:「把這個燒了。」我十分錯愕,上午召開的十日祭追悼大會上簽名退黨名冊,晚上這個簽名簿就要被燒掉?這中間只隔了十個小時左右。可能從我錯愕的表情上,讀懂了我的心思,秦雲潮對我笑笑說:「追悼大會結束後不久,就斷斷續續有人找到我,要求把他們的名字塗掉⋯⋯」說完,他輕歎了一聲。我沒說什麼,我覺得我能理解。卓婭衝上舞臺退黨前,如果我用點力,完全可以拉住卓婭的,我不忍心用力,我怕我會弄疼她。我攔阻她退黨,一是覺得她太衝動,二是因為我知道,如果把入黨比喻為入獄,退黨就是越獄的逃犯。這種逃犯,就是過去的右派、黑五類、反革命⋯⋯社會的異端和另類,日後的生存生活都將萬分艱難。何況,悲憤情緒已達沸點的狀態下的選擇,也未必是深思熟慮的理性選擇。根據以往的經驗,追查這個退黨簽名簿的強度力度,可以想見;保存這份退黨簽名簿的困難度,也可以想見。保留下這份退黨簽名簿,除了將來的歷史意義,似乎只剩下危險性了。秦雲潮的做法是對的,但也等於他把所有的後果一人給扛了。我把打火機遞給了秦雲潮,和他一同走出宿舍,走到黑暗中、走到一棵還沒長大的半人高的小楓樹下,秦雲潮展開簽名簿伸到打火機下,「撲撲撲」一連三次,一次性打火機濺出了數顆星星般的火苗,卻並沒有點燃。星星般閃爍的火苗中,我見秦雲潮兩隻手都在微微顫抖,我伸手要過來秦雲潮手中的簽名簿和打火機,從退黨簽名簿上撕下兩頁,湊到已打燃的打火機藍色火苗上,紙張「篷」一聲就燃成一團黃黃的火焰,我把這團火放到樹

下，再把薄薄的退黨簽名冊架上去，瞬間就燒成了盡爐，微風掠過，灰燼如黑蛾子般消失在了黑暗裡⋯⋯包括我妻子卓嫣在內的七、八百人親手簽下姓名的退黨簽名簿，就這樣灰飛煙滅了。退黨名冊燒了，消失了，那麼，這些人的退黨還成不成立、還存不存在呢？我問我自己。我無法判斷，這究竟是一個具象的政治問題，還是一個抽象的哲學問題。恍惚中，秦雲潮跟我說了聲：「我回去了。」就朝他的宿舍走去，走了兩步，他又走回來，走到我跟前，伸出雙臂，緊緊擁抱了我一下，我忙展開手臂擁抱他時，他卻抽出他的手臂，轉身快步就走了，連回頭看一眼的機會都不給自己，顯露出了一種決絕感。昏暗的路燈下，看著秦雲潮逐漸模糊了的瘦削微弓的背影，我預感到秦雲潮即將開始逃亡了，但我什麼忙都幫不上。心中不由一陣酸楚，眼睛有些發澀。

一九八九年六月十五日或十六日，鄂省公安廳通緝秦雲潮的通緝令，竟然貼進了武大，我在中文系門前的公告欄上，看見了那張通緝令。我心裡很明白，秦雲潮十四號那天晚上來找我，不僅僅是借打火機，他主要是來與我告別的。我為他慶幸，走得早，不如走得巧。但我無論如何也不會想到的是，下午才向我報到的江湖，竟然安排了秦雲潮晚上的逃亡，更讓我沒想到的是，一個多月後，我會在我重慶的家裡與秦雲潮重逢。與秦雲潮重逢後我才知道，那天晚上的十一點鐘左右，秦雲潮是和黎含章一起乘火車離開了武漢，第二天早晨到了宜昌，然後由宜昌乘汽車進

入了恩施……

　　一九八九年八月五日，秦雲潮和黎含章離開我家去廣州，八月八日，三天後，秦雲潮在他大伯家的樓下被捕了，而黎含章在他大伯家樓下撞破頭撞成了腦震盪。而我知道秦雲潮被捕的消息，又是一個月之後。黎含章從廣州到武漢再從武漢返回重慶後，我才知道秦雲潮被捕了，此前，我一直以為他們已逃亡至海外，我自己為自己製造的幻想破滅了，立馬就覺得有塊巨大的石頭被幾根頭髮拴著，懸在我的頭頂上了。這塊巨石就是秦雲潮在我家藏匿過一段時間。如果秦雲潮被捕後，交待了在我家藏匿了段時間，別說我還等待著分配的工作會泡湯，很可能我也會因「窩藏反革命罪」而被捕。那段時間，每一次的敲門聲都會讓我驚懼。秦雲潮已被捕兩個月了，我所擔心懼怕的事情並沒有發生，安全感似乎又慢慢回來了。其實，當秦雲潮逃亡前首先想到的是燒掉退黨名冊時，我就應該知道秦雲潮不可能把我交待出來。人都不大願意深視自己的內心，因為深視，人很容易就窺看到了人性的另一面，怯弱、自私……我知道秦雲潮被捕消息後，第一時間擔憂的是自己的安危……

　　一九八九年十月中旬的一個中午，下班的卓娉拿回了安寧教授寄給她轉我的信。拿到信，我心中一陣忐忑，不知這信帶給我的是福還是禍，一把撕開了信封，險些把信封中的信也撕破了。

等這封信，我已經等了快二十天了，因為重慶教委至今沒收到我的人事檔案，我寫信求助於安寧教授。安寧教授好像能猜到我的心思，信的第一句話他就告訴我，你的人事檔案，近幾天會由武大學生處寄出。然後才告訴我，我的人事檔案被國家教育部、公安部駐武大聯合調查組調閱後，忘了歸還，而學生處經辦此事的辦事員調走時，也忘了移交這件小事。除了感謝，我也慶幸我找了安寧教授幫忙，不然，這件於我是天大的事，對他們而言就是件微不足道的小事，還不知要被擱置多久。我以為我的檔案到了，我的工作分配也就隨之解決了。我高興得太早了。人事檔案從武大學生處寄到重慶教委後，重慶市文聯突然變卦，以各種理由拒絕接收我，甚至組織了一個調查組到武漢對我進行調查。一年後，各方干預下，主要是我那還有些人脈的岳父的斡旋下，我才得以入職。二〇〇〇年，我入職十年後，重慶市的事業單位可以申請提前退休，我剛滿五十歲，就堅決申請退休了。提前退休的原因並不複雜，我依然恐懼參加政治學習會、寫思想匯報、年中和年終總結，因為政治學習就好像對腸胃清理一樣的灌腸，定期把腦袋清理一遍，每一季、每一年，寫幾千字的假話空話廢話，比寫一部長篇艱難得多，這讓我內心很糾結很痛苦……

一九八九年十一月的一個晚上，黎含章突然跑到我家裡，來向我和卓嫆辭行。她說她要到武漢去了，她有些苦澀地笑著對卓嫆說：「師父從武漢來到重慶，我從重慶去武漢。雙向運動。」

我在心裡回了她一句：我為卓娉來重慶，妳為秦雲潮去武漢。無論形式和內容都相似。我覺得我這話在苦澀的黎含章面前，多少有些輕佻，所以沒說出口。黎含章回到重慶一個多月了，人好像長胖了點，又或許是冬天的緣故，衣服穿得多，只是顯得胖。雖然她頭上的傷口已經痊癒，但她依然留著個平頭。我明白黎含章去武漢，是為了秦雲潮。秦雲潮被抓回武漢後，關在拘留所裡，還沒有判刑。我仍沒把這個因由說破，我只是問她：「武漢妳無親無故，怎麼生存呢？又不能吃大爺穿大爺……」黎含章告訴我和卓娉，江湖幫她找個小廣告公司，入職做平面設計。有江湖在武漢幫她，她的生計應該不成問題。而另一個最讓我擔憂的是，秦雲潮是有婦之夫，還是有女之父，女兒三歲左右。秦雲潮和他妻子原是同事，同在昆明一家中學任教。秦雲潮考研入了武大，成了甄教授的弟子，還有一年畢業，卻又被捕入獄。黎含章到武漢後，將以什麼身分去看望照顧秦雲潮呢？黎含章臨走時，我把秦雲潮去廣州前交給我保管的未完成的博士論文《康德批判哲學與哲學的批判論綱》交給了她。黎含章到武漢後，大約個把月給我寫封信，信中很少談及她自己的狀況，多與秦雲潮有關。秦雲潮被判刑五年，每個探監日，她都會去探監，給他送點書和其他物品。第二年，江湖入獄，她也去探過監看望江湖，她在信中告訴我，秦雲潮和江湖關在同一座監獄，但不在一個中隊。她說她住的地點，離監獄很近，探監很方便。一九九一年的一封信中，她告訴我，秦雲潮離婚了。一九九三年年底，我收到她最後一封

信,她在信中告訴我:還有三天,雲潮出獄。與談到秦雲潮離婚一樣,語氣很平淡,但我能讀出那背後壓抑不住的喜悅。我看了看信尾的日期,我收到信時,秦雲潮出獄已三天了。令我奇怪的是,從此,黎含章再也沒有給我寫過信,從此,也沒有了她和秦雲潮的任何訊息,他倆就如同人間蒸發了一樣。江湖出獄後,也曾四處打探他們的消息,依然是一無所獲。以江湖的江湖號召力和社會人脈,都打聽不出一個結果,秦雲潮和黎含章除了人間蒸發,似乎也沒了別的解釋。

二〇〇三年的八月中旬,雖立秋好幾天了,重慶上空似乎高懸著十二個太陽,氣溫超過了攝氏四十度,感覺朝空中噴幾口水,「滋滋」幾聲都能化作了幾絲白煙。室外的空調「嗡嗡」低鳴著,我把自已關在密閉的充滿人造冷氣的書房中,讀翻譯小說《尤里西斯》(註26),這個三卷本的小說,我讀了三年,仍只讀了不到五十頁。剛讀了幾頁,我又昏昏欲睡。放下書,站起身,走到書架前,準備找一本能讓我產生寒意的書來讀,我站在書架前考慮,是讀楊顯惠(註27)的《夾邊溝記事》還是讀索爾仁尼琴(註28)的《古拉格群島》?這兩本書我都曾讀過,一個是中國的酷寒,一個是蘇聯的酷寒⋯⋯正在猶豫中,書桌上的手機響了。我拿起電話,在報社工作的詩人袁盛問我:「老黃頭,你退休好像兩、三年了吧?」我笑了:「我退休幾年了,你比我還記得清楚。硬是有三年了。怎麼,你準備請我喝酒慶賀一下嗎?三年一

小慶囉。」電話那頭,袁盛也笑了:「三年也大慶。我朋友,城口縣林業局的文局長,請我邀幾個朋友,去城口耍,我只邀了你。城口老臘肉就不擺了,城口的九重山是重慶最高的山,接近二千五百米⋯⋯」我連聲說道:「去、去、去⋯⋯重慶快把人熱死了,去城口避幾天暑也好。」

兩天後,我駕駛著我那臺重慶產的五十鈴 SUV,與袁盛出發了。城口距重慶市區,車程大約有六、七百公里,有一段公路甚至在四川境內。懸於重慶東北端的城口縣,臥於莽莽蒼蒼大巴山脈的南側。我愛山,不是因為我是仁者,而是因為我懵懂少年時,就插隊落戶於武陵山脈崇山峻嶺中的一個小山寨。我雖識字不多文化不高,但本能討厭被不識字、沒文化的人教育,所以極厭惡這場逆行反智的知識青年上山下鄉運動。而當我臉朝黃土背朝天勞作了三百多天後,年終結帳,我竟然還倒欠生產隊的口糧款。奇怪的是,三年多的知青生活,卻又讓我從此深度愛上了大山。生命、生活本身似乎就是悖論。我和袁盛輪換著開車,四、五個小時後,汽車駛入了雄崛陡峭的大巴山脈。汽車行駛在螺旋著上升又螺旋著下降的盤山公路上,飄飄冉冉的雲靄之下,山巒疊嶂奇峰怪石花花草草林木參天⋯⋯撲面而來,讓我們忘卻了道路的曲折險峻。一九九七年,重慶成為直轄市,城口縣才由四川省劃歸重慶市,她並非是重慶傳統的下轄區縣,而且是距重慶城區最遙遠的一個縣。不僅我,即使老重慶人,對這個城口縣

也比較陌生。重慶能成為直轄市，生於三峽水庫，而城口跟長江毫無瓜葛。七十多年前，城口曾是紅軍川陝根據地的一部分，甚至建立過縣級政權，它併入重慶，就因為它是全國最貧困縣中的一個，四川省極力主張的結果。接近九個小時的顛簸，我們終於進入了城口縣城。臥在峽谷中的城口縣，面積不大，巍峨大山環繞，一條小河穿城而過，小城很靜謐慵散……

　　文局長改變了對我們來之前的允諾，不支持我們去登九重山，因為去往九重山，步行往返最少需要兩天，我們必須在林業局設在九重山上的護林站住一晚上，而縣城與護林站之間不通公路，上護林站的那條便道，前不久的一場暴雨又被沖斷了好幾處，已不能通行。我和袁盛來城口的主要目的，就是登九重山。我們說，我們走走看，能過去則過去，不能過去，我們回頭就是。面對我們的執著，文局長搖了搖頭，笑著說：「好吧，你們非要上去，我喊個嚮導，帶你們走櫻桃溝。兩位老師，你們穿幾碼的鞋？」雖然疑惑，我和袁盛仍把各自的鞋碼告訴了文局長。第二天清晨，當嚮導我們進入櫻桃溝後，我這才明白，文局長為什麼非要我們換上他送我們的解放鞋。輕便的解放鞋便於蹚水，也易於腳趾頭抓地。走進櫻桃溝等於走在一幅精美動態的畫幅中。櫻桃溝雖只是山的一條裂隙，我們卻宛若走進了仙境，腳下是清澈的溪流潺潺流淌，頭頂上常有的帛一般的瀑布飄然落下。峽谷兩側壁立的巉石嶙峋，裸露的肌膚呈肉白色，頗有肌肉感，

而石的頂端，又往往生長著一棵樹或幾蓬植物。峽谷時而寬闊，溪水匯成了碧潭，時而逼窄，溪流如線，我們必側身擠過。淡淡的雲霧從峽谷中升騰而起，霧中觀山，山如暈染……我們時而走在石上，時而走入溪中，水底的鵝卵石被我們踩得吱吱響，比小姆指還小的魚們，驚得鑽入了石縫中。我們走到一塊巨大的石壁前時，上面的溪水沒有形成瀑布，而是一片片一團團的摔落下來，跌水摔在斷層下的石面上，砸出了許多的小水潭小水坑……我知道這面碩大無比的赭色石壁是地質斷層，櫻桃溝能走的路，應該到了盡頭。果然，斷層石壁下靠著把簡易的長木梯，嚮導走過去試了試，對我們說：「木梯還能用。」停了停，又補了一句：「翻過去，就要爬山了。」

　　天黑時，終於抵達九重山峰頂下的護林站。從清晨六點多出發，到達目的地已是晚上七點多，我們總共走了十三個小時。出了櫻桃溝，山景依然如畫，但我已無力無心欣賞，陡峭的山路，我時常要手腳並用。我佩服我們的嚮導，無論多麼陡峭的路，他都能像隻野山羊一樣，只用腳行走，還時不時伸出手拉我們一把。袁盛只挎了個照相機，我幾乎是空著手，我們的背包全扔在了嚮導揹的背簍裡。山裡手機沒有信號，嚮導的背簍裡除了乾糧，還有文局長交給他的一部衛星電話，萬一有事，好與林業局聯繫。月亮出來了，重慶難得一見的月亮皓潔明亮。月光下，裸露的岩石崖壁白生生的，有點晃眼，森林草木如籠紗中，一片朦

朧。爬上一個坡坎後,在前面帶路的嚮導,突然站住很高興地告訴我們:「要到了,走過這個石魚背,就幾步路了。」他抬起右腳指了指地下,又說,「你們跟著我,儘量靠裡頭走。這石魚背看到很平,溜滑得很。從這裡滑落下去不少人。下頭是個深溝,林子草草密得很,除了野物,人去不了,人滑下去了,恐怕連渣渣都剩不下。前幾年,秦老師就是從這裡⋯⋯」可能快到目的地了,嚮導輕鬆了,話也多了,也可能石魚背確實兇險,他需要多叮囑幾句。我和袁盛停腳觀察石魚背,所謂石魚背,一塊長約百多米的平躺著的巨石,一大半嵌在山石裡,一小半懸在半空中。我們亦步亦趨,緊跟在嚮導身後,走上了石魚背。走上石魚背,對魚背之說有了真切的體驗,巨石從中線處微凸起,兩側逐漸下滑,確如魚背狀。走出石魚背,真如嚮導所言,沒幾步就到了,我已望見不遠處那如豆的溫暖的光亮了⋯⋯

進了護林站,累得毫無食慾,我不想吃飯只想睡覺。在嚮導再三勸說下,用熱水燙了燙腳,倒頭便睡,一覺就睡到了天亮。鳥兒們的叫聲中,曦光透過小木窗和四壁的縫隙散落在屋裡,我輕手輕腳穿好衣服、躡手躡腳走出了木屋,站在稍遠處,仔細打量這個護林站和它周邊的環境。兩間木屋和一間灶屋的護林站背靠森林,面對著是一大片平坦的大草甸。嚮導昨天在路上告訴我,九重山上除了有黑熊等動物外,這個草甸中的小溪裡還生長著娃娃魚(大鯢)。我走進了大草甸,走到小溪邊。清冽見底的

小溪中，我沒見到娃娃魚，我看見了那個草甸中小山包，我走上小山包，我看見了秦雲潮的墓……這時我才猛然想起昨夜過石魚背時，嚮導說過的那句話「前幾年，秦老師就是從這裡滑落下去……」他說的「秦老師」就是秦雲潮。我返身拔腿就朝護林站快步走去，秦雲潮的墓在這裡，那麼黎含章還應該就在這裡。我看見嚮導正在和一個護林員站在屋外說話，我上前一把拉住他，問道：「你說的秦老師，是不是埋在那個墓裡的人？」嚮導被我沒頭沒腦的話，問得詫眉詫眼，一時竟呆住了。好一會兒才回過神來，連連點頭：「就是、就是。」我又問：「那還有一個呢？」嚮導這次很快就聽懂了我這句沒頭沒腦的話，回答道：「你是說黎老師？」我忙點頭，嚮導說：「說是沒好久，她就不見了。後來有人說，在青城山看見過她，說是她做了道姑，又有人說在峨眉山見過，說是她做了尼姑……」按照行程，我們要在護林站住兩個晚上。今天吃了早飯，嚮導和一個護林員，帶我們去登山。護林站海拔大約二千一百米，沿著護林員巡山的山道，即使我們不能抵達九重山二千四百多米的峰頂，起碼也能站在峰頂的腳下。此時，我對登山已失去興趣，我想立即回到山下，去找文局長詳細瞭解秦雲潮、黎含章的情況，比如他們是怎麼到的城口、為什麼到城口？嚮導雖也是林業局的職工，他以前也是護林員，另一個山的護林員，他能告訴我的也只有這麼多了，秦雲潮的墓，是衣冠塚，墓中只有秦雲潮的一些衣物和幾本書……袁盛知道這件事大致情形後，除了唏噓感歎外，對我提出即刻下山，表示了支

持。採了幾簇野花，袁盛陪我去了秦雲潮的衣冠塚⋯⋯回程又過石魚背時，我特意在石魚背外側走了一小段，也小心翼翼站在半懸空的石魚背邊緣上，探頭下看，萬丈溝壑中林木崢嶸、雲騰霧繞⋯⋯我知道，黎含章不在青城山不在峨嵋山，不在任何地方，她就在這深不見底的峽谷裡，和秦雲潮在一起。

見我們提前歸來，文局長深感詫異。他知道我們急於歸來的原因後，很抱歉地告訴我，整個事情的來龍去脈他並不十分清楚，關於秦雲潮、黎含章，最清楚的應該是他前任的前任，黎局長。那個時候，重慶還沒有直轄，城口縣和重慶一樣，都還屬四川省管。退休後的黎局長定居成都，去年去世，文局長說他還專程去弔唁過。文局長只知道，黎老師是黎局長的一個遠房親戚，他們主動要求去山上做護林員，他們先是臨時工，黎局長退休前才轉為正式工。而這些情況，還是秦雲潮失足摔下魚背、黎含章失蹤後，文局長才逐漸瞭解的。

22

　　我和妻子回到家裡，已是二〇二〇年的二月二十八日，差十五分就凌晨一點鐘了。折騰得讓我有點亢奮，睡不著覺，就把昨夜被請喝茶的故事，寫了寫發在微信朋友圈裡。意猶未盡，信手寫了幾句白話打油詩，又發在了微信朋友圈：細雨輕風的一個春夜／他們來了／門鈴催命似地響著／門外立著戴口罩的警察／疫情仍在燃燒／小區封閉得如同堤壩／他們依然來了……早上九點鐘，廣西的朋友趙新給我發來一張照片，照片是他為我打油詩配的曲，他取名〈警察到了我的家〉歌曲寫在一張紙上：詞　黃雙林／曲　趙新（新民謠）1=A　2／4拍。我馬上又把這個新民謠的照片發到了朋友圈裡了。下午，趙新給我打電話，說：「警察中午也到了我家，請我喝茶。你把你發的那張圖，刪了吧……」我實在沒忍住，在電話裡「呵呵」笑了，笑得很不厚道。當然，圖片我刪了。

　　二〇二〇年一月二十二號，農曆的臘月二十九，我與妻子驅車從重慶前往恩施，我兒子媳婦孫子，晚一天，也將從武漢出發，趕往恩施。好幾年前，母親說她不喜歡大城市的生活，說鬧得很，就從重慶我家遷到恩施我妹妹家生活去了。於是，一年一度確認血緣關係的年三十團圓飯，也就從重慶移至了恩施。

我駕車走到豐都服務區休息吃午飯時，接到了兒子的電話，說他們不去恩施了，武漢正流行一種無法治癒、傳染性極強的病，傳說已經死了許多人，姑姑的女兒雯雯給他打了電話，婉轉地勸他們不要來恩施。兒子說：「就是雯雯不打電話，我也不準備去了。現在武漢人就是瘟疫，走到哪兒都遭人嫌。整個武漢都陷在恐懼中，真真假假的各種消息滿天飛，就是不知道究竟發生了什麼⋯⋯」第二天早晨，一個在武漢政府部門工作的朋友，給我發了個短信：看了你的朋友圈，曉得你在恩施。武漢即將封城，也存在封省的可能。建議你即刻返回重慶。即刻就是馬上就走。聽到這消息，母親和妹妹也力勸我們馬上走，返回重慶。年三十的中午，我們開車返程，下午三點鐘左右，車剛進入重慶地界石柱縣，我幾乎同時收到幾個短信：武漢封城了。兒子說的不知名不可治癒的怪病，很快有了學名，海外媒體稱之為武漢肺炎，在中國政府提出嚴重抗議下，世衛組織定名為：新冠病毒肺炎。猖獗的新冠病毒和愚蠢的封城封街封家，武漢成了一座死城、地獄。兒子一家困在了武漢，他所在的青山區八大家又是疫情重災區。兒子告訴我，他家所在那幢大樓裡，不到兩百家住戶，已經死了十一個，大部分是老人。兒子在電話裡說：「空氣中瀰漫著消毒液的味道，不能出門，困在家裡，一種等死的感覺⋯⋯」

武漢封城大約二十天左右，重慶也開始封城。我們小區遠在市郊，連疑似病例都沒有一個，也被封了。二〇二〇年二月

二十七日晚上大約九點，我因頸椎、肩周的老毛病犯了，正光著上半身躺在理療床上理療，妻子剛在我後頸部左肩左臂上糊滿了黑忽忽的泥療膏，門鈴陡然響起（妻子的堅持下，我們家終於裝了電門鈴）。清冷的初春夜裡，門鈴的響聲格外清脆響亮，鈴聲中，妻子下意識地問了一句，「誰呀？」我告訴她：「不用問，肯定是警察。」事後，妻子對我說，其實門鈴一響，她也猜到是警察。警察冷不防闖到我家、國保請我喝茶、傳訊我，這並不是第一次。我躺在理療床上，妻子去開門，果然是警察。小區被封，除了警察，別人也進不來。妻子把他們帶到我在治療的客房。兩位警察中年齡稍長的很客氣，說他們是大學城派出所的，並讓我檢查了他們的證件。我問他們為何而來，他們說他們是調查瞭解情況的。他們問我：「你今天是不是在微信朋友圈發了兩個帖？說中國是個大監獄、還說中國是新冠病毒的源頭？」我轉武漢封城後狀如死城的一張照片時，說了一句話：全國如同一座大監獄，過去是形容詞，如今卻是現實。轉另一個帖時，我說了另一句話：世界遭殃了。中國流出的病毒，比當年輸出革命厲害。我回答說：「今天我沒發帖，轉帖時，我是說了幾句話。」那位年輕警察高聲斥問我道：「你為什麼要說這樣的話，你是不是受到了境外勢力資助！」這位警察的顢頇，把我氣笑了，「別說境外，連境內都沒人資助我，哪怕五毛錢都沒人給過我……」唉，除了利益和利害，他似乎不明白，這世上還有良心和良知的存在。我問他們：「我說清楚了嗎？那話就是我說的，沒人讓

我說、更沒人資助、境內境外的勢力沒人資助過我一毛錢。」他們說：「說清楚了。」我說：「好吧，你們要瞭解調查的情況清楚了，可以走了。」他們說，我還得跟他們走一趟，國保的同志還在派出所等著我，我必須要到派出所做個筆錄。國保是「國內安全保衛」的簡稱，是政治警察，後來更名「政治安全保衛」。

　　客房裡的空調、暖氣全開著，兩位捂著口罩的民警沒一會兒，額頭上盡是汗。太太請他們到客廳等我理療完畢。半個多小時後，我穿好衣服，準備出門。妻子突然喊住了我：「等等，我和你一起去。」我說，「妳去幹什麼？我一會就回來了。萬一回不來，妳也好通知我朋友，幫我找律師。」兩警察可能從沒遇到這種情況，相互看了看，頗感驚訝，忙出言勸阻：「我們只是傳訊黃老師，您跟著去不合適。」妻子沒說話，找了件披肩披上，戴上口罩，挽起我的胳膊，對警察說：「好了，我們走吧。」登上了閃爍著威風凜凜警燈的警車，駛出了小區駛往了大學城派出所，淅淅瀝瀝的春雨中，警車的車輪發出輕柔的「沙沙」聲，窗外的雨夜，在暗淡的路燈映照下，有些恍惚迷離。妻子已經退休了。前幾年她剛滿五十五歲就向學校申請退休，學校領導多次挽留她，教授可以幹到六十歲才退，而被她婉拒了。她說不想再在體制內混了，想做點別的事情。年底我就七十歲了，妻子也六十歲了，我們老了，一舉一動就跟木偶似的，有肉眼可見的動作遲緩。我們的生活中，一切都在老去，似乎唯有警察永遠年輕生

猛。

　　一九八九年七月十七號晚上九點鐘左右，傳達室的陳大爺喊我接電話。我預感到，此電話不是好電話。果然，電話那頭，劉書記告訴我：「黃雙林，請你馬上到系辦公室來一趟，市局的同志要找你談談。」市局，市警察局的簡稱。放下電話，回到房間裡，我笑著跟妻子卓嫣說：「通知我馬上去中文系辦公室，說警察叔叔找我談話。我一會兒就回來，萬一回不來，妳馬上回重慶⋯⋯」我話未說完，她一把挽起我的胳膊：「我陪你去。」她緊緊挽住我的胳膊，怕我跑了似的。即使暴雨過後，房間裡依然悶熱，她胳膊上的汗和我胳膊上的汗，融在了一起。這一年我三十八歲，妻子二十八歲。

　　一九八九年的七月上旬，我還滯留於武大等待畢業證派遣單和調查，不能歸家。整棟宿舍裡，一樓只剩下了我，其他樓層或還有一、二個學生還留在宿舍裡，沒有走。往日嘈雜的宿舍，變得寂靜無聲，死氣沉沉。從沸騰到闃寂無聲，幾乎沒有過渡，發幾紙通緝令，再抓幾個學生，加上放暑假，往日人流熙攘、生機勃勃的武漢大學突然間就由一個活蹦亂跳的小姑娘，幻化成了一個步履蹣跚的老嫗了。單調的蟬鳴、鳥喧，愈加凸顯了校園的落寞空曠。妻子放暑假了，她擔心我的境況，急切要來武大陪伴我。我們分別的時間並不長，一個多月前、武大公祭追悼大會

後，她才從激盪的武大回到重慶。七月十一日，我收到了她的電報，她將乘襄渝線×次列車七月十三日下午五時抵達武昌南站。第三天下午，我提前一小時就到了武昌火車南站。當這列車到了應該進站的時刻，卻毫無消息。問車站工作人員，一問三不知。我懶得問了，中國的火車飛機能正點，基本屬奇跡。焦躁等待的煎熬中，候客廳高懸牆上的大鐘蝸牛般移動了兩個鐘頭。再去詢問，依然是一問三不知。當高掛在牆上的大鐘，又朝前移動了兩個小時後，已是晚上九點，我竟和一問三不知的問訊處工作人員吵了起來。不知是因圍在問訊處窗口前的人太多，或是到點下班，冰涼的問訊處窗口關閉。我在候客廳裡裡外外來回走著，除了焦躁不安還是焦躁不安。等到次日清晨五、六點鐘，才見候客廳掛出個小黑板，告知我等待的這趟襄渝線列車因洪水沖垮鐵路而晚點，鐵路正搶修中，列車何時抵達，暫無可奉告。

　　百般無奈，只有先回學校等消息。在中文系辦公室門口的大路上，我碰見了中文系的劉書記。他跟我打招呼，我胡亂應一聲，繼續朝宿舍走。他朝我笑道：「怎麼了？情緒不大對耶。」這句話讓我怒火中燒，如果不是我滯留學校不歸，我妻子能生死未卜嗎？我轉身一把揪起他的衣領，怒吼道：「因我不能離校，她來校陪我。現在她坐的那趟火車失蹤了！她若有不測，我肯定掐死你！」有人過來把我拉開，劉書記整整衣領，強笑著說：「我嚴重肝腹水，不用你掐，離死恐怕都不遠了。」估計我妻子

失蹤我要掐死劉書記的事傳播度不低，晚上，武大的吳教務長、一位滿頭銀髮馳名海內外的學者，聞知此事，特意到宿舍來看望勸慰我：「別著急，火車失蹤，這不是個小事，若有壞消息，早傳開了。再等等，你妻子肯定沒事。」教務長的話，很常識很邏輯很實在，一下子讓我安心了不少。第三天早晨，我準備再去火車站打聽消息時，小賣部陳大爺喊住了我：「你的電話。」我心中一陣狂喜，衝過去抓起了電話，果然是妻子打來的。我高聲問道：「妳到了？等著，我去接妳。」她說她回到重慶了，她乘坐的那趟列車快到廣安時，遭遇山洪，朝前走的鐵路被沖斷，朝回走的鐵路也被沖斷，被困在荒郊野外兩天兩夜。朝前走的鐵路還沒修通，朝回走的鐵路先修好了，她回到了重慶。妻子說：「今天下午剛好有飛長沙的飛機，我馬上走，先到長沙再坐火車到武昌……」她很興奮，一直說著，我幾乎插不上嘴。妻子當日下午飛到了長沙，次日下午就到了武大。長沙至武昌，火車四個多小時抵達。

我又一次到武昌南站接妻子時，已是天將黑的黃昏時分，陰沉沉的天幕上被閃電塗抹上了各種不規則的金色紫色枝形，沉悶的「轟隆隆」的雷聲在天邊響著，一陣大暴雨即將來臨。接到卓嫚、回到武大宿舍，一直追趕著我們的狂風暴雨，終於落了下來。天邊的雷，掠過宿舍側邊的珞珈山，響在我們樓頂上，「喀嚓嚓轟隆隆」震得卓嫚雙手摀上了耳朵，我的耳膜戰怵著「嗡

嗡」響，閃電竟然像蛇吐信一樣，發出「嘶啦嘶啦」聲，一陣狂風颳得沒關好的窗戶「蓬蓬」或窗玻璃碎了的「嘩啦啦」。一陣鬧騰後，暴雨終於鋪天蓋地砸了下來⋯⋯我和卓嫭幸運躲過了暴雨，卻沒法出去吃飯，只好吃幾塊妻子帶在路上吃的餅乾充饑。飄風不終朝，驟雨不終日。一個多小時後，就風停雨住、雷聲遠去、電閃隱身了。我們也不想再出門，準備洗洗睡了，小別勝似新婚。也就在這時，陳大爺站在走廊那頭喊：「黃雙林，接電話、電話。」接了中文系打來的傳訊電話，妻子陪著我一起去了中文系辦公室。

我所在的宿舍楓園，緊貼在武漢著名的東湖邊，距中文系辦公室約有兩公里左右，有一公里是上坡路。暴風雨過後的路上散落著不少殘枝敗葉，馬路在昏黃路燈的映照下，反射著斑斑駁駁的光亮。妻子依偎著我挽著我，踏著雜亂無序的光影和樹枝落葉在馬路上走著，外人看上去，是夫妻是情侶的雨後散步，絕不會想到是妻子陪丈夫去接受警察的盤查。中文系辦公室大門外停著一輛警車——北京吉普車上的警燈藍瑩瑩閃著，殘留在警燈上的雨珠，一顆顆格外圓潤剔透。我想，如果警笛響著，會給這空寂夜深的校園造成怎樣一種效果？奇怪，我有股強烈的衝上警車把警笛拉響的衝動。中文系劉書記、鄭主任都在，他們沒想到我妻子會和我一起到了中文系辦公室，神情略顯尷尬，但轉瞬就是滿面笑容，把卓嫭迎到劉書記辦公室休息。鄭主任指著小會議室，

做緊張狀低聲對我說:「這可不是學校、系裡找你,是市局×處找你……」倒是我一直較為反感、被我揪過衣領的劉書記沒恐嚇我,他寬慰我說:「沒什麼,沒什麼,就是找你瞭解下情況。實事求是就好、實事求是就好。」

雖然我有充分的心理準備,一腳踏進會議室時,心裡仍然有幾分緊張。小會議室的當頭,周周正正擺了四把籐椅,每把籐椅前有一茶几,正對門的籐椅上正襟危坐著一個理著平頭的中年人,雙手支在雙膝上,很威嚴地盯著走進屋的我。他左側籐椅上坐著個二十出頭的年輕人,他右手握筆,面前的茶几上攤開一筆記本。他們雖都身著便裝,但那平頭中年人釋放出的威嚴,仍讓屋內很壓抑。為消解壓抑,我有意掏出香菸遞給年輕人一支,年輕人接了過去,我又遞向那中年一支,他抬手一搖,拒絕了我的菸,一指右側的籐椅,聲音不高卻很堅決地命令我:「坐下!」我點燃菸,坐下了,然後他卻一言不發、目光冷冷地盯著我。我避開了他的目光,抽著香菸,看著吐出來的煙霧在我眼前嬝嬝升騰,匯入到燈光中去了。也許就這樣緘默了一、兩分鐘,盯著我的中年人突然開口問我:「你對剛過去這場反革命暴亂怎麼看?」我稍作沉吟便答道:「我很幼稚。」他把支在膝上的雙手,突然舉在他的頭頂上很有節奏地摩擦著,發出「呵呵」的一連串笑聲,笑聲很響,彷彿受到擠壓從喉嚨蹦出來似的。他很突兀地把雙手舉向頭頂,他的雙手又很突兀地從頭頂回到雙膝上支

著,笑聲也戛然而止,被硬生生掐斷了。他自言自語似地重複了我的話:「很幼稚?」他很輕聲問我:「你今年多大年紀?」他肯定知道我的性別,也肯定也知道我的年紀,但我仍回答道:「三十八。」他把他聲音提高了不少:「三十八、快四十歲的人了,還很幼稚?」這次我沒避開他冷冷的目光,對視著他,回答說:「當然幼稚。我怎麼也不會想到,共產黨的總書記會反共產黨。」

繞了個圈,中年人終於回到主題上了:公祭大會、悼詞、魯勇、秦雲潮……劉書記說得對,實事求是。能說的我就實事求是,不能說的,我緘口不言。能不說謊的,儘量不說謊。顯然,對這篇悼詞背後的故事,平頭中年人似乎比我知道的還多還細,對某句某段是誰原創誰修改的都十分清楚,澈底釐清了悼詞的版權、知識產權的歸屬,連原是我執筆,因卓嫄突然到來,魯勇才執筆……甚至連悼詞誦讀稿的原稿魯勇交給了我,他都知道:「原稿呢?」我不實事求是了,說真話可能有大麻煩,不說話又不行,我說了假話:「覺得危險,燒了。」我說原稿燒了,他雖然表示懷疑,問了幾句,似乎也無法查證深究,轉而問起了其他問題。坐在我對面的年輕人一直埋頭記錄著,當中年人表示問訊結束時,年輕人立即把問訊記錄遞給了我。接過記錄,我看了一遍,糾正了幾個小錯,簽字畫押。我要出門時,平頭中年人喊住了我:「留步。你知道南之雲是誰嗎?」我搖搖頭說:「不知

道。」我沒說假話,因為我猜測南之雲是雲之南的秦雲潮,只是猜測,不能確定,當然,即使我確定了知道了,我也會回答「不知道。」假話如果帶來的是善,我也會說假話。我和卓嫣走出中文系辦公室,已是次日凌晨,我沒想到,我在小會議裡被訊問了兩、三個小時。我沒有我以為我會有的輕鬆感,心中依然如夜一樣黑暗沉重。我猜測,這次警察傳訊我後,對我的調查,應該快結束了,或許我很快就會離開武大。卓嫣比較放鬆,她問我:「和劉書記聊了會天,覺得他人挺好的,你為什麼要掐死他?」沒等我回答,她又「咯咯」地笑了。

　　大風大雨後的太陽似乎更加暴烈,早晨七點多鐘,斜射進來的陽光就十分灼人,連睡會兒懶覺都不大可能。昨夜回到宿舍已是凌晨一點多,夫妻小別重逢,自會有一番溫存,入睡大概凌晨兩、三點了。我和卓嫣起床,收拾一下,出了武大後校門在街邊小攤上吃了個早餐,回到宿舍時,大汗淋漓,渾身上下幾乎溼透了。我在陳大爺傳達室兼小賣部裡買了兩瓶汽水兩支雪糕,站在宿舍大門口啜著汽水、呡著雪糕消暑,宿舍大門口背陰,還有些許的穿堂風,比我房間涼快。突然,中文系的鄭主任如魅影般出現在我們面前,有些故作緊張地對我說:「趕快、趕快回你房間裡去⋯⋯」我站在這兒礙著誰了嗎?我正想這麼懟鄭主任一句,卻看見昨夜那輛停在中文系辦公室門口的警車,緩緩地駛進了楓園,車頂上的警燈亮著、緩緩地轉動著,依然如昨夜一樣,沒有

發出警笛聲。警車停在我們宿舍門口，昨夜為我做筆錄的青年人從車上下來了，緊接著那平頭的中年人也下了車。他們徑直朝我們走來，平頭中年人指著我，對鄭主任說：「就請這位同學配合我們，鄭主任，麻煩你了。」鄭主任騎上自行車走了，我也讓卓嫻回房間了。陳大爺從傳達室小賣部裡出來，對我們三個人喊道：「來吧，我帶你們去。」

平頭中年人說「配合」，配合他們什麼呢？我有點懵圈(註29)，找不著北了。甚至有點抗拒和恐懼，萬一要我配合他們做我不會不該做的事，我怎麼辦？這時陳大爺站在魯勇宿舍的門前開了門，然後對平頭中年人說了句：「你們走的時候把門帶上就行了。」我依然不明白我要配合他們什麼。直到他們進了屋、喊我也進去，開始翻檢屋內東西時，我才恍然大悟，這是來查抄魯勇物品的，喊我所謂配合，只是讓我做個見證。雖然早聽說魯勇被捕，那畢竟是傳言，此時可以確證魯勇被捕了，我不由悲從中來，恨不能上前踢這兩個家伙兩腳。昨夜審訊我，今天喊我配合他們查抄魯勇，這是為羞辱我嗎？而且還有必要查抄嗎？今年我們已畢業了，魯勇離校回家，肯定會把自己所有的東西盡數帶走。如果魯勇真如傳言所說，是在回家途中被抓捕，他隨身攜帶的物品或打包寄走的東西，肯定也在警方的掌控之中。有必要跑這兒抄家嗎？

他們的動作規範而熟練，翻檢過的地方絲毫看不出翻檢過的痕跡。宿舍裡的上下鋪鐵架床，是鐵管焊接成的，他們連鐵管都要輕輕敲敲、連鐵管接頭處都要掏一掏……很仔細很專業。最後只剩下書桌沒檢查了，書桌抽屜上掛著把小鎖，中年人伸手使勁撐了撐，鎖扣就彎了開了。當抽屜被拉開時，我頓時傻了！滿滿兩抽屜的傳單和複印件，傳單上、複印件上，滿是因翻拍複印而模糊的照片：倒在血泊中的學生和老百姓的屍首、大街上廣場上橫衝直撞的坦克……魯勇實在太粗疏，臨走怎麼不把這些資料處理好，如果這些東西被搬上法庭作為罪證，他的刑期很可能要加長。估計當時風聲太緊，魯勇走得匆忙，忘記或無暇顧及處理這書桌裡的東西。我急得抓耳撓腮、汗出如漿，卻又無計可施。我見背對著我的平頭中年人，把抽屜裡的紙片團了團，一手抓起一把抽屜裡那些傳單、複印在 A4 紙上的圖片。他的手真他媽的大，兩隻手竟把兩抽屜裡的東西抓完了。他朝後退了小半步，幾乎就挨著我了，我忙向後退了半步，避讓他。中年人把他兩隻抓滿紙的手背到背後，搖了搖，似乎是對我低聲嘟囔了一句什麼，但我沒聽清，我只好問了一句：「什麼？」他沒有回頭，依然搖了搖他抓滿紙片放在背後的雙手，聲音提高了不少，頗不耐煩地說：「拿去燒了，都拿去燒了！」我真的不敢相信我的耳朵，但我下意識地用雙手捧起他手上的紙片，跑出了屋外，跑到我曾焚燒過退黨名冊的小楓樹下，慌忙火急掏出打火機，把那些紙片點燃，我真害怕那平頭的中年人後悔了，跑來要回這一大捧的紙

片。我真感謝我自己是個菸鬼,身上隨時都帶有打火機。

倏忽而起的火苗,很快就吞噬了所有的紙片,火熄滅了,曾附有歷史片段和信息的紙們,成了一小堆灰白色的灰燼。一陣熱風掠過,小小的灰燼堆很快就被吹散了⋯⋯我火化了紙片們後,沒有再進宿舍,我點燃一支菸,站在小楓樹旁慢慢吸著,我看見平頭中年人和那個青年人,走出了宿舍、走到了警車旁,我沒上前與他們告別,遠遠地看著那警車旋著不發出聲響的警燈緩緩地離去⋯⋯

註1　高校學生自治聯合會之簡稱。

註2　中國對 YouTube 的稱法。

註3　劉賓雁，筆名劉瀏、劉克、申明、劉子安、金大白等，吉林長春人，作家、記者和持不同政見者。他曾表示「共產黨管一切，唯獨不管共產黨。」取自維基百科。

註4　老三屆，指中國一九六六年、一九六七年、一九六八年三年共三屆高中和初中畢業生。

註5　出勤管理。

註6　Stockholm syndrome，臺灣譯為斯德哥爾摩症候群。

註7　類似臺灣的約聘制度。

註8　馮亦代，原名貽德，筆名樓風，男，浙江杭州人，中國作家、翻譯家、出版家。取自維基百科。

註9　章伯鈞，中國民主同盟和中國農工民主黨的創始人和領導人之一，全國政協副主席，中華人民共和國交通部長，《光明日報》社社長。反右運動時被認定為中國頭號大右派。取自維基百科。

註10　英若誠，滿族，老姓赫舍里氏，教名思維，出生於北京，中國表演藝術家、翻譯家，曾任中華人民共和國文化部副部長。取自維基百科。

註11　全副武裝之意。

註 12　Niezależny Samorządny Związek Zawodowy "Solidarność″,臺灣譯為團結工聯,全名為獨立自治工會「團結」,是波蘭的一個工會聯合會,萊赫·華勒沙領導,一九八〇年代創立,並且帶起一股社會運動浪潮,擊潰了當時波蘭的一黨專政,萊赫·華勒沙且成為波蘭首位民選總統。取自維基百科。

註 13　博士導師簡稱。

註 14　Lech Wałęsa,臺灣譯為萊赫·華勒沙。

註 15　即 Fuck You 音直譯。

註 16　臺灣慣稱折口。

註 17　中國少年先鋒隊之簡稱。

註 18　動力裝置分散安裝在車廂上的動力車,本身就是整列列車的動力來源,無須用到火車頭、軌道車等其他車輛作為動力來源,時速可達兩百公里,但並非高鐵。動力車簡稱動車,此詞也有普通列車組列車之義。取自維基百科。

註 19　聽從老大命令的狗腿、幫手之類。

註 20　許良英,浙江臨海人,中國科學史家、思想家、社會活動家。取自維基百科。

註 21　方勵之,籍貫浙江杭州,生於北京,美籍華人,天體物理學家。取自維基百科。

註 22　王若望,原名王壽華,筆名若望、若涵、若木,江蘇武進人,中國政治人物,共產黨黨內的高級幹部和民主派人士,被視一九八〇年代中國資產階級自由化、全盤西化的引領者。取自維基百科。

註23　臺灣翻譯為 E・M・福斯特。
註24　臺灣翻譯為《印度之旅》。
註25　臺灣翻譯為《窗外有藍天》。
註26　臺灣翻譯為《尤利西斯》。
註27　楊顯惠，甘肅東鄉人，中國當代作家。以描寫右派分子和大饑荒時期苦難的小說《夾邊溝記事》、《定西孤兒院紀事》著名。取自維基百科。
註28　臺灣翻譯為索忍尼辛。
註29　驚呆、不知所措之意。

下篇

23

一九八九年六月十三日,中國公安部轉發了北京市公安局通緝北京二十一位學生領袖的通緝令,從中央電視臺到各地方電視臺、從《人民日報》到各省市報紙,均高密度進行了轉播、轉發。對參與六四運動的學生及各階層人士的大搜捕、大清查、大整肅……由此拉開了序幕。恐怖驚懼緊張壓抑的氣氛,瀰漫在中國的每一個角落。這部小說寫到六月十四日武漢大學公祭會時,我為我自己設置過兩個問題,如果這個通緝令早兩天發出來,武大「六四」十日祭的公祭大會,會不會照常舉行?如果不舉行,秦雲潮、魯勇……會被逮捕嗎?結論一,公祭大會依然會按原計劃進行,熱血沸騰了,如火山噴發,不可能戛然而止,如同慣性一樣,沸騰的熱血需要慢慢冷卻。如果這個通緝令早發十天半個月,公祭大會或許就沒有了;結論二,即使沒有公祭大會,秦雲潮依然會被逮捕,因為他是武漢的學生領袖,而魯勇很可能躲過一劫,因為抓他判他的理由和證據,都源自公祭大會……

被鑒湖、李達花園、情人坡……簇擁著的武漢大學梅園小操場,武大師生皆簡稱之為「梅操」。官稱梅園小操場,也不確切,小操場真不小,應該是武大最大的露天公共場地,坡上坡下可容納萬人以上。武大每年的迎新都在梅操進行,每週六周日晚

上放映露天電影,幾乎具有了儀式感。梅操的形狀有點類似羅馬鬥獸場(註1),三面緩坡面對舞臺,如果視力好,不妨席地而坐,做遠觀狀,凹地處很平坦,帶個小板凳,也可以就近觀瞧。梅操的放映室,給我的印象最深刻,圓圓粗粗的雄壯建築,長得跟個碉堡炮樓似的,蹲踞在斜坡之上,幾個黑洞洞的放映窗口,居高臨下地朝著對面一座方方正正的建築,這座三面有牆而舞臺開放的舞臺,面對著放映室黑洞洞的窗口,很有些被瞄準被射擊的感覺。偶爾去看電影時,我會在梅操近旁的李達花園轉轉、在李達(註2)的半身塑像前稍作停留,塑像並不生動,一點也沒有表現出那個留下一張「主席救我」的紙條含冤而去的孤傲的生命,而這個生命的逝去,恰恰就是因為他呼救的「主席救我」的「主席」……

　　一九八九年六月十四日上午九時,武漢大學高自聯舉行的「六四」十日祭,在梅操舉行。八點半鐘,從梅操傳出的貝多芬《第三號交響曲》的第二樂章,在武漢大學的天空低迴飄蕩。第二樂章是〈葬禮進行曲〉是輓歌是哀歌也是偉大靈魂的鳴響。我在心中暗自讚歎秦雲潮,肯定是他選擇了這個第二樂章作為十日祭的哀樂。我不懂音樂,更是交響樂的門外漢。秦雲潮曾告訴我,他的博導甄國光教授關門絕食時,床邊的錄音機往復播放的就是貝多芬《第三號交響曲》的第二樂章。我也有盒式錄音機,於是找來了盒式錄音帶,反覆聽了幾遍這個第二樂章,從技術層

面講，我依然對交響樂一竅不通。公祭大會宣布集體默哀三分鐘、我的眼中噙著淚努力不讓它落下的時候，終於理解了羅曼・羅蘭為什麼對〈葬禮進行曲〉有這樣的評價：全人類抬著英雄的棺柩……

同音重複的哀歌，沉重而激越地在天地間迴盪，人們從各個方向朝梅操匯集時，走進了梅操也走進了哀歌，不由面色肅然步履沉重緩慢。十日祭的靈堂設在梅操的舞臺上。靈堂雖布置得極其簡樸卻不失莊重，舞臺牆上一個碩大的「奠」字的周圍，綴滿白色的絹花，右側垂吊的字條上書：英雄千古。左側是：武大師生敬輓。舞臺外側，從屋頂垂掛下來的輓聯，右側是十個遒勁的大字「倒下去的是人民的英雄」，左側的十個大字是「站起來的是英雄的人民」作為輓聯，或許不合輓聯的規制，但這兩句平實的大白話，極具張力和內涵，哀而不傷，顯得特別有力量。這兩句話，出自作家班集體創作的十日祭祭文，執筆者是魯勇。雖隔著幾個房間，魯勇宿舍裡嘈雜聲，依然在凌晨時把我和我妻子都吵醒了。作家班半數同學參加的討論，聲量之大之雜，估計讓整座樓都難以入眠。一通宵的努力，六千多字的祭文初稿，終於壓縮到了二千字以內。魯勇在把定稿拿去打印交給秦雲潮之前，讓我看了看。魯勇稍有些忐忑地問我：「怎麼樣？」我抬頭看了看因熬夜兩眼紅腫的魯勇，沒說話，只豎起大拇指，表示很好。選擇有一副略帶滄桑的男中音嗓子、普通話並不十分標準的魯勇朗

讀祭文，也是一個好的選擇。公祭大會結束後不久，魯勇朗讀祭文的錄音，被許多本科生翻製成了卡帶，以五元人民幣的成本價售出。於是，兩、三天內，武漢三鎮的大街小巷，幾乎全籠罩在魯勇那帶著難以抑制哭腔的沙啞聲音中。後來，這聲音又出現在美國之音、BBC 裡⋯⋯

當魯勇在麥克風前讀出：「⋯⋯槍聲擊破了自由的渴望，坦克碾碎了民主的夢想⋯⋯」時，壓抑中的梅操，出現了隱隱的嗚咽聲，初時，嗚咽聲如小溪汩汩流淌。當魯勇流著淚努力控制著哭聲，朗讀到：「倒下去的是人民的英雄，站起來的是英雄的人民」時，嗚咽的小溪匯成了波濤洶湧的大河，匯集在梅操的一、兩萬人，幾乎同時釋放出了巨大的壓抑和悲憤，悲聲大放。一、兩萬人「嗚嗚」的哭聲，宛如地火奔湧著衝破地表，又像一波又一波驚濤拍岸的浪潮⋯⋯我從沒見過一、兩萬人聚集在一起痛哭的場景，相信以後也不會再見到了。哀樂和哭聲渾然一體──全世界都抬著英雄的棺柩。無法用語言形容那和著哀樂的撕心裂肺、響徹雲霄的哭聲，就永遠定格在了我的心中、銘刻在了我的記憶裡。漸漸的、漸漸的，激越的口號聲中，哭聲平息了下來。

六月中下旬，梅雨季節已經結束，武漢的每一天，應該都籠罩在熾烈的陽光中，而今天，天卻陰沉著，鉛灰色的厚厚雲層，遮住了太陽。

住作家班隔壁樓的鄰居、楓園五舍八八級插班生的董大貴，左手托著一包東西，突然從密密麻麻的人群奔出，奔向主席臺。這場面很像評書裡形容古戰場的一句話：刺斜裡，殺出了一彪人馬。董大貴沒有從側旁的樓梯登上主席臺，而是奔到臺前，右手在臺沿上一撐，直接躍上了離地面約一米多的舞臺。我認識董大貴，但並不十分熟悉，在我印象中，他是個有些內向靦腆的小夥子。躍向舞臺的董大貴，站到麥克風前，左手舉起一包衣服，右手從褲兜裡掏出了個打火機，他漲紅著臉，對麥克風高聲喊道：「我曾是個軍人，當這個軍隊在北京屠殺學生時，我恥於為這個軍隊中的一員、恥於為軍人了。今天，我當眾宣布，退出這個向學生向人民開槍、已淪為劊子手的反動軍隊⋯⋯」說完，董大貴跳下舞臺，把那套軍服軍帽拋在地上，用打火機點燃了。董大貴的出現，給公祭大會帶來了一陣騷動，雷鳴般的掌聲、山呼海嘯「血債要用血來還！」的口號聲，不少人湧到臺前和董大貴握手擁抱、甚至有人把軍服燃燒後的灰燼收到了口袋裡，還有不少學生聲嘶力竭狂呼：「上街、上街、軋斷京廣線⋯⋯」不在議程中的董大貴，給公祭大會帶來了稍許的混亂。臺下黑鴉鴉的人群，突然如浪一樣起伏湧動，顯得有些失控，面對如此局面，作為公祭大會主持人之一的顏和平，似乎也失控了，他「撲通」一聲跪在了主席臺上，痛哭著哀告大家：「我求同學們千萬不要再上街了。我六月三號深夜、六月四號凌晨騎車在長安街來回往返，親

眼見他們是真的開槍真的開槍呀，是真的用機關槍掃射、坦克車真的追著學生碾壓……求求你們了，千萬千萬不要上街……千萬不要……」

董大貴在軍事法庭上接受審判，檢察官舉證時，拿出了董大貴焚燒軍裝後的一撮灰燼和軍帽上那顆只被燒掉了紅漆的五角星。重慶報紙報導這個案件的一篇文章，透出的這個細節讓我這個親歷者，恐懼頓時從腳趾頭爬滿了我的全身，每一根頭髮絲都在戰慄。我渾身冰涼冰涼……

因為痛哭、因為情緒有些失控，跪著的顏和平，全身一軟，癱坐在了舞臺上。同是大會主持人的秦雲潮，斜披著一條綬帶，從側幕條走出來，和另一人扶起了顏和平，把他扶到了後臺。當秦雲潮再出來，站到舞臺中央時，手裡多了個簽字本，這時，我也看清了他綬帶上的四個字：我要退黨！

大約一周前，作家班的黨支部書記齊百川，在四舍二樓的小教室，召開作家班的黨員會議，本是黨員會議，齊百川竟邀了作家班幾個非黨員的群眾參加，我是其中一個。三十人不到的作家班，有十多名黨員，這比例，遠遠超出了我的想像。兩腳獸也參會了，他雖還不是黨員，但兩隻腳已經邁進去了，只剩一點點腳後跟在門外。自從我們打了一架後，已形同陌路。不知為什麼，

齊百川甚至把秦雲潮也請來參加了會議。齊百川主持會議,他首先發言道:「我們都是作家,社會上都有一定的影響力。如今已是非常時期,在這樣的時候,我們除了保持理性外,還應該做點什麼……」我明白、大家也都明白齊百川為什麼要開這個會了,甚至可能是接到上級黨委指示召開的這個會。見大家都沉默著不說話,我開口了:「非常時期?大規模開槍鎮壓學生,遍地的鮮血,中國歷史上都沒有過的殘暴黑暗時期。是誰下令開的槍,就是你們的黨中央下的命令,你們黨的軍隊執行了命令。簡單、吳天芒也是作家,他們退黨了。你是黨員、你是軍人,你是作家班的黨支部書記,你覺得你該做點什麼呢?」齊百川被我說得有點惱羞成怒,指著我說:「黃雙林你瘋了,亂咬一氣!我惹你了嗎?」我不想再一次出手打架,站起身來,準備拂袖而去。秦雲潮見狀,一把拉住我,拉我在他身邊坐下,很真誠地問道:「雙林,百川說得沒錯,我們總應該做點什麼吧?」我想了想,也很真誠地回答他說:「死了那麼多人,有必要舉辦一個追悼公祭大會,追祭英靈悼念亡魂……」

秦雲潮發言時,舞臺上有人搬上來了個書桌。秦雲潮手拿簽字本,開口說話了。他的語氣語速與他平日裡說話,沒多少區別:「我是中共黨員,從現在起,我就不是了,我現在公開宣布,從此時此刻起退出這個手上沾滿學生鮮血的反動的黨。這就是我的退黨聲明。我也在這裡公開號召所有有良知良心的中共黨

員，退出這個已經腐朽黑暗的黨……」說到此處，秦雲潮面朝臺下用雙手舉起了簽字簿，「這是退黨簽名簿，自願退黨的同志，請上臺。」我無法看清秦雲潮舉在手上的簽字簿封面上的字，字太小，但我猜測是：退黨簽名簿。秦雲潮放下舉著的簽字簿，把它放到課桌上，很莊重地翻開封面很莊重地拿起桌上的大號簽字筆很莊重地簽下了他的名字……平日裡我眼中的秦雲潮，就是個背稍有些駝、身材偏瘦、鼻樑架一個近視眼鏡的儒雅書生，而此時他站在舞臺中央，寬大的舞臺卻顯得狹小，似乎已容不下他英武高大的身軀。他是真正的英雄，一個匡護正義的大俠，他身披的綬帶，就似斬奸除惡的倚天長劍。

全場又一次響起了狂風暴雨般的掌聲，掌聲中許多人都擁向主席臺。我妻子卓嫣雖然明天就回重慶，今天也隨我參加了公祭大會。剛才她哭得渾身顫抖，眼睛仍紅通通的，當許多人衝上臺去退黨時，她也要去，我一把拉住她，勸她道：「這是武大，不是重慶師大。妳不是武大的學生，也不是武大的員工，妳要退，應該回重慶去退。」我的話看似有道理，實際上是我存有極大的私心，我想保護我的妻子。從中共的黨史和案例上看，我知道，退黨就是叛黨，而叛黨，就意味著要被消滅，即使不在肉體上殺死你，也要從靈魂上殺死你。秦雲潮在我心中是一個大英雄，原因也就在於此，他退黨號召退黨，是已把生死置之度外了。我妻子能把生死置之度外嗎？我愛她，願意她把生死置之度外嗎？卓

婞突然掙脫了我的手，跟跟蹌蹌衝向了主席臺。我沒再攔阻她，我不想把我的怯懦我的自私暴露在眾人面前⋯⋯

衝上臺去退黨的人不少，有的從側邊的臺階走上了舞臺，有的如董大貴一樣，手撐著臺沿，躍上了舞臺。湧上臺的人太多，小小的課桌前竟然排起了長長的隊伍，一人簽了名後把筆主動遞給後一個人，然後離去。排隊的人中，我看見了卓婞，她一身白色連衣裙，如朵白蓮花兀立在人群中。我低下了頭，感到有些慚愧。會場上忽然間又響起了雷鳴般的掌聲，我抬眼望去，看見甄國光教授被人攙扶著，緩緩地走出人群、走向了主席臺。六十多歲的甄教授個子不高，稀疏的頭髮偏分著，梳理得很整齊，天雖熱，仍身著似從他身上長出來一樣的藏青色西裝西褲套裝，足蹬一雙小方頭黑皮鞋。幾天前，我去武大醫院時，甄教授因絕食還躺在床上輸液，此時，他臉上泛著大病初癒後的蒼白。看著緩步走著的甄教授，我腦袋裡蹦出了兩個詞：古典、尊嚴。見恩師要上臺，秦雲潮匆匆跑下臺去，和另一人小心翼翼地把甄教授攙扶上了主席臺，攙扶到麥克風前。甄教授上臺似乎只是要在退黨簽名簿上簽名，並沒準備發言，被攙到麥克風前，羸弱的甄教授很沉靜的淡淡地說了幾句話：「一九三九年，我加入了中國共產黨，一九五七年，我被開除出了中國共產黨，一九七九年，我被平反恢復了黨籍，重新成為了中國共產黨黨員，今天，我在此公開聲明，退出中國共產黨。」臺下再次響起如狂風掠過林梢般

的掌聲，甚至有人喊出「甄教授萬歲」的口號。短短幾句話，幾乎是甄教授一生的履歷，短短幾句話，也幾乎耗盡了甄教授的體力；短短幾句話，證明一個理想主義者「種下龍種，卻收穫了跳蚤」，以為撲向了光明，卻跌入了深深的泥淖。在秦雲潮的攙扶下，甄教授很艱難地轉過身去，排隊簽名退黨的人，紛紛避讓，騰出地方讓甄教授在課桌前在退黨簽名簿上簽了名⋯⋯

公祭大會結束了，人群漸漸散去，貝多芬《第三號交響曲》第二樂章仍播放著，悲憤在天空上激盪，久久不願散去。

找了一圈，我終於找到了魯勇，索要他手上那份祭文。魯勇把三頁稿紙的祭文遞給了我，很詫異地問：「你要這個幹什麼？」我說：「將來，這就是珍貴的歷史文物。」接過祭文，我吃了一驚，祭文沒有打印，仍然是手抄稿，上面還有幾滴魯勇的淚痕。見我看到手抄文本有些驚訝，魯勇解釋說：「小賣部那臺打印機壞了⋯⋯」回到宿舍，我從書架上抽出了本書，把這祭文的手稿，夾在了書頁裡。我知道，信函類的保管，書是最好地方，當然，以後還要能記得夾在哪本書裡了。一九八九年八月，我可以離開武大回重慶時，已先把幾百本書打包發回了重慶。回到重慶，這幾百本書和重慶的幾千冊書混到一起後，我就再也沒有找到這份祭文了。千禧年的前一年，一九九九年的六月四日，「六四」十周年之際，我本想找出十日祭的祭文讀讀，十年

祭之時，讀讀十年前的十日祭祭文，肯定是「別有一番滋味在心頭」。但是，無論我怎麼努力，也找不著那薄薄三頁紙的十日祭的祭文了。於是，我翻出藏於箱底的十日祭祭文的錄音帶，把錄音帶放入了卡式錄音機裡，只聽錄音機「吱吱」幾聲響，錄音帶斷成了好幾截，攪成了一團亂麻。十年時間，小小的錄音帶已成朽物。時間是記憶是忘卻是治癒是希望是生是死……它就是一切，當然，它也是破壞者毀滅者……

二〇二三年三月～二〇二四年六月

初稿於清邁素帖山中

二〇二四年七月～二〇二四年九月

定稿於清邁合院聚園

註1　臺灣譯為羅馬競技場。

註2　李達,字永錫,號鶴鳴,筆名立達、鶴、胡炎、江春等,湖南零陵嵐角山鎮(今屬永州市冷水灘區)人,中國馬克思主義哲學家、教育家,中國共產黨創始人之一。取自維基百科。

跋

最是百年這一夢

任嵩樂

　　我有千言萬語，不知從何說起；我無意開口，心頭總有萬千奔馬欲躍而出！

　　但這不是《野草》(註1)！

　　這是我閱讀王繼《四月飛雪》的感受。我敢肯定，這也是王繼寫作時的感受。

　　我們都曾從夢想的邊沿劃過──這夢想發端於戊戌的康梁(註2)，或掠過嚴復曾經從英倫歸來的腳步，或劃過武昌辛亥的槍聲……

一百多年過去，自由的夢想脆斷，邪惡的種子發芽。願意回望的人啊，是不是早已感受到這樣的悲劇，我們夢想著自由，卻不得不背負捆綁的繩索，我們追求著幸福，卻不得不蹈入無休無止的苦難。

這是王繼認下的命，同時也是我認下的命，註定多災多難的民族不得不認下這個命。羅貫中早就這樣寫過：廟堂之上，朽木為官；殿陛之間，禽獸食祿⋯⋯

一個綿延千年的腐朽專制制度，一群俯首帖耳甘為奴婢的人民，他們之間早已固定下來的關係，若果能出現什麼現代化的轉換，那就是人類最大奇跡。若果不是鮮血流淌的刺目與驚心，沒有人會關注這個由一群螻蟻構成的龐大王國。蟻王高高在上的威嚴，螻蟻奔忙的艱辛，構成東方大陸亙古不變的壯麗畫卷。這是奧威爾(註3)的《一九八四》和《動物莊園》所不能比擬的，也是紮米亞金(註4)的《我們》不能比擬的，他們再了不起的想像力都無法超越螻蟻王國的現實。這個美麗的新世界，為整個人類提供了一個無法參破的人類學研究樣本，也是共產主義試驗田最為迷幻的成果，是就連馬克思自己都無法解釋的理論轉換：人從一切的目的最終成為任意利用的手段⋯⋯

這是一個迷局，至今無人參破，但智慧的利劍正在刺破蒼穹。王繼的《四月飛雪》從正面切入了這個迷局裡最大的一次抗爭運動，在千年古國汗牛充棟的文字記載史上，以雞蛋的脆弱撞

向石頭的堅硬，在虛構與紀實之間，記敘下那些罪惡與抗爭，在噤若寒蟬、萬馬齊瘖的時代，爆出了壓抑於心底的吶喊。

「四月飛雪」是一個包含多重時空的意象，王繼以此為題，實際上是在這個詩意的意象中，注入了特定的內涵。這意味著，我們在這個詩意的標題下，一定會發現某個我們暫時無法確知的內容，「四月」這個可以被我們感知的時間，為什麼會出現我們無法理解的反季節天象？這可能是他設置的核心懸念，也可能是對「四月」的個人化注釋。

直到我們讀完整部小說，我們才能確知，這是王繼在血火年代之後，經過歲月的淬火與冷卻，對夢痕的一次嚴肅的檢視：拼拼貼貼的碎片，就像生活本身一樣凌亂，而背後的邏輯又特別不容挑戰，就像歷史本身的軌跡絕無第二種可能。因為我們的每一個選擇都只能是唯一，選擇了這個唯一就被拴在了歷史發展的鏈條上。可惜的是，我們的每一次選擇都是錯誤的，因為我們的尺度或者價值觀左右了我們的選擇，而這個尺度或者價值觀是被某種外在因素規定的。這對我們來說是一個難題，即我們必須做出選擇的時候，很難意識到這是一種主動的或被動的，也很難意識到這個選擇是自由的還是受限的，甚至連「選擇」這個選擇都是他賦的，這片大陸是必然王國的終點和邊界……那些被捲入歷史潮流的人，他們義無反顧地做出了堅定的選擇，事實上他們的選

擇也值得敬佩，但問題是，他們非但沒有帶來歷史的改變，反而讓自己成為歷史的祭品，在祭奠的香煙消失之後，沒有人會想起他們，也沒有人敢於提起他們⋯⋯

王繼在三十多年後，在清邁（含醞釀的時間）花了整整四年，寫出這部小說。他不但記敘了一種可能的選擇，以及一旦選擇就必然為之付出代價的結局，更是對中國人的被動人生作了一次檢索，以無比的膽識和才情，直面了「八九六四」這串數字背後巨大的歷史容涵度，也向世界呈現了武漢大學學生曾經有過的驚天壯舉，他們以肉身再現了貝多芬《第三號交響曲》「全人類抬著英雄的棺柩」的畫面。這可能是八九‧六四之後唯一的一場集體悼亡儀式，也可能是王繼最為銘心刻骨的悲壯場面。

不過，王繼沒有沉湎於彼時的悲壯與崇高，他想通過這樣的敘寫，來度量一下這個民族的深深的苦痛、度量一下這個國家的前途和希望到底幾何。他幾乎採取了一種冷漠的敘事風格，在看似散亂的記敘中，避開喧囂的即時性敘事，把各種人物編織進一個去中心化的結構中，讓他們在震盪過後灰土一般的人生，各歸了自己的命數。流亡、監禁、死去都顯得那麼順理成章又驚心動魄。

從歷史選擇的角度看，「六四」對整個中國的變革，可能最初是一個契機，但最終它成為一次毀滅和一個禁忌。這個契機的

喪失，當然一方面最大的原因是殘酷的武力鎮壓，但另一方面，運動中的大學生本身也未必清楚他們自身的真正使命，而且，當他們一開始就被定為「暴亂」的時候，依然對對方設置的紅線毫無知覺。當然，在這次浩大的運動中，無論是統治者還是挑戰者，雙方不但沒有一個基本的共識，而且連基本話語系統都是分裂的，因此雙方根本沒有什麼妥協的可能。一方是不容挑戰的老謀深算，他們忌憚的和猜忌的是大權的旁落，一方是毫無組織的莽撞天真，他們自認為這一次正義的舉動，終將獲得認可，並無不翹首以待。王繼在小說裡有著充分的思考，他通過對時空交叉、顛亂的處理，在共時敘事之間，大量地穿插了回望與歷時性的反思，個人化地解讀了整個事件的演進過程。在他的回望和反思中我們可以看出，六四的悲劇性結局，使中國不僅是喪失了一個政治改革的契機，而且國家和人民都背上了沉重的包袱。在國家敘事層面，這顯然是一個暗黑空間，官方不惜以舉國之力來掩蓋真相，因為它比共產黨歷史上經歷的所有大事件更為機密和敏感，所謂三反五反、土地改革、大躍進、大饑荒、文化大革命等等數次大災難，人們尚可藉偶露一絲一毫的縫隙窺其端倪，而「六四事件」則嚴絲合縫地被埋入地下，其墳塚的厚度與深度，隨歲月的增加而增加，最後唯見青青墓草枯榮，不見路人憑弔。未來的人們翻開歷史書一查，或滿紙空白或一片混沌的煙塵。在私人話語層面上，它依然諱莫如深，但那些流血的傷痛與悲憤永遠都不可能隨時間而紓解。

鳥飛過而留痕，雪泥亦會印鴻爪，何況歷史呢，何況那麼多血呢？延續至今的高壓與隱瞞，到底不能完全消除曾經的歷史，是審判還是和解，一定會交給不可知的未來。但無論審判還是和解，總得有可資參考的資料，總得有回到真相的路徑，《四月飛雪》或可是王繼的個人敘事，但更可能是回到真相的最為通幽的路徑，因為他描述的不是廣場的壯懷激烈，也不是簡簡單單的街頭吶喊的場面，而是——大事件震盪波紋裡那些鮮活生命最為生動的命脈譜系，是每一個個體在遭遇到巨大衝擊之後，由外至內的深刻變化。可以這麼理解，以「六四」為重要節點，不但中國的國家命運被改變，那些個體生命軌跡也被改變，甚至是發生了巨大的翻轉：他們從街頭激情奔湧的愛國青年淪為了國家的敵人，不但變革的夢想竹籃打水，一腔愛國熱情竟然也成了最為危險的罪行。當王繼記錄下那一個個人物的出發與歸途之後，我們可以看見，一個民族悲情大敘事的誕生與終結，始終伴隨著個體自由精神的消亡。就一九八九年之後的中國發展進程來看，在缺乏救贖與懺悔的土地上，鎮壓者不會因暴行而獲罪，但它永遠無法卸掉必須承受的罪責，犧牲者繼續求告無門但鮮血會開出不屈的花朵——雙方形成了一個無法和解的緊張關係，使中國成為一個沒有共謀空間的離散社會，整體上社會治理也不得不一直延續著緊張的所謂「維穩」手段，最終淪為警察治國的最低級治理模式。這是當初錯誤的選擇留給現在的歷史負累，也是一筆大而化

跋

之的歷史帳目，王繼在敘寫那些逃亡與追捕、死亡與消失的故事時，大約就是意識到了這筆帳目的重要性，因此採取冷靜而客觀的敘事風格，不事渲染地忠實記錄。

這，已經足夠。

當我說到「四月飛雪」的懸念式設置的時候，其實我想到的是這部小說在敘事上的另外一個懸念。

首先我敢肯定的是，這是一部在結構上有著巨大挑戰的作品，它拒絕了一種線性的敘事方式，這就為普通讀者的閱讀設置了基本的障礙，因為我們的閱讀過程逃不過時間的線性限制。事實上，傳統敘事作品也基本上都是線性的單向度敘事，作者在逐字逐句完成作品的時候，也無法逃離作品世界所依據的線性時間的推進，就算是複調小說或者巴赫金所指的「眾聲喧嘩」式作品，或者熱拉爾‧熱奈特(註5)指稱的敘事多重性，如預敘、回敘、倒敘等等，都是在線性基礎上的人為突破，至於複調或者多聲部之類，那是結構上的需求，閱讀者可以在閱讀的即時態過程中，找到它們之間的聯結和融通，通過結構的新奇與創造，引導讀者完成所謂參與性閱讀，這也是此類作品的閱讀趣味所在，以至於出現了法國新小說和元敘事手法(註6)。但王繼的懸念設置實際上對已經成型的敘事手法都形成了挑戰，在一開篇就記敘了他在不同年份的連續多次的個人紀念行為，這些看起來在不同時空的行為，實際上呈現出並列式的共時狀態，這可以看成是他一直

堅持的「整體性敘事」（此評價來自評論家唐雲為王繼《九月殘陽》所作的序言）的延伸，通過這樣的敘述，他實際上是道出了一種隱密的狀態，那就經歷過那場血與火抗爭的人，其靈魂深處依然駐留著未了的情結，這不僅是某時、某人的單獨行為，而且看起來是一個從未凝固的傷痕，映照出一個歷史的巨大黑洞。

但僅此還不能完全概括《四月飛雪》的新的突破。

整部小說以敘述人黃雙林的經歷為線索，採用散點透視的多維記敘，把一個個人物和故事並置於一個去中心化的整體文本中。這個去中心化的結構雖然有著特別的張力，但也不得不讓人擔心，這些單一的構成元素將以何種方式發生關聯，人物彼此之間似有似無的關係，如何成為事件必然性的推動力，那些看似偶然被黃雙林想起和記錄的人，為什麼毫無緣由地突然出現又毫無徵兆地消失……

王繼可能也面臨著這個相同的問題，因此，他採用了一種倒懸的結構方式，略似於敘事學理論中的「預敘事」。往往，他以漫不經心的方式先寫出一個人物最後的結局，然後才在不同的時機讓這個人物活躍起來。在我們預先知道其結局之後，也就是在讀者被吊足胃口之後，一個個小懸念、小故事漸次展開。在這些展開的懸念或故事中，讀者才能慢慢發現自己已經被作品拉入某個氛圍之中，並試圖去尋找各個結構元素彼此之間的關係或呼應，一種強烈的參與感油然而生。有時候，他又給敘事留下大量

空白,一個人物突然出現,並與敘述人發生了某種關係,突然之間這些關係又戛然而止,直到多年以後,傳來這個人的死訊或歸來的消息。這看起來是一個結構或者敘事技巧的問題,但實際上這樣的敘事方式所反映的,正是歷史大悲劇之後,離亂社會和破碎人生的本相,沒有人能夠尋找到生活的邏輯,也無法建構有序的生命軌跡。

王繼以這樣的敘事,記錄了一個個人物的憑空消失,秦雲潮、魯勇、李漢生、黎含章、靳非常、張瀚⋯⋯他們以獨特的方式出現在敘事之中,又以獨特的方式消失於我們的期待視野,不得不讓人感歎命途與歸宿這宏大的不解之謎⋯⋯就算是壯懷激烈的一代梟雄、就算是底層奮起的耀眼光芒,最後都歸於個人無法掌控的飄零與羈旅並隱入塵煙。

這可能就是為什麼王繼能夠以平實而非渲染的語言,營造出極具閱讀趣味文本的關鍵。

但作者是以什麼力量將這個結構倒懸起來的?

我們可以看見,王繼在這裡不僅僅採用了預敘的手法,而且總體而言,整部文本恰恰又是一個回敘式文本,還採用的是一個在高處俯瞰、低處沉思的姿態,最終建構起一個有著強大支撐的倒懸結構體。這個強大的支撐就是篇末的公祭大會。

幾乎所有的結構元素以及所有的人物,他們的關聯的形成

以及最終的結局,都與這個公祭大會密不可分。可以這樣認為,學生運動是一個巨大的向心力系統,學潮的升級是與當局的態度彼此互動的,四・二六社論(註7)之後,雙方又形成一種不可解的應力系統,由於沒有有效的妥協機制,運動主體的訴求在不斷深化,其口號的變化以及參與人群的擴大,都被當局認為是一種顛覆行為,是野心家篡黨奪權的「險惡用心」所致。而當局對學潮最初的定性顯然是從他們江山永固的思維出發的,他們從不願意放棄哪怕一點點對權力的占有,而現代政治的平等、普世概念更無從談起,他們對民眾意見的漠視以及顢頇態度,一步一步激怒了學生。最終彼此毫不退讓、推波助瀾,直到一方大開殺戒。就北京而言,這個向心力系統的崩潰是武力清場和流血事件的發生;而就武漢而言,武漢大學的公祭大會形成了另一個向心力系統,至少在王繼的作品裡,這個系統始終對他筆下的人物產生著深刻的效應。其深刻意義還在於,這個標誌性事件的發生,是在北京流血事件之後,這就無疑是一種更為倔強的反抗精神,也是壯闊的時代潮流不可阻擋的明證。

在此強大的支撐力下,整個敘事結構就有了其內在的邏輯。我們不是很迷惘於那些敘事碎片麼?我們不是找不到那些人物出現與消失的邏輯麼?我們的閱讀不是受到了非線性敘事的挑戰麼?當我們看到結尾這個公祭大會的時候,一切都回到了一種有序而清晰的思緒中,我們會以自我的聯想和想像填補上敘事中所有的空白,公祭大會就像一個蒜梗,那些人物和故事就是蒜瓣,

它們以蒜梗為中心，最後形成一個完整的敘事。

王繼以這樣的敘事技巧，讓我們都能夠最後理解公祭大會上那響亮的、誓言一般的祭幛：倒下去的是人民的英雄，站起來的是英雄的人民！

這是一部向歷史致敬的作品，也是一部深刻反省的檢討書。已過七旬的親歷者王繼，依然沒有退去生命的激情，這是因為他無疑始終懷著深深的夢想，更是有著一種高蹈的哲學追求：個人的自由是一切自由的前提，任何國家意志和團體精神皆不可加害個人自由。這也是百年中國的夢想，當代中國歷史上那些壓制與反抗、監禁與逃亡之間，是自由意志正在遭受的徒刑。老作家王繼以四部長篇作品的巨大體量，在回望一生往事的時候，將終曲定格在這危險又令人長歎的《四月飛雪》，他是想向世人宣示一生的不屈，也懺悔於曾經的軟弱與怯懦，更是對所寄生的國度感到深深的悲哀。如今，已經去國的他將一種深刻的絕望感隆重地呈現在讀者面前，同時又讓我們在同樣孤獨的時候，想起曾經的呼喊與奔走，曾經的無數次失敗，也讓我們對那些反抗者肅然起敬，在有缺陷的歷史中尋找到真理的火花。

最是這百年自由的一夢啊！

我不知道這部作品會給他帶來怎樣的後果，並為他深深地

擔憂,因為他不是美國的哈金,哈金可以安全地寫作《尋找坦克人》(哈金接受採訪時,曾提到他正在創作這部小說) 這樣的作品。但這並不妨礙我向他致敬,因為在我們缺乏膽量的時候,是他為我們代言!

謝謝你,王繼!

註1　魯迅的散文詩集。
註2　清朝戊戌變法時期的新文化運動者康有為、梁啟超。
註3　臺灣譯為喬治・歐威爾。
註4　臺灣譯為葉夫根尼・薩米爾欽。
註5　臺灣翻譯為傑哈・簡奈特。
註6　即宏大敘事,也稱後設敘事。
註7　即小說內文提及之〈必須旗幟鮮明地反對動亂〉,又稱「四・二六社論」。

後記

　　二〇一九年秋，歷經四年，我終於完成往事記憶三部曲（《八月欲望》、《六月悲風》、《九月殘陽》）此時，我已年滿六十八歲。此前，因各種原因，我已有二十七年沒寫小說了，更別說長篇小說。重新提筆寫長篇小說，是因了野夫的鼓動，也因有了平板，我可以躺著寫。二〇二一年《九月殘陽》在臺灣南方家園出版社出版後，我長舒了一口氣，終於可以封筆收山了：我完成了我對我自己也是對朋友和對社會的許諾，用三部長篇小說，真實反映十年文革。

宜賓李莊，好友任樹德的樹德小院裡，樹德君偏著頭望望擺在桌子上的三卷本的往事記憶，又望望我，意味深長地對我說：「王繼，王大爺，你怕是收不了山封不了筆喲，你看，八九六都有了，恐怕還差個四喲……」其實，無論是時間軸，還是寫作順序，三本書的排序是：《八月欲望》、《六月悲風》、《九月殘陽》，八六九。那天擺在桌子上的三本書的順序恰恰是：八九六……而且，因第一本書名用了《八月欲望》後兩本也就以時間「月」為名，是隨意並非刻意。這或是巧合偶然，又或是天意。因為一九八九年我正就讀於武大作家班，親歷了武大、武漢的六四運動，我曾多次向朋友們講述過其間發生過的許多故事，樹德君說：「差個四。」，有了四，四本書的頭一個字連起來就是：八九六四。他說動了我，於是，這才有了這部長篇小說《四月飛雪》，往事記憶三部曲加了續篇，成了四部曲。

　　於我而言，於許多人而言，於中國而言，於歷史而言，「八九六四」都是難以忘懷、也不應不能被忘懷的。問題是，在當局不惜以暴力隱瞞遮蔽甚至歪曲這段歷史，中國的八○、九○、○○……後們，還有多少人真正知道真正瞭解這一段歷史？海外，關於「六四」的紀實、回憶錄、研究考證……的文章和著作不少，而以長篇小說的形式，表現這一場偉大的運動的似乎還沒有，我想試試。

後記

  到清邁寄居養老之外的另一個原因，就是希望在一個不受外界壓力、干擾的情況下儘快完成《四月飛雪》。誰知，清邁是一個特別容易讓人放鬆的地方，雖然我每天想著創作，而實際上每天我就靜靜地待在清邁鬆弛的天空下，啥也不想幹。這種狀志持續了一年多，有段時間甚至想放棄《四月飛雪》的寫作了。慵懶著啥也不想幹，也非好的狀態，總要做點什麼，做點什麼呢？野夫回答了我：「除了寫作，我們還能做什麼呢？」卡夫卡說：「只有寫作是無助的，不存在於自身之中，它是樂趣和絕望。」於是，我到素帖山中租了個房，把自己關進了靜寂與孤獨中，一年多的時間裡，完成了這部《四月飛雪》。

  《四月飛雪》寫出來後，優劣好壞，留待讀者和他人品評，我要說的是，我還是秉持了我小說的一貫風格，比較好讀好看。

  有一點說明，我不擅詩，無論新詩或舊體詩，也可以說不是不擅而是不會，所以，徵得野夫同意後，《四月飛雪》中所引用的舊體詩，均取自野夫原創的舊體詩詞；徵得唐雲同意後，《四月飛雪》中所有的新詩，均來源於唐雲的原創。與前三部一樣，《四月飛雪》仍承蒙臺灣南方家園出版社出版發行，我對他們再次表示真誠的感謝；也感謝樹德、野夫、唐雲諸君對我的幫助；在此，我尤其要感謝黃自華先生。當我邀他為《四月飛雪》寫序時，再三說明，沒有稿費是小事，而且很可能會遭遇到風險。黃

自華先生只回答我五個字：「我怕個麼事（武漢話：意為啥也不怕）！」八十三歲的黃自華先生收到《四月飛雪》的初稿後，不到一個月的時間就把他寫的序發給了我。感謝任嵩樂先生為《四月飛雪》所撰的跋，他的深刻讓我受益良多。

二〇二一年七月，我去國離鄉之時，好友、舊體詩詞大家韓子渝兄贈我一詞，詞中嵌入了三部曲加續篇的每一部長篇的書名，而彼時「飛雪」尚在腹中：

〈菩薩蠻．詠孤思〉

殘陽飛雪牽欲望，悲風原自乾坤象。禁閉掩簾門，江山眼外昏。 故鄉何處是？儘在心安寄。白髮不相欺，流雲歸有期。

如今《四月飛雪》已完稿，再讀仍是「孤思」滿懷，流雲仍在流，望不見歸期⋯⋯感謝子渝兄的鼓勵和期許。

一句話，感謝所有在我的寫作中，給予我各種支持和幫助的朋友們。本來覺得我有很多話要在「後記」裡說，但《四月飛雪》完成後，對書寫文字產生了一種畏懼和抗拒情緒，不能也不想多說了，就此打住。

二〇二四年九月於清邁合院聚園

附〈櫻花誄〉全詞

〈櫻花誄〉

野夫

珞珈三月坐春風，櫻眼乍開啟迷蒙。
風霜未退花事滿，傾城冠蓋看新紅。
我來故園作倦客，重踏翠陌欲攀折。
忽如一夜倒春寒，千樹萬枝尋不得。
空見壟頭盡落花，漠然一任委泥沙。
香塵滿地猶啼血，殘蕊孤芳對日斜。
悽惶獨立已薄暮，曲徑徘徊不忍去。
樹猶如此人何堪，一懷幽緒憑誰訴。
猶記年少俊遊時，豪情滿懷櫻滿枝。
櫻下相攜許白首，拈花曾賦紅豆詞。
花信未盡人已散，天涯相思不相見。
孤影問櫻櫻不語，昊天徒望冷月燦。
羅浮夢老更幾秋，流落江關是楚囚。
我意重來懷舊跡，孰料天亦妒風流。
間關千里來相會，寒風一曲櫻花誄。
憑樹撫枝吊新喪，一苑落英是紅淚。

籲嗟乎，

花謝花開信有時，猶向來年待花期。

紅顏不老春應在，燃香重賦惜花詩。

　　　　　　　　　　　　　　一九九〇年

作者	王繼
書名落款、字畫	野夫
編輯	沈眠
裝幀設計	陳恩安
內文排版	姿九十郎
發行人	劉子華
出版者	南方家園文化事業有限公司
	NANFAN CHIAYUAN CO. LTD
地址	台北市松山區八德路三段12巷66弄22號
電話	(02)25705215-6　24小時傳真服務 (02)25705217
劃撥帳號	50009398　戶名　南方家園文化事業有限公司
讀者服務信箱 E-mail	nanfan.chiayuan@gmail.com

南方家園出版 Homeward Publishing
書系　再現 Reappearance
書號　HR056（／方舟 02）

四月飛雪
往事記憶三部曲　續篇

總經銷　聯合發行股份有限公司
電話　(02)29178022
傳真　(02)29156275

印刷　約書亞創藝有限公司 joshua19750610@gmail.com
初版一刷　2025年05月
定價　360元
ISBN　978-626-7553-14-5
　　　978-626-7553-12-1(EPUB)
　　　978-626-7553-13-8(PDF)

Printed in Taiwan．All Rights Reserved
本書如有缺頁、破損，請寄回本公司更換

Homeward Publishing
Reappearance　HR

往事記憶三部曲　續篇

四月飛雪 Copyright © 2025 王繼
版權所有．翻印必究

國家圖書館出版品預行編目 (CIP) 資料

四月飛雪：往事記憶三部曲　續篇 / 王繼作. -- 初版. --
臺北市：南方家園文化事業有限公司, 2025.05
296 面；14.8*21 公分. -- (再現；HR056)

ISBN 978-626-7553-14-5（平裝）

857.7　　　　　　　　114004898